KB126002

# 시경詩經의 사랑 노래

## 연애편

# 시경詩經의 사랑 노래

────────── 연애편

두안추잉段楚英 편
박종혁 역

學古房

# 역자 서문

이 책은 중국 두안추잉段楚英 교수의 《詩經中的情歌시경의 사
랑 노래》를 번역한 것이다. 그 내용은 사서삼경의 하나인 《시경》
에서 애정시만을 선별하여 연애편, 혼인편, 가정편으로 크게 분
류하고 각 시마다 시 번역, 시구 풀이, 작품 감상, 후대 문학비평
가들의 평론을 담고 있다.

《시경》은 중국 최초의 시가 총집으로서 모두 305편이 수록되
었다.

시기적으로는 지금으로부터 2천 5백년에서 3천년 이전인 B.C
11세기에서 6세기에 이르는 시기, 즉 서주西周시대로부터 춘추春
秋시대에 이르기까지 대략 5~6백년간의 장기간에 걸쳐 창작된 작
품이다.

지역적으로는 중화문화의 발생지인 황하를 중심으로 장강, 한
수 유역을 비롯하여 감수성, 섬서성, 산서성, 하북성, 하남성, 산동
성, 안휘성, 호북성, 사천성에 이르는 광범위한 지역을 배경으로
하고 있다.

이 시기 이 지역에서 유행했던 사랑의 노래는 당시 대륙에서
삶을 보냈던 남녀들의 연애와 혼인, 그리고 가정에서 얽힌 사랑의
상황을 생생하게 보여주고 있다. 그리고 이는 중국 서정시가의 근
원으로서 후대 서정시가 발전의 전범이 되었다.

이 책의 저자 두안추잉段楚英 교수는 305수의 《시경》 가운데 애

정시로 판정한 79수를 선별하여 애정시 유형을 크게 연애, 혼인, 가정의 세 유형으로 나누었다. 그리고 다시 각 유형마다 9종류로 더 세분하여 총 27개의 범주로 애정시를 분류하였다. 그리고 각 시마다 시 번역, 시구 풀이, 작품 분석을 한 다음, 후대 문학비평가들의 평론을 소개하고 있다.

근엄한 유교 경전의 하나였던 《시경》을 경전보다는 시가적 측면에서 주목하고, 당시 중국대륙에서 유행했던 노래의 가사인 《시경》에서 사랑 노래를 분석하여 27종으로 나누고 풀이한 안목은 선구적인 업적으로 평가받고 있다.

우리는 작자의 이 같은 노력 덕분으로 수천 년 이전의 중국 대륙에서 유행했던 사랑의 노래를 감상하면서 시대와 지역을 초월하는 영원한 문학의 주제가 사랑인 이유를 새삼 확인하게 된다. 그때나 지금이나, 대륙에서나 이 땅에서나 시공을 뛰어넘는 사랑의 환희와 고통을 공유하고 공감하면서 음미하노라면 사랑의 속성이 지니는 영원성과 보편성에 저절로 깊은 탄복이 우러나온다.

사랑의 유형을 27개로 구분할 수 있느냐는 논리적 물음에는 선뜻 대답이 어려울 수 있지만, 한편으로는 《시경》에 담긴 애정시의 풍부함을 방증하기도 하고, 《시경》을 세밀하게 분석하고 선별한 작자의 깊은 고뇌와 노력이 가늠되기도 한다.

본 역서도 원서의 편제에 따라 연애편, 혼인편, 가정편으로 분권하여 출간하기로 하였다.

출간에 앞서 미안하고 애석한 일은 저자와의 연락이 닿지 못했다는 점이다. 각고의 노력을 기울였던 저작이 한국에서 완역되었음에도 번역판에 붙이는 저자의 서문을 싣지 못한 채 출간되기 때문이다. 저자가 재임했던 학교와 원서를 간행했던 출판사에 여러 차례 연락을 했지만 수년전 정년퇴임한 저자의 근황을 알 수 없었다.

이 책을 번역하여 출간하게 된 경유를 간략히 언급하려고 한다. 역자가 담당하고 있는 중문과 4학년 강좌인 '시경초사강독'을 강의하면서 《시경》의 서정시를 통해서 수강생들이 중국고전에 흥미롭게 접근할 수 있다면 좋겠다는 생각을 품고 있던 차에 이 책을 접하게 되었다. 그리고 망설임 없이 이 책을 강의 교재로 사용하게 되었다. 몇 해 동안 강의면서 전공학생뿐 아니라 일반 독자에게도 흥미로울 수 있는 시경의 사랑 노래를 소개하는 것도 의미가 있을 것 같아 번역을 시작하게 되었다.

거친 초역을 마치고 몇 해가 지난 뒤, 연구기간으로 1년간 밖에 나가 있을 때 다시 초역을 다듬은 지도 몇 해가 지났다.

돌이켜보면 이 책은 번역의 착수에서 출간까지 꽤 긴 시간이 지나고 말았다. 그간의 과정에서 오랜 인내심으로 늘 중국학분야 출판의 버팀돌이 되면서 겪어야 했던 재정적인 어려움을 꿋꿋이 극복한 하운근 사장, 긴 편집과정의 책임을 도맡아 준 박은주 편집장이 고마울 뿐이다.

탈고를 하면서 보잘 것 없는 번역솜씨로 저자의 고뇌와 노력이 깃든 원서의 가치를 훼손시켰을까 저어된다.

그럼에도 수천 년 전 중국 대륙에서 창작되어 주고받았던 남녀 사이의 사랑과 이별의 노래에 담겨있는 기쁨과 슬픔의 정서가 오늘날 이 땅의 독자들에게 소통되고 공감될 수 있기를 바랄뿐이다.

2015년 6월
역자 박종혁

8

# 목차

# 서序를 대신하여

　사랑이 없었다면 인류는 존재하지 못했을 것이다. 유구한 사랑의 강에서 이성간의 사랑은 한 송이 찬란하고 아름다운 꽃이다. 옛날부터 지금까지 사랑은 인간이 줄곧 추구했던 것이기에 문학·예술 작품의 영원한 소재가 되고 있다.

　《시경》의 사랑 노래는 중국 애정문학의 시조다. 시경 시대는 중국 애정시의 황금시대였다.

　《시경》에는 사랑의 노래가 특별히 많다. 《시경》의 3백여 수 가운데 거의 4분의 1을 차지한다. 내가 이러한 사랑의 노래들을 이 책에 정리하고자 한 목적은 오늘날 독자들로 하여금 먼 옛 시대의 애정의 풍모 즉, 옛 사람이 연애하던 시절의 애모愛慕의 정, 결혼시절의 환락歡樂의 정, 결혼한 이후의 은애恩愛의 정 및 애정이 좌절을 당하는 원한怨恨의 정, 부부가 이별하는 우상憂傷의 정, 이미 세상을 떠난 사랑하는 사람의 죽음에 대한 도념悼念의 정을 이해할 수 있도록 하는 것이다. 더욱 중요한 것은 이러한 사랑의 노래가 연애의 자유와 감정을 한결같이 반영하고, 중화민족의 건강한 애정관을 나타냈다는 점이다. 오늘날의 독자들은 이러한 시를 통해 풍부하고 유익한 계시를 받을 수 있을 것이다.

　《시경》의 사랑 노래의 가치는, 옛 사람들이 사랑한 방식, 당시의 연애, 혼인의 풍속을 생동적으로 반영했을 뿐 아니라, 후세의 애정시 창작을 위한 부, 비, 흥 등의 예술적 기법을 제공한 점에 있다. 이러한 예술적 기법은 오늘날 애정문학의 창작에도 참고가 된다.

《시경》의 사랑 노래는 귀중한 문화유산이다. 우리는 마땅히 마르크스주의 과학적 이론을 지침으로 삼고 '옛 것의 장점을 취하여 오늘에 유용하게 활용한다'는 원칙을 좇아서 중국 사회주의 정신문화를 확립하기 위해 힘써 《시경》의 정화를 발굴해야 할 것이다.

一.

《시경》은 중국 최초의 고대 시가 총집으로 모두 305편이다. 이러한 시가들은 시간적으로 말한다면, 서주西周로부터 춘추春秋 중엽까지 약 5~6백년의 긴 연대, 즉 기원전 11세기~6세기에 걸쳐 만들어졌다. 공간적으로는 《시경》이 주로 황하 유역을 배경으로 만들어졌지만, 멀리 장강, 한수 일대 즉 대략 지금의 감숙, 섬서, 산서, 하북, 하남, 산동, 안휘, 호북, 사천 등의 지역에 까지 미친다. 시경의 사랑 노래는 지금으로부터 2천 5백년~3천년 이전까지 이 지역의 연애, 혼인, 가정의 상황을 반영하고 있다.

## 1. 자유연애自由戀愛의 환상곡幻想曲

《시경》 시대는 초기 봉건사회였다. 남녀가 연애와 혼인에서 어느 정도의 자유가 있고 특히 하층 사회에서는 남녀 사이에 연애와 혼인의 자유가 좀 더 많았다. 일정한 계절과 장소에서 젊은 남녀가 공개적으로 모여 스스로 애인을 찾았다. 당시 민간에서는 많은 이름의 명절

모임이 있었다. 예를 들면, 정鄭나라의 수계절修禊節, 진陳 나라의 무풍무巫風舞, 위衛 나라의 상림제桑林祭 등인데, 모두 청춘 남녀들이 모이는 좋은 기회였다.

〈진유溱洧〉(정풍鄭風)는 정나라 수계절의 풍속을 반영하고 있다. 매년 3월초가 되면 사람들은 진수와 유수의 강변에서 난을 캐어 불길함을 제거하면서, 동시에 봄나들이 하는 명절날로 삼기도 하였다. 청춘 남녀들은 서로 약속하고 강변에 이르러 맘껏 놀고 즐겼다. 모두들 이 좋은 기회를 이용하여 자신의 상대를 찾고 대담하게 애인과 대화를 나누었다.

| 維士與女 | 유사여녀 | 남녀가 짝을 이루어 |
| 伊其將謔 | 이기장학 | 서로 농지거리하며 |
| 贈之以勺藥 | 증지이작약 | 작약을 선물하는구나 |

작약은 강리江籬라고도 하는데 장리將離(장차 이별함)와 중국어로 동음이다. 葯(약: 작약)과 約(약: 약속)도 동음이다. 작약을 줌으로써 이별할 때 다시 만날 약속을 정하여 친구로 사귀자는 것을 나타낸다.

한 쌍의 남녀가 민속 명절날에 서로 알게 된 이후로, 그들의 교제는 공개된 모임으로부터 숨고 가리는 밀회로 변하였다. 〈정녀靜女〉(패풍邶風)는 바로 한 쌍의 연인끼리 약속한 것을 묘사한 시다.

| 靜女其姝 | 정녀기주 | 얌전한 아가씨 예쁘기도 한데 |
| 俟我於城隅 | 사아어성우 | 나를 성 모퉁이에서 기다린다 했지 |
| 愛而不見 | 애이불견 | 짐짓 숨어서 아니 보여 |
| 搔首踟躕 | 소수지주 | 머리를 긁적이며 머뭇거리노라 |

숨어 있던 아가씨가 남자 친구의 초조하고 불안한 모습을 보고 있다. 이어지는 시구에서는 얼른 그의 앞으로 뛰어 나가자 금새 남녀가 함께 만난 분위기가 활기를 띈다. 소녀가 가져온 특별한 선물은 그녀의 남자친구를 더 기쁘게 한다.

《시경詩經》 시대, 남녀가 연애할 때의 나이는 상당히 어려서 감정의 발전 속도가 꽤 빨랐다. 짧은 연애단계를 거쳐 급속하게 정혼의 단계로 들어갔다. 《시경》의 사랑 노래 가운데 많은 시구에서 남녀가 서로 선물을 주면서 애정 관계를 확인하는 것을 묘사했다. 〈목과木瓜〉(위풍衛風)는 남녀가 선물을 주면서 애정을 확인하는 시이다.

| | | |
|---|---|---|
| 投我以木瓜 | 투아이목과 | 나에게 모과를 던져 주기에 |
| 報之以瓊琚 | 보지이경거 | 패옥으로 답례했네 |
| 匪報也 | 비보야 | 답례가 아니라 |
| 永以爲好也 | 영이위호야 | 영원히 잘 지내고자 |

아가씨가 그녀의 사랑하는 남자에게 모과를 던져 주어 애정을 표시한다. 그 남자는 흔쾌히 받고나서 몸에 지닌 패옥을 풀어 그녀에게 준다. 아가씨가 던져 준 모과는 평범한 것이고, 남자가 답례한 것은 귀한 것이다. 이것은 무슨 까닭일까? 그 남자가 회답을 잘 한 것은 보답이 아니라 우리 두 사람이 영원히 잘 지내자는 것을 표시한다. 진정한 애정은 독촉하여 받아내는 것이 아니라 봉사하고 헌신하는 것이다. 아가씨가 나에게 한 개의 정을 주면 나는 그녀에게 반드시 천 개의 사랑을 주는 것이다.

자유 연애를 노래하는 애정시 가운데 어떤 시는 남녀가 한눈에 반하여 한 마음으로 맺어지는 정경을 묘사했다.

예를 들면 〈야유만초野有蔓草〉(정풍鄭風)이다.

| | | |
|---|---|---|
| 有美一人 | 유미일인 | 아리따운 그 사람 |
| 清揚婉兮 | 청양완혜 | 맑은 눈과 시원한 이마 |
| 邂逅相遇 | 해후상우 | 우연히 서로 만나니 |
| 適我願兮 | 적아원혜 | 내가 바라던 바로 그 사람 |

중춘 2월에 들판에서 한 남자가 우연히 한 여자를 만난다. 그녀는 초롱초롱한 눈을 가지고 있고 아름다웠다. 이 남자는 아가씨의 미모에 빠졌다. 그래서 대담하게 구애한다. 아가씨 역시 이 남자를 사랑한다. 쌍방이 의기투합하고 부부로 맺어진다.

《시경》시대 우연히 만나는 기회를 이용하여 짝을 구하는 것은 당시 청춘 남녀들의 공통된 요구였으며, 또한 주대周代 통치자가 시행한 관매제도官媒制度(관가에서 중매를 서는 제도)에도 부합된다. 이러한 유형의 제도적 규정으로 매년 봄 2월이 되면 미혼의 청춘 남녀는 자유롭게 짝을 고르고 자유롭게 동거한다. 통치자가 시행한 이러한 제도의 목적은 인구를 증가시키기 위한 것이다. 그러나 그것은 객관적으로 볼 때 청춘남녀의 연애와 결혼에 꽤 많은 자유를 안겨다 주었다.

## 2. 한결같은 애정의 희비극喜悲劇

《시경》시대의 청춘 남녀는 자유 연애를 추구하고 애정이 한결같기를 갈망했다. 비록 소수의 남녀가 행복한 애정의 단맛을 맛보지만, 다수의 남녀는 마침 형성된 봉건 예교의 간섭과 훼손으로 어쩔 수 없이 사랑이 가로막히는 쓴 열매를 삼킨다. 그래서 《시경》의 사랑 노래에는 적지 않게 '한결같은 애정'의 희비극이 출현한다.

《시경》에서 한결같은 사랑을 노래한 시편에는 처음 연애하던 때부터 결혼한 이후까지의 사례가 적지 않다. 예를 들면 〈백주柏舟〉(용풍鄘風)가 있다. 이 시에서는 한 소녀가 '머리카락을 양쪽으로 가른' 소년에 대한 사랑을 묘사한다. 그러나 그녀의 사랑은 모친으로부터 이해를 구하지 못했고, 심지어 모친은 다른 사람에게 시집을 보내려고 한다. 가장의 압력에 직면한 이 소녀는 굴복하지 않고 의연하게 말한다.

| 髧彼兩髦 | 담피양모 | 머리카락을 양쪽으로 가른 님 |
| 實維我儀 | 실유아의 | 진실로 나의 짝이니 |
| 之死矢靡他 | 지사시미타 | 죽어도 변하지 않으리 |

이 소녀는 한결 같이 애정에만 집착하여 마치 세상에 한결같은 애정을 쪼갤 수 있는 날카로운 칼은 존재하지 않는 것 같다.

《시경》에는 또 결혼 후 한결같은 애정을 반영한 시편이 있다. 예를 들면 〈출기동문出其東門〉(정풍鄭風)이다.

| 出其東門 | 출기동문 | 동쪽 성문을 나서니 |
| 有女如雲 | 유녀여운 | 예쁜 아가씨들 구름처럼 많네 |
| 雖則如雲 | 수즉여운 | 비록 구름처럼 많으나 |
| 匪我思存 | 비아사존 | 내 마음속의 여인은 아니어라 |

그의 마음속의 사람은 누구인가? 바로 집에서 일하며 소박한 옷을 입고 있는 아내다. 많은 미녀들 앞에서도 그는 시련을 견딜 수 있기에, 결코 새 것이 좋다고 옛 것을 싫어하거나 색다른 것을 본다고 그

것에 마음이 쏠리지 않는다. 이것은 참으로 사랑이 깊고 진지하다고 말할 수 있다. 아마도 세상에서 이 부부의 애정을 가를 수 있는 날카로운 칼은 없을 듯 하다.

《시경》의 어떤 애정시에서는 부부가 '백발이 될 때까지 함께 늙어' 삶과 죽음으로도 갈라놓을 수 없는 감정을 표현했다. 예를 들면 〈갈생葛生〉(당풍唐風)은 슬프고 처량한 도망시悼亡詩(죽은 이를 슬퍼하는 시)다. 어떤 부녀자는 남편의 죽음 뒤에도 여전히 어느 때이고 남편이 생각나지 않은 적이 없었다. 그녀는 죽은 남편의 유물을 보고 마음속에 끝없는 슬픔이 일어난다.

| 冬之夜 | 동지야 | 겨울의 춥고 긴 밤 |
| 夏之日 | 하지일 | 여름의 덥고 긴 해 |
| 百歲之後 | 백세지후 | 백년이 지난 뒤엔 |
| 歸于其室 | 귀우기실 | 그의 무덤으로 돌아가겠지 |

이 부녀자의 남편을 잃은 슬픔은 겨울의 긴 밤부터 여름의 긴 낮까지 일 년 내내 그침이 없다. 그녀는 단지 죽어서 남편과 황천 아래에서 함께 잠들기를 바랄뿐이다. 변함없이 곧은 지조를 다하는 사랑과 슬프고 아픈 마음이 구슬프고 은은하게 사람을 감동시킨다.

《시경》에서 뛰어나게 아름다운 숱한 사랑 노래는 한결같은 사랑을 찬미하고 자유연애의 추구를 표현하여 자유와 한결같음을 긴밀하게 하나로 통일시켰다. 행복한 애정은 진지함, 충실함, 한결같음을 벗어나지 않는다. 만약 벗어난다면 남녀지간의 관계는 필연코 얄팍한 사랑이나 저속함으로 흐르고 심지어 남녀지간의 방탕한 행위로 변한다. 아름다운 애정은 반드시 자유연애를 기초로 한다. 왜냐하면 애정은 두 사람의 친밀한 영혼의 조화와 묵계이지, 완고한 강박과 억지의 결합이 아니기 때문이다. 만약 자유연애라는 기초를 떠나 단편적으로 혼인에서만 한결같기를 강조한다면 반드시 '한 남편만을 섬기며 일생을 마치는' 봉건적인 정조 관념에 빠진다.

《시경》의 사랑 노래는 자유연애의 추구와 한결같은 사랑의 찬미를 고도로 통일시켜 중화민족의 고상한 애정관을 충분히 표현하고 있다.

## 3. 다정한 남녀들의 저항과 투쟁

《시경》 시대, 봉건 예교가 점점 하나의 제도로 형성되어 남녀간 자유연애와 한결같은 애정은 제한과 훼손을 당한다. 통치자는 제정된 예교 제도를 수단으로 삼아 사람들의 결혼을 통제한다. 예를 들면《주례周禮·매씨媒氏》에서는 사람들의 배우자 문제에 어떻게 관여했는지를 전문적으로 말해준다. 남녀의 결합은 반드시 '중매인의 말媒妁之言(매작지언)'과 '부모의 명령父母之命(부모지명)'을 거쳐야 하고, 또 그 구체적인 혼인형식은 육례六禮로 규정하였다.

1. 납채納彩: 남자 집에서 여자 집으로 사람을 보내 선물을 전한다. 이는 여자 집과 혼인을 원한다는 것을 표시하는데, 여자 측에서 받지 않으면 더 이상 진행하지 못한다.

2. 문명問名: 남자 집에서 여자 집으로 사람을 보내 생년월일과 이름을 묻는다.

3. 산명算命: 만약 점을 보아 불길하게 나오면 혼인을 중지하고 다른 집을 고른다.

4. 송례送禮: 만약 모든 것이 길하고 이롭게 나오면 남자 집에서 사람을 통해 돈과 물건을 보내어 약혼의 예를 치른다. 약혼은 여기서 정식으로 이루어진다.

5. 정혼定婚: 남자 집에서 결혼 길일을 정하면 예물을 준비하여 편지와 함께 여자 집에 보내어 통보한다. 만약 여자 측에서 이 예를 받아들이면 응답하는 것이고, 받지 않으면 다시 날짜를 바꿔야 한다.

6. 영친迎親: 결혼식 날 신랑은 신부를 맞으러 가서 먼저 신부 집의 조상에게 절을 하고 신부를 부축하여 수레에 오른 다음 자신의 집으로 돌아온다. 영친 이후에야 비로소 '함께 자고 먹고, 함께 마시고 기뻐할 수 있는 것'이다.

《시경》 시대의 혼례는 비록 이처럼 완비되거나 엄격한 수준에 아직 도달하지는 않았지만, 봉건시대의 혼인제도의 기초는 이미 형성되었다. 그것은 소년, 소녀의 자유연애와 자주 혼인의 권리를 빼앗아 애인끼리 함께 살지 못하고 정이 없는 사람끼리 결합을 강요당하는 혼인의 비극을 조성했다. 《시경》에서 많은 사랑 노래가 청춘남녀가 받는 연애의 장벽과 혼인의 부당한 고통·분노를 묘사했다.

〈장중자將仲子〉(정풍鄭風)에서는 여자 주인공이 중자仲子라는 소년을 깊이 사랑한다. 그러나 그들의 사랑은 부모의 동의를 얻지 못하고 단지 남몰래 서로 사랑하였다. 당시 소년이 담을 넘어 소녀와 밀회할 때 소녀는 매우 두려워하여 중자에게 다시 오지 말라고 부탁하며 이렇게 말한다.

| | | |
|---|---|---|
| **仲可懷也** | 중가회야 | 중자님 그립기는 하지만 |
| **父母之言** | 부모지언 | 부모님 말씀이 |
| **亦可畏也** | 역가외야 | 역시 두려울 뿐이예요 |

소녀는 비록 마음속으로 중자를 사랑하지만 밀회를 어쩔 수 없이 거절한다. 사사로운 애정이 폭로되면 부모의 힐책과 이웃의 비난을 초래하여 뒤따르게 될 결과를 상상조차 할 수 없다. 이 시는 남녀 간의 자유연애가 봉건 예교의 제한을 받는 사회 정황을 반영한다.

〈대거大車〉(왕풍王風)에서는 청춘 남녀가 자주적으로 결혼하지 못하는 고통을 반영한다. 시의 주인공은 한 남자를 사랑한 나머지 그가 아니면 결혼할 수 없는 지경에 도달한다. 그들의 결합이 극심한 방해를 받게 되자 처녀는 남자와 함께 사랑의 도피를 하여 함께 살기를 바란다. 그러나 유감스럽게도 남자가 감히 도망치지 못하여 애정의 비극이 발생한다. 처녀가 말한다.

| | | |
|---|---|---|
| 穀則異室 | 곡즉이실 | 살아서는 서로 다른 집에 있지만 |
| 死則同穴 | 사즉동혈 | 죽어서는 한 무덤에 묻히리라 |
| 謂予不信 | 위여불신 | 그대 내 말 믿지 못한다면 |
| 有如皦日 | 유여교일 | 하늘의 밝은 해를 두고 맹세하리 |

아가씨는 그녀의 연인에게 하늘을 두고 맹세하고 있다. 사랑의 한결같음을 위해 끝까지 맞서 나갈 것을 결심한다. 〈장중자將仲子〉의 아가씨와 비교해 볼 때, 성격이 더욱 강건하다.

사실 한 쌍의 연인들이 성공적으로 사랑의 도피를 하고 자주적으로 결혼하여 가족을 이룬다고 해도 꼭 행복을 얻을 수 있는 것은 아니다. 그들은 결국 봉건 예교에 의해 비참히 헤어지게 된다.

〈구역九罭〉(빈풍豳風)은 이러한 혼인의 비극을 반영하고 있다. 이 시에서 여주인공은 마침 다행스럽게 마음에 맞는 남자에게 스스로 시집을 갔지만 뜻밖에 비극이 발생하였다. 남자가 그녀를 버려두고 돌보지 않은 것이다. 이것은 어찌 된 일인가? 알고 보니 그들은 부모를 저버리고 사사로이 동거했다. 그러나 현재는 부모의 압력에 굴복하여 남편이 어쩔 수 없이 신혼의 아내를 버리고 말았다. 이것은 청천벽력과도 같아서 여주인공으로 하여금 매우 당황스럽고 어찌할 줄 모르게 하였다. 그녀는 단지 고통스러워 남편에게 애원하게 된다.

> 是以有袞衣兮 시이유곤의혜　　그래서 님의 곤룡포를 감추었으니
> 無以我公歸兮 무이아공귀혜　　내 님이 돌아가지 못하시어
> 無使我心悲兮 무사아심비혜　　내 마음 슬프게 하지 말았으면

그녀는 억지로라도 남편을 머무르게 하기 위해서 남편의 옷을 숨겨 떠나가지 못하게 한다. 그러나 사물을 남겨 둔다고 해서 마음까지 붙들기는 어려운 법이다.

연애의 자유와 애정의 한결같음을 쟁취하기 위해 많은 젊은 남녀는 봉건 예교에 대항하여 여러 가지 방법으로 맞서 싸우다가 크나큰 대가를 치르기도 했다.

## 4. 부부가 헤어진 후 그리워 흘린 눈물

《시경詩經》 시대에는 불행한 가정마다 여러 가지의 불행한 일들이 있었다. 어떤 가정은 봉건 예교에 의해 파괴되지는 않았어도, 병역과 부역 때문에 커다란 고난을 당하게 된다. '춘추 시대에 정의로운 전쟁은 없었다春秋無義戰(춘추무의전)' 당시에는 각 나라가 서로 침략하여 병탄하였다. 강자가 약자를 능멸하고, 다수가 소수를 폭압하여 전쟁이 빈번하였다. 전방의 병사들은 생사를 넘나들며 아내와 집을 그리워했다. 후방의 근심에 잠긴 부녀자들은 먼 곳의 남편을 생각하면서 걱정하

고 마음을 졸였다. 〈격고擊鼓〉(패풍邶風)는 오랫동안 변방에서 전쟁하던 한 병사가 아내를 그리워하는 정을 표현하고 있다. 그가 일찍이 집을 떠날 때 아내의 손을 잡고 그녀와 백발이 되어 늙을 때까지 함께 하겠다고 맹세했고, 그녀를 영원히 포기하지 않기로 했다. 그러나 지금 그는 자신이 살아서 돌아갈 희망이 없음을 예감하고, 아내와 헤어진 것이 영원한 이별이 되리라 생각되니 침통한 장탄식을 금할 수 없다.

| 于嗟闊兮 | 우차활혜 | 아아 끝없이 멀리 떨어져 있으니 |
| 不我活兮 | 불아활혜 | 우리는 다시 만나 살 수 없구나 |
| 于嗟洵兮 | 우차순혜 | 아아 영원히 헤어질 곳에 있으니 |
| 不我信兮 | 불아신혜 | 우리의 언약을 지킬 길이 없구나 |

이 병사는 멀리 고향 땅을 바라보며, 부부가 같이 살지 못함을 한탄한다. 백발이 되어 늙을 때까지 함께 한다는 맹세는 실현될 방법이 없다.

춘추시대 전쟁은 대다수가 정의롭지 못했다. 그래서 전쟁에 출정한 남편과 사모하는 아내가 이별하여 서로의 그리움을 반영한 많은 시편들에서 모두 강렬한 반전 정서를 표현했다. 그러나 춘추시대에도 정의로운 전쟁은 있었다. 당시 주周 나라 민족은 종종 사이四夷 민족의 침략을 받았다. 외세의 침략에 저항한 전쟁도 때때로 발생하였다. 《시경》의 사랑 노래에서 정의로운 전쟁에 대한 영웅주의의 태도에 호응하는 표현도 있다. 〈백혜伯兮〉(위풍衛風)를 예로 든다.

| 伯兮朅兮 | 백혜흘혜 | 내 님은 위풍당당 |
| 邦之桀兮 | 방지걸혜 | 나라의 영웅호걸 |
| 伯也執殳 | 백야집수 | 내 님이 긴 창을 쥐고 |
| 爲王前驅 | 위왕전구 | 임금의 선봉장이 되었네 |

그리움으로 가득 찬 아내는 남편의 영웅적 기개와 종군의 장엄함에
대한 긍지와 자부심이 적지 않다. 그러나 긍지와 자부심 뒤에는 남편
을 생각하는 정이 뭉게뭉게 일어난다. 남편이 떠난 이후 그녀의 머리
는 봉두난발이 되었다. 남편이 집에 없으니 얼굴을 꾸며 누구에게 보
이겠는가? 그녀는 머리가 아플 정도로 남편을 생각했는데도 여전히
생각이 나는 것이다. 그녀는 또 망우초라는 풀이 고통을 덜어준다는
얘기를 들었으나, 어디에서 그것을 구할지 알지 못했다. 그래서 어쩔
수 없이 뼈를 깎는 듯한 그리움에 자신을 맡겨 자기를 학대하고 있다.
이 애정시는 나라를 사랑하는 한 부녀자가 노래한 사부곡思夫曲이라
할만하다.

춘추시대에는 잔혹한 병역 이외에도 번잡한 부역이 수많은 가정의
행복을 파괴했다. 남편은 밖에서 끊임없이 노역의 고통을 당하고, 아
내는 집에서 끝없이 그리움의 눈물을 흘렸다.

〈군자우역君子于役〉(왕풍王風)의 주인공은 농촌의 부녀자다. 그녀
의 남편은 밖으로 부역을 나가 오랜 시간 돌아오지 않는다. 매일 황혼
녘이 되면 그녀는 아주 절실하게 남편을 그리워하여 항상 문에 기대어
먼 곳을 바라보며 남편이 돌아오길 기다렸다. 그러나 매번 닭이 닭장
에 들고, 소와 양이 우리에 돌아오는 것을 기다리게 될 뿐이다. 그녀는
밖으로 부역 나간 남편이 언제 돌아올지 모른다. 마음으로는 그가 밖
에서 굶주리지 않고, 빠른 시일 내에 평안히 돌아오기를 축원한다.

이 농촌 부녀자의 바람은 실현될 수 있을까? 여러분은 보지 못했는
가? 번잡하고 무거운 부역이야말로 무수한 '맹강녀1)가 너무 많이 울

---

1) 맹강녀孟姜女: 진시황 때 제齊 나라 사람. 범양기范梁杞의 아내. 그의 남편이
   만리장성으로 사역을 나간 후 죽었다는 것을 알고서 너무 애통하게 우는 바람에
   장성이 무너졌다는 비극적인 전설의 여주인공 [역자주]

어 만리장성이 무너졌다'는 고사의 비극을 만들어내고, 부역을 나간 많은 남편들을 황야에서 시체로 버려지게 하였으며, 남편을 생각하는 많은 부녀자들의 눈물이 마를 때까지 흘리게 했음을.

## 5. 고대의 버림받은 아내의 회한

옛 시대의 부녀자들은 어떠한 커다란 기대도 없었던 것 같다. 그녀들의 유일한 희망은 믿을만한 남편에게 시집가서 화목한 가정을 이루고 평화로운 생활을 보내는 것이다. 그러나 이러한 기본적인 요구조차도 실현되기는 매우 어려웠다. 많은 여성들이 결혼 후에 남편의 버림을 받아 '버림받은 아내棄婦(기부)'가 되었다. 〈곡풍谷風〉(패풍邶風)과 〈맹氓〉(위풍衛風)은 시경 중에서 가장 널리 알려진 '버림받은 아내'에 관한 시다. 버림받은 두 아내의 운명은 매우 비슷해서 우리들이 비교 분석하는 것도 무방할 것이다.

첫째, 부부지간에는 일정한 사랑의 감정적 기반이 있었다.

〈맹氓〉 시에서 버림받은 아내와 그의 남편은 결혼 전 관계가 친밀하여 그들 두 사람은 같이 허물없이 어울리며 지내는 즐거운 어린 시절을 보냈다. 성장한 이후에는 자유로운 연애를 통해 부부가 되었다. 그 둘의 결합은 스스로 느끼고 스스로 원한 것이다. 어떠한 간섭과 강요도 받지 않았다. 결혼 후 3년 동안은 부부간의 감정이 계속 좋았으나, 4년 째 부터는 급격히 변하였다. 그러나 이 남녀가 결혼할 적에는 사랑의 감정적 기반이 있었다고 말할 수 있다.

〈곡풍谷風〉 시의 버림받은 아내도 이와 같다. 그녀가 버림받았을 때 남편에게 말했다.

| 不念昔者 | 불념석자 | 지난 날 생각하지 않네 |
|---|---|---|
| 伊余來墍 | 이여래기 | 오직 날 사랑한다더니 |

둘째, 남편은 일찍이 영원한 사랑을 굳게 맹세하였다.

〈곡풍谷風〉에서 버림받은 아내는 결혼 후, 부부가 서로 사랑하는 생활을 했고, 그녀는 남편이 자기의 언약을 잊지 않도록 일깨워 주었다.

| 德音莫違 | 덕음막위 | 그 달콤했던 약속 어기지 않는다면 |
|---|---|---|
| 及爾同死 | 급이동사 | 당신과 죽음까지 같이할텐데 |

〈맹氓〉에서 버림받은 아내는 소꿉장난하던 어린 시절의 즐거움과 결혼 후 부부간의 애정에 대한 기억이 아직도 새롭고, 남편이 자신에게 상냥하고 친절하며, '당신과 더불어 늙을 때가지 함께, 급이해로及爾偕老' 한다는 언약을 드러낸다.

〈곡풍谷風〉과 〈맹氓〉 시에서 일찍이 굳은 언약을 했던 남편들은 나중에 모두 얼굴을 바꾸어, 결혼을 인정하지 않고 아내를 버렸다. 그들이 한 처음의 언약은 모두 거짓말이란 말인가? 아마 그렇지 않을 것이다. 남녀 두 사람의 감정이 서로 좋은 단계에 있을 때 "백발이 되어 늙을 때까지"라는 것은 양 쪽 모두의 공통된 바람이기 때문이다. 적어도 당시 남자의 언약이 가정과 화목에 대한 위협이 될 수 없고, 가정이 분열될 원인은 더욱 아니다.

셋째, 아내는 알뜰하게 집안 살림을 꾸렸고 행실에서 어떤 잘못도 없다.

〈맹氓〉 시의 버림받은 아내는 시집간 이후에 어려움과 힘든 노동을 참고 견디며, 온 힘을 다하여 가사를 돌보았다.

| 三歲爲婦 | 삼세위부 | 삼 년 동안이나 아내로서 |
| 靡室勞矣 | 미실로의 | 집안 일 도맡으며 수고롭다 하지 않았네 |
| 夙興夜寐 | 숙흥야매 | 일찍 일어나고 늦게 잠들어서 |
| 靡有朝矣 | 미유조의 | 어느 하루아침이고 여유가 없었네 |

〈곡풍谷風〉의 버림받은 아내는 결혼한 이후에 품행이 단정하고 최선을 다해 집안일을 돌보았다. 그녀는 남편에게 일편단심으로 대하였다. 희망이 없음을 분명히 알면서도 차마 남편과 헤어지는 것에 동의하지 못한다. 심지어 남편이 떠나가는데도 배회하고 주저한다. 중국 고대의 부녀자들은 육체노동을 하면서 '현모양처'의 미덕을 갖추었다. 부부가 헤어지게 된 책임은 당연히 그녀들에게 있지 않았다.

넷째, 남편이 새로운 것을 좋아하고 오래된 것을 싫어하여 아내와 그만두고 다시 장가를 드는 것이다.

봉건사회에서 남권이 중심이 되고 여자의 지위가 낮아서 불합리한 혼인제도가 만들어졌다. 어떤 남자들은 봉건 법률의 보호아래 왕왕 여자가 자신에게만 한결같기를 바라면서도, 그들은 오히려 다른 여성을 유혹하며, 아내와 그만두고 다시 장가든다.

〈맹氓〉에서 여주인공은, 남편이 '처음에 사랑하였으나 나중에 버린' 희생물이다.

| 總角之宴 | 총각지연 | 처녀 총각 즐거운 시절에는 |
| 言笑晏晏 | 언소안안 | 다정하게 웃고 얘기했었지 |
| 信誓旦旦 | 신서단단 | 굳은 맹세 아직도 간곡한데 |
| 不思其反 | 불사기반 | 이렇게 딴판이 될 줄 생각도 못했네 |

〈곡풍谷風〉의 여주인공 역시 남편에 의해 '처음엔 사랑 받았으나 나

중엔 버림받는' 운명에 마주친다. 생각해보니 처음에는 남편이 그렇게 그녀를 사랑했다. 그러나 그녀의 용모가 점차 늙어가자, 남편은 '나를 좋아하지 않을 뿐만 아니라, 오히려 나를 원수처럼 대하게' 되었다.

고대의 부녀자들은 종종 좋은 남편에게 시집가기가 쉽지 않음을 한탄하는데, 정말 '열 명중의 아홉 명은 후회한다.' 왜 남자는 애정에 있어서 시종 일관할 수 없을까? 왜 여자는 사랑하는 사람에게 시집갔어도 백발이 되어 늙을 때까지 함께 할 수 없는가? 그 원인을 단순히 남자의 인품 때문이라고 귀결 지을 수는 없을 것 같다. 오히려 더욱 심각한 사회 경제적 근원에 그 원인이 있다.

다섯째, 가정생활이 빈궁했다가 부유하게 바뀌고, 부부의 감정이 진했다가 점점 엷어졌다.

〈곡풍谷風〉의 여주인공이 처음 결혼했을 때 남편은 매우 가난했다. 그녀는 고생하며 남편을 도와 생계를 운영하고, 가정 형편을 점점 좋아지게 했다. 그러나 가정이 부유해진 이후에 남편이 은혜를 원수로 갚을 것이라고 그녀는 도저히 생각하지 못했다. 그녀가 말했다

| 昔育恐育鞠 | 석육공육국 | 이전에 살림이 너무도 곤궁하여 |
| 及爾顚覆 | 급이전복 | 당신과 고생하며 힘들게 보냈지 |
| 旣生旣育 | 기생기육 | 이렇게 살만하고 좋아지자 |
| 比予于毒 | 비여우독 | 나를 독충으로 취급하는구려 |

〈맹氓〉의 여주인공 역시 이러한 운명이다. 갓 결혼했을 때, 가정은 매우 어려웠다. 그녀는 부지런히 일하며, 남편을 도와 가정생활을 개선하였다. 그러나 뜻밖에도 '가정 형편이 좋아지자 나에게 얼굴빛을 바꿔 흉악하게 대했다. 언기수의 지우폭의言旣遂矣 至于暴矣' 남편은 그녀를 때리고 욕하며, 심한 노동을 시키고, 학대하였으며, 나중에는

그녀를 집에서 쫓아낸다. 그녀는 떠날 때, 무정한 남편이 멀리 배웅하지 않더라도 겨우 문 앞까지만 이라도 나와 줄 것이라고 생각했다. 사람들은 모두 씀바귀가 쓰다고 말한다. 그러나 그녀는 씀바귀보다 더 쓴 맛을 보았다.

고대 부녀자들은 경제적으로 독립할 수 없고 자주적이지도 못하며 어떠한 지위도 없었다. 이것은 그녀들이 결혼 후 불행하게 되는 주요한 근원이다. 그녀들은 부지런히 일하여 가정생활을 개선하지만, 오히려 남편으로 하여금 더 부유한 상황 아래에서 따로 새로운 정부情婦를 사귀게 되는 조건을 만들어 준 꼴이었다. 〈곡풍谷風〉과 〈맹氓〉은 버려진 여인의 시로서 고대 부녀자가 결혼의 비극을 맞게 되는 경제상의 근본적인 문제를 상당히 심각하게 반영하고 있다. 경제적 지위를 떠나서는 부녀자의 결혼은 보장될 수 없었다.

二.

《시경》의 애정시는 《시경》에서 뗄 수 없는 구성요소로서, 다른 시가와 똑같은 유형의 예술적인 특색을 지닌다. 그러나 애정의 내용을 표현하는 데 있어서는 여타 시가의 유형과 다 같을 수는 없는 예술적인 풍모를 가진다.

여기서는 《시경》의 애정시에서 자주 쓰인 일련의 예술적 기교를 아래와 같이 소개한다.

## 1. 비比의 예술

《시경》의 '비比'에 관해서, 주희朱熹는 "비는 저 사물로 이 사물을

비유하는 것比者, 以彼物比此物也"이라고 해석하였다. 이는 곧 '비比'
를 비유하는 것이라고 일컬은 것이다. 《시경》의 '비比'는 두 가지 형식
이 있는데, 하나는 비유체의 시다. 시 전체가 "저 사물로 이 사물을
비유하는" 것이다. 이러한 시는 아주 적은 편이다. 다른 하나는 수사
의 용법으로 비유하는 것이다. 이것은 또한 명유明喩(직유), 암유暗喩
(은유), 차유借喩(풍유)의 세 가지가 있다.


## (1) 명유明喩(직유)

비유의 구성은 본체本體, 비유사比喩詞, 유체喩體 세 가지다. 명유
는 그 본체, 비유사, 유체, 이 세 가지의 빈틈없는 비유를 가리킨다.
예를 들어,《간혜簡兮》(패풍邶風)에서는 어느 아가씨가 마침 춤을 추
고 있는 무용수에 대한 사랑을 묘사한다.

| | | |
|---|---|---|
| 碩人俁俁 | 석인우우 | 키 크고 신체 좋은 사람 |
| 公庭萬舞 | 공정만무 | 궁궐 뜰에서 무인 춤을 추는구나 |
| 有力如虎 | 유력여호 | 범 같은 힘을 지니고 |
| 執轡如組 | 집비여조 | 고삐 쥐기를 실끈 잡듯이 하네 |

여기서는 두 개의 직유를 사용하였다. 특히 '유력여호有力如虎'와
같은 직유는, 남자 무용수의 강건한 아름다움을 표현한 것이다. 바로
이러한 아름다움이 아가씨의 연모의 정을 자극하는 것이다.
또 예를 들자면〈야유사균野有死麕〉(소남召南)에서는 어느 사냥꾼
이 숲 속에서 사냥할 때를 묘사하는데 돌연히 '아름다운 옥 같은 아가
씨, 유녀여옥有女如玉'의 시구를 발견하게 된다. 여기에서 아름다운
옥의 순결하고 부드러운 속성을 이용해서 아가씨의 용모가 아름답고

성격이 온유함을 비유하였다. 이러한 부드러운 여성의 아름다움이 사
냥꾼으로 하여금 한 눈에 사랑으로 빠지게 한다.


### (2) 암유暗喩(은유)

'암유暗喩'는 곧 은유隱喩라고도 한다. 그것은 비유의 흔적을 드러내
지 않고, 본체와 유체가 동시에 나타난다. 예를 들어 〈맹氓〉(위풍衛風)
에서는 버림받은 아내가 현재의 상황을 얘기하는 방식으로 아직 결혼
하지 않은 여자에게 자신의 비참한 고통의 교훈을 하소연하고 있다.

| | | |
|---|---|---|
| 于嗟鳩兮 | 우차구혜 | 아 비둘기들이여 |
| 無食桑葚 | 무식상심 | 오디를 쪼아 먹지 마라 |
| 于嗟女兮 | 우차녀혜 | 아 젊은 여자들이여 |
| 無與士耽 | 무여사탑 | 사내들에게 빠져들지 마라 |

버림받은 여자를 뽕나무 열매를 먹는 비둘기로 비유했다. 비둘기가
오디를 먹다가 취한 나머지 사람들이 설치해 놓은 그물에 걸려드는
구체적인 현상을 가지고, 젊은 여자들이 남자의 달콤한 말을 믿고 사
랑의 그물에 떨어지는 추상적인 이치를 비유하기 위한 것이다. 앞의
두 구는 유체이고 뒤의 두 구가 본체의 형식을 이루고 있어서 어떤
사람들은 '대유對喩'라고도 하는데, 사실은 은유다.


### (3) 차유借喩(풍유)

차유는 은유보다 더 진일보 된 비유로써, 그것은 직접 유체로 본체
를 대신하여 본체와 비유사가 모두 나타나지 않는다. 예를 들면 〈곡풍
谷風〉(패풍邶風)에서, 여주인공은 남편으로 하여금 그녀를 버리지 말

아달라고 남편에게 완곡하게 말한다.

| 采葑采菲 | 채봉채비 | 순무 뽑고 고구마 캤는데 |
| 無以下體 | 무이하체 | 뿌리라서 안 된다네 |
| 德音莫違 | 덕음막위 | 그 달콤했던 약속 어기지 않는다면 |
| 及爾同死 | 급이동사 | 당신과 죽음까지 같이할텐데 |

여기서 '채봉채비 무이하체采葑采菲, 無以下體'는 바로 차유다. '비菲'는 무우인데, 무우의 잎은 비록 먹을 수 있지만 무우 몸체가 더 중요한 부분이다. 시의 여주인공은 잎으로써 사람의 외모를 비유했고, 무우로써 인품을 비유했다. 그녀가 남편에게 아내의 용모가 시들었다고 해서 그녀의 인품조차 무시하여 버리지 말라고 당부한다. 그리고 남편에게 그날의 맹세를 잊지 말라고 깨우쳐 준다.

비유 이외에도 비의比拟(비유사)의 묘사법은 《시경》의 사랑 노래 중에서도 비교적 많이 쓰였다. 소위 비의는 바로 사물로써 사람을 비교하고 사람으로써 사물을 비교하고, 사물로써 사물을 비교하는 것이다.

## 2. 흥興의 예술

주희가 말했다. "흥이란 먼저 다른 사물을 언급하여 읊조리고자 하는 말을 이끌어내는 것이다.興者, 先言他物以引起所咏之辭也" '흥'은 또 '기흥起興'이라고도 하며, 종종 시의 시작 부분에 있는데, 바로 주희가 말한 "먼저 다른 사물을 언급한다"고 한 부분이다. 흥구와 읊조리고자 하는 말과의 관계는 아래의 두 가지 종류가 있다.

첫째 유형은 '불취기의不取其義(그 의미를 취하지 않는다)'의 기흥 방법이다.

흥구는 단지 실마리로써 감정을 일으키는 작용만 있으며, 그것과 그 아래 시문은 의미상 직접적인 관련이 없다. 예들 든다.

〈은기뢰殷其雷〉 [소남召南]

| 殷其雷 | 은기뢰 | 우르릉 천둥소리 |
|---|---|---|
| 在南山之陽 | 재남산지양 | 남산의 남쪽에서 울리는데 |
| 何斯違斯 | 하사위사 | 어이해 그이는 이곳을 떠나 |
| 莫敢或遑 | 막감혹황 | 휴가조차 감히 못내는가 |

어떤 아내가 산 남쪽에서 그치지 않고 울리는 천둥소리를 듣고서 속으로 매우 두려워한다. 그녀는 외지로 부역을 나가 있는 남편을 생각하고, 남편이 그 시간 그 시각에 집에 없는 것을 원망한다. 처음 두 구 '은기뢰 재남산지양殷其雷 在南山之陽'은 흥興 구로서, 천둥소리는 남편을 생각하는 부녀자의 마음을 이끌어 내지만, 천둥소리와 부녀자의 생각에 있어서 양자 간의 의미상의 관계는 없다.

둘째 유형은 반드시 비유작용을 하는 기흥起興 방법이다.

흥구의 형상은 '읊조리고자 하는 말', 즉 '소영지사所咏之辭'와 의미상으로 유사한 어떤 특징이 있어서, 비유의 관계를 이루고 있다. 이것은 실제로 흥이면서 비이므로 '흥이비興而比'의 용법이다. 예를 든다.

〈관저關雎〉 [주남周南]

| 關關雎鳩 | 관관저구 | 관관 지저귀는 징경이는 |
|---|---|---|
| 在河之洲 | 재하지주 | 황하의 모래톱에 있고요 |
| 窈窕淑女 | 요조숙녀 | 품성 좋고 아름다운 숙녀 |
| 君子好逑 | 군자호구 | 군자의 좋은 배필이지요 |

'관관저구, 재하지주關關雎鳩, 在河之洲'는 시인의 눈앞에 펼쳐진 실재의 경물로써 정을 일으키는 발단이 되었다. 징경이 숫새와 암새의 짝을 찾는 소리를 듣고, 마음에 둔 사람에 대한 시인의 생각을 불러일으켰다. 게다가 물새가 관관 울며 화답하는 것은 남녀가 짝을 찾는 것에 비유할 수 있으므로 이는 곧 다음 구의 '요조숙녀, 군자호구 窈窕淑女, 君子好逑'와 의미상으로 연관되어 맨 앞의 두 흥구는 다음 구와 비유관계를 이루고 있다.

이처럼 비유의 작용이 있으면서 흥을 일으키는 것은 《시경》의 애정시에서 가장 보편적이다. 예를 든다.

〈도요桃夭〉 [주남周南]

| 桃之夭夭 | 도지요요 | 복숭아나무 하늘하늘한 가지에 |
| 灼灼其華 | 작작기화 | 고운 분홍 꽃 활짝 터뜨렸네 |
| 之子于歸 | 지자우귀 | 그 색시 시집가서 |
| 宜其室家 | 의기실가 | 그 집안을 화목케 하리라 |

시인이 활짝 핀 복숭아 꽃을 통해 어떤 아가씨가 시집을 가려고 하는 것을 연상하였으므로 앞의 두 구는 원래 흥구다. 그러나 흥구의 복숭아 꽃이 또 다음 시구에 묘사한 아가씨와 비유관계를 형성하여 그녀도 마치 복숭아 꽃 처럼 곱고 아름다운 것 같다. 그러므로 이것도 일종의 '흥이비興而比'의 용법이다.

## 3. 부賦의 예술

주희가 말했다. "부賦는 어떤 일을 펼쳐서 직설적으로 말하는 것이다.賦者, 賦陳其事而直言之者也" 바꾸어 말하면 부賦는 서술이고 묘사이며 서정이므로 그것은 애정시에서 상용하는 표현 수법이다. 《시경》의 애정시에서 부의 형식은 다양하다.

첫 번째 유형은 시 전체가 부체賦體를 사용한 것이다.

〈여왈계명女曰鷄鳴〉(진풍秦風)은 대화형식을 채용한 부체다. 이 시는 흥, 비가 없이 완전한 부체의 수법으로써 한 쌍의 수렵하는 부부가 서로 경애하며 행복하게 생활하는 것을 묘사하였다.

《시경》의 애정시에서 이처럼 한편의 시 전체에서 부를 사용한 편명은 꽤 많다. 예를 들면, 〈완구宛丘〉, 〈진유溱洧〉, 〈정녀靜女〉, 〈건상褰裳〉, 〈장중자將仲子〉, 〈교동狡童〉, 〈야유사균野有死麕〉, 〈목과木瓜〉, 〈유녀동거有女同車〉, 〈풍豐〉, 〈준대로遵大路〉, 〈계명鷄鳴〉, 〈동산東山〉, 〈군자우역君子于役〉 등이다.

두 번째 유형은 부와 비, 흥의 겸용이다.

부는 가장 기본적인 표현 수법으로서 비, 흥 이외에는 모두 부다. 《시경》에서 한 편의 시 전체에서 부를 사용한 예는 꽤 많지만, 시 전체에서 비를 사용한 것은 매우 적고, 시 전체에서 흥만을 사용한 것은 없다. 부와 비, 흥은 늘 함께 결합되었다.

어떤 애정시는 흥을 일으킨 이후에 바로 이어서 부의 수법을 써서 사건을 서술하고 감정을 펴냈기 때문에 '흥이부興而賦'라고 일컫는다. 예를 든다.

〈겸가蒹葭〉 [진풍秦風]

| 蒹葭蒼蒼 | 겸가창창 | 갈대가 푸르고 푸르니 |
| 白露爲霜 | 백로위상 | 흰 이슬이 서리가 되었네 |
| 所謂伊人 | 소위이인 | 이른바 그 사람은 |
| 在水一方 | 재수일방 | 저 물가의 한쪽에 있는데 |

이 시는 겸가창창蒹葭蒼蒼, 백로위상白露爲霜으로 흥을 일으켜 시인이 깊은 가을 새벽에 물가의 갈대 위에 이슬이 맺혀 서리가 된 것을 보고 '그 사람'을 생각하는 정서가 촉발된 것이다. 이어서 시인은 '그 사람'이 있는 곳을 묘사하여 자기가 '그 사람'과 소통할 길을 그토록 찾았다는 것을 서술하고, '그 사람'을 볼 수 없는 처량한 심정을 펴냈다. 흥구 이후의 묘사, 서술, 서정은 모두 부의 수법이다.

어떤 애정시는 시작부분의 흥구와 그 아래 구의 '읊조리고자 하는 말, 소영지사所咏之辭'가 비유관계를 형성한다. 흥을 일으킨 이후에 다시 서술하고 묘사한다. 우리는 그것을 '비이부比而賦'라고 일컬어도 무방하다. 예를 든다.

〈표유매摽有梅〉 [소남召南]

| 摽有梅 | 표유매 | 매실이 떨어져 |
| 其實七兮 | 기실칠혜 | 그 열매 일곱 개 남았네 |
| 求我庶士 | 구아서사 | 나에게 구혼할 총각들 |
| 迨其吉兮 | 태기길혜 | 좋은 날 골라봐요 |

여기 네 구의 시에서는 처음 두 구로 흥을 일으키고 끝의 두 구로 부를 사용했다. 시에서 여주인공은 매실이 어지러이 땅에 떨어져 나무 가지 위에 단지 열에 일곱 개 밖에 남아 있지 않는 것을 보고서 때 맞춰 시집을 갈 수 없는 후회의 심정이 촉발되었다. 흥구에서 매실이 땅에 떨어지는 자연 풍경을 묘사한 의미는 아가씨의 청춘이 쉽게 지나가버리는 추상적인 이치를 설명하는 데 있다. 그래서 이 시는 흥이면서 비이다興而比. 부구賦句는 직접적으로 여주인공의 결혼을 갈망하는 절박한 심정을 서술하고 있다. 전체 네 구는 '흥이면서 비'이고 '비이면서 부'인 예술수법을 채용하였다.

## 4. 중장첩창重章疊唱의 예술형식

중장 첩창重章疊唱은 《시경》에서 허다한 애정시의 예술형식이다. 한 수의 애정시는 약간의 장으로 나뉘는데 각 장의 결구는 서로 같고 어구도 서로 비슷하다(다만 소수의 몇 글자만 바뀐다). 시 전편에서 같은 내용을 반복하여 노래함으로써 일창 삼탄一唱三嘆의 예술효과를 거둔다.

《시경》 애정시의 중장 첩창은 주로 아래의 몇 유형이 있다.

첫 번째 유형은 매 장의 끝이 중복되는 경우다.

이러한 애정시는 단지 끝 부분만 중복된다.

예를 들면, 〈한광漢廣〉(주남周南)은 제 1인칭의 방식으로 한 청년이 강가에 있는 뱃사공의 집 처녀에게 구애하는 것을 묘사했다. 전편이 세 장인데 제 1장은 찾아도 이룰 수 없는 심정을 펴냈고, 제 2장과 제 3장은 그가 처녀와 결혼하는 환상의 정경을 묘사했다. 매 장의 끝마다 모두 아래와 같은 네 구가 중복되었다.

| | | |
|---|---|---|
| 漢之廣矣 | 한지광의 | 한수가 하도 넓어 |
| 不可泳思 | 불가영사 | 헤엄쳐 갈 수도 없고 |
| 江之永矣 | 강지영의 | 강수가 하도 길어 |
| 不可方思 | 불가방사 | 뗏목 타고 갈 수도 없네 |

두 번째 유형은 매 장의 처음이 중복되는 경우다.

이러한 애정시는 각 장마다 단지 처음 몇 구만이 중복된다.

예를 들면, 〈동산東山〉(빈풍豳風)에서는 제대하는 사병이 귀가 도중의 견문과 감정을 일인칭 어투로 묘사했다. 이 사병은 신혼생활을 한 지 얼마 안 되어 집을 떠나 원정을 갔는데 삼년이 지나서야 요행히

생환하였다. 귀가하는 길에서 그는 종군의 괴로움을 한탄하고(1장), 집안 정원의 황량함을 아득히 생각하며(2장), 아내의 안위를 걱정하고(3장), 신혼의 행복을 회상한다(4장). 줄곧 그는 희비가 교차하여 집에 가까워질수록 집안이 어떻게 되었는지 알지 못해서 마음속으로 걱정이 된다. 시 전편에서 매 장 마다 시작 부분에서는 모두 아래 네 구가 중복되었다.

| 我徂東山 | 아조동산 | 내 동쪽 산으로 간 뒤에 |
|---|---|---|
| 慆慆不歸 | 도도불귀 | 오랜 세월 돌아오지 못했노라 |
| 我來自東 | 아래자동 | 내 이제 동쪽에서 올 제 |
| 零雨其濛 | 영우기몽 | 가랑비 부슬부슬 처량하더라 |

시 전체의 각 장은 고르게 이 네 구로 시작된다. 이는 각 장의 내용을 모두 환향하면서 보고 듣고 느끼고 생각하는 범위에 한정시켜 각 장을 긴밀하게 연계시킴으로써 하나의 예술 체계를 이루었다.

세 번째 유형은 장 전체가 중복되는 경우다.

어떤 애정시는 전편의 각 장마다 내용이 똑 같다. 단지 몇 글자만을 바꾸어 장절이 반복되는 형식을 이루었다. 이렇게 장이 중복되는 형식은 또 아래의 두 가지 격식으로 나뉜다.

첫 번째 격식은 중복을 통하여 시의 의경意境을 강화하는 것이다.

이러한 격식의 중복은 비록 시의詩意에서는 변회가 없으나 시의 감화력은 더욱 강화된다. 예를 든다.

〈준대로遵大路〉 [정풍鄭風]

| 遵大路兮 | 준대로혜 | 큰 길가를 따라 가며 |
|---|---|---|
| 摻執子之袪兮 | 삼집자지거혜 | 당신의 소매를 부여잡네 |

| 無我惡兮 | 무아오혜 | 날 미워하지 마오 |
| 不寁故也 | 부잠고야 | 오래된 아내를 버릴 수는 없는 법 |

전체 시는 모두 두 장인데, 이 시는 제 1장이다. 제 2장은 제 1장의 '거祛', '오惡', '고故'를 각기 '수手', '추醜', '호好'로 바꾸어 비슷한 단어를 중복시킴으로써 한 여자가 남편에 대해 그녀를 버리지 말아 달라고 고통스럽게 갈구하는 심리 상태를 표현한 것이 절실하게 사람을 감동시킨다.

두 번째 격식은 중복을 거쳐서 시의 의경을 발전시키는 것이다.

이러한 격식의 중복은 비록 각 장에서 몇 글자만 바꾸었지만 시의詩意는 매 장마다 발전되고 감정도 매 장마다 더 깊어진다. 예를 든다.

〈채갈采葛〉 [왕풍王風]

| 彼采葛兮 | 피채갈혜 | 그 사람 칡 캐러 가서 |
| 一日不見 | 일일불견 | 하루라도 못보면 |
| 如三月兮 | 여삼월혜 | 석 달이나 된듯하네 |

이 시는 모두 세 장인데 매 장마다 두 개의 글자만을 바꾸었을 뿐이다. '갈葛(칡)', '소蕭(쑥)', '애艾(약쑥)'는 모두 식물로써 시에서는 아가씨가 식물을 캐러 가는 것을 묘사했다. '월月', '추秋', '세歲'는 비록 시간을 표시하지만 시간이 점점 길어져 처녀에 대한 총각의 연모의 정이 점점 더 깊어지는 것을 표현하였다.

《시경》의 사랑 노래는 내용과 형식에서 상당히 완성된 미적 통일을 이루었다. 그것은 중국 고대 노동 인민들의 건강한 애정관을 반영했을 뿐 아니라 애정을 묘사하는 예술형식도 창조했다.

《시경》의 사랑 노래에서 불가피하게 존재하는 얼마간의 봉건적인 잔재에 관해서는 물론 말을 거리낄 필요가 없을 것이다. 우리는 마땅히 '찌꺼기를 버리고 정수를 취한다. 거기조박 취기정화去其糟粕 取其精華'는 원칙을 좇아서 이러한 진귀한 문학유산을 비판적으로 계승해야 한다.

두안추잉段楚英

# 구우

求偶: 짝을 찾아서

청년기에 들어선 남자가 짝을 찾고자 하는 욕망이 생기면 마음이 조급해져서 참지 못한다. 그는 수고로움을 마다하지 않고 온갖 방법을 다 동원하여 찾아 나서 구애한다. 목적을 이루기 전까지 얼마나 많은 시련을 당할지 알 수 없다.

〈관저關雎〉(주남周南) 시에서 어떤 '군자'는 강기슭에서 풀을 캐고 있는 '숙녀'에게 반해서 상사병에 걸리고 만다. 그는 밤낮으로 그리워하고 또 그리워하면서, 혼자 잠자리에 누워 이리저리 뒤척이며 잠을 이루지 못한다. 눈앞의 현실은 '사랑을 구하려고 하지만 얻지 못한다. 구지부득求之不得' 그래도 그는 자신이 어떻게 하면 '숙녀'의 사랑을 얻을 수 있을까 상상하고 있다.

〈한광漢廣〉(주남周南) 시에서 젊은 나무꾼은 강가의 '노니는 여자, 유녀游女'에게 반한다. 그는 비록 '한수의 여인에게 구애할 수 없다. 한녀불가구漢女不可求'는 것을 잘 알고 있지만 단념하지 않는다. 그는 언젠가는 그 아가씨를 자신의 집으로 데려올 수 있을 것이라는 환상에 빠져있다. 그러나 그가 환상 속에서 다시 현실 생활로 돌아왔을 때 '구애할 수 없는, 불가구사不可求思' 비통함은 한층 더할 것이다.

〈겸가蒹葭〉(진풍秦風) 시에서 한 청년은 늦가을 새벽 강가에서 '강물 저 편에 있는, 재수일방在水一方' '그 사람, 이인伊人'을 찾는다. 눈 앞의 갈대에는 서리꽃이 맺혀 있어서 사방이 온통 하얗다. 그는 매서운 추위에도 개의치 않고 강기슭에서 배회하며, '그 사람, 이인伊人'에게로 통하는 길을 찾는다. 그는 찾고 또 찾았다. 그러나 '길이 막히고 멀다. 도조차장道阻且長' 그렇지 않으면 '마치 물 한 가운데에 있는 것 같다. 완재수중앙宛在水中央' 그는 밤낮으로 생각하고, 그리운 '그 사람, 이인伊人'을 볼 수 있는 방법이 없어 괴로운데, 정말 '이른바 그 사람은, 강 건너편에 있다. 소위이인 재수일방所謂伊人 在水一方'

〈완구宛丘〉(진풍陳風) 시에서 한 남자는 무당의 직업을 가진 아가씨에게 반한다. 그 아가씨가 매일 다른 사람들을 위해 기도하고 춤을 추면, 이 남자는 단지 방관자의 신분으로 아가씨의 춤추는 자태에 도취되어 감상할 뿐, 아가씨의 마음속으로 뛰어들 용기가 없다. 그래서 이것은 희망이 없는 애정이다.

# 1. 〈관저關雎〉[주남周南][1]

| 關關雎鳩[2] | 관관저구 | 관관 지저귀는 징경이는 |
|---|---|---|
| 在河之洲[3] | 재하지주 | 황하의 모래톱에 있고요 |
| 窈窕淑女[4] | 요조숙녀 | 품성 좋고 아름다운 숙녀는 |
| 君子好逑[5] | 군자호구 | 군자의 좋은 배필이지요 |

| 參差荇菜[6] | 참치행채 | 들쑥날쑥한 마름풀을 |
|---|---|---|
| 左右流之[7] | 좌우유지 | 물결 따라 따지요 |
| 窈窕淑女 | 요조숙녀 | 품성 좋고 아름다운 숙녀를 |
| 寤寐求之[8] | 오매구지 | 자나깨나 찾아 보지요 |

| 求之不得 | 구지부득 | 찾아도 얻지 못하니 |
|---|---|---|
| 寤寐思服[9] | 오매사복 | 자나깨나 그리워하지요 |
| 悠哉悠哉[10] | 유재유재 | 끝없이 그리운 생각에 |
| 輾轉反側[11] | 전전반측 | 이리 뒤척 저리 뒤척 |

| 參差荇菜 | 참치행채 | 들쑥날쑥한 마름풀을 |
|---|---|---|
| 左右采之 | 좌우채지 | 이리저리 캐지요 |
| 窈窕淑女 | 요조숙녀 | 품성 좋고 아름다운 숙녀를 |
| 琴瑟友之[12] | 금슬우지 | 금슬 타며 사랑하리 |

| 參差荇菜 | 참치행채 | 들쑥날쑥한 마름풀을 |
|---|---|---|
| 左右芼之[13] | 좌우모지 | 이리저리 뽑지요 |
| 窈窕淑女 | 요조숙녀 | 품성 좋고 아름다운 숙녀를 |
| 鐘鼓樂之[14] | 종고낙지 | 종고 치며 즐겁게 해주리 |

..................

1 **關雎**(관저): 편명. 《시경詩經》은 각 편마다 첫 구절의 몇 자(대체로
   두 글자)를 써서 편명으로 삼았다. 〈관저關雎〉는 사랑의 노래로서 한
   남자가 한 여자를 사모하여 그녀에게 구애할 방법을 물색하는 것을
   그렸다.

   **周南**(주남): 서주西周 초기에 주공 단周公旦이 낙읍洛邑(지금의 하남
   성河南省 낙양洛陽 동북)에 살며 동방의 제후들을 통치했다. 주남은
   주공 단이 통치하던 南方(지금의 낙양에서 호북성湖北省에 이르는
   지역)의 시가이다.

2 **關關**(관관): 물새의 암수가 어울려 우는 소리를 형용한 의성어.

   **關雎**(관저): 물새의 한 종류. 일명 '징경이'. 암수 사이의 정情이 한결
   같다고 전해진다.

3 **洲**(주): 물 가운데의 육지. 즉 모래톱. 이 구절에서는 작은 모래톱에
   서 울고 있는 저구雎鳩로써 아래의 두 구를 이끌어낸다. 이러한 표현
   방법을 흥興이라고 한다. 흥興은 어떤 사물로써 자기가 말하고자 하
   는 사물을 이끌어 내는 것으로, 두 사물 사이에 일정한 연관이 있긴
   하나, 해석할 때 견강부회牽强附會해서는 안 된다.

4 **窈窕**(요조): 외모와 속마음이 모두 아주 아름다운 것을 형용한다.

   **淑**(숙): 덕성이 훌륭하다.

   **淑女**(숙녀): 훌륭한 처녀.

5 **逑**(구): 배필. 짝. 배우자.

   **君子**(군자): 고대 남자에 대한 미칭.

   **好**(호): 남녀가 서로 좋아하다. '好', '逑'는 여기서 모두 동사다. 즉,
   애모 하여, 배우자가 되기를 바란다는 의미이다.

6 **參差**(참치): 길고 짧은 것이 일정하지 않은 모양.

   **荇**(행): 물에서 자라는 식물의 일종. 잎은 심장 모양이고 수면에 떠
   있으며 먹을 수 있다.

**7** 流(류): 물살을 따라가며 따다. 혹은 '이리저리 흘러 다니다'로 해석
한다.

**8** 寤(오): 잠에서 깨다.

寐(매): 잠자다. 여기서 '寤寐'는 '낮이나 밤이나'의 의미.

**9** 思服(사복): 思는 어기사. 服은 생각하다. 思服은 생각하다.

**10** 悠哉(유재): 생각이 깊고 오랜 모양을 나타냄. 이 구는 생각이 면면이
이어져 그치지 않는 것을 말한다.

**11** 輾轉反側(전전반측): 침상에서 '엎어졌다 뒤집어졌다'하며, 잠들기
어려운 것.

輾은 轉과 같다. 反은 몸을 엎드려 누워 있는 것. 側은 몸을 옆으로
하여 누워있는 것.

**12** 琴瑟(금슬): 모두 고대의 악기이다. 금은 거문고의 일종, 슬은 비파.
금은 5줄 혹은 7줄이며, 슬은 25줄로 되어 있다. 여기서 금슬은 거문
고와 비파를 타는 것을 말한다.

友: 서로 사랑함. 이 구는 거문고와 비파를 연주하여 그녀를 사랑하
는 뜻을 표현한 것이다.

**13** 芼(모): 가려 뽑다. 芼之는 流之, 采之의 뜻이다. 각 장마다 운을 바
꾸기 위해 글자를 바꿨다.

**14** 鐘鼓樂之(종고낙지): 종과 북으로 연주하여 그녀를 즐겁게 하다. 樂
은 동사로 쓰여, '숙녀를 즐겁도록 한다'는 것을 가리킨다.

 **감상과 해설**

〈관저關雎〉는, 남자가 여자를 사모하는 것을 묘사한 민간 연가戀歌다.
시는 3장으로 나뉜다.

처음 네 구가 제 1장이다. 한 청년이 모래톱 위에 있는 한 쌍의

물새가 서로 대단히 사이좋고 친밀하게 사랑하는 정경을 보고, 또 암새와 숫새가 부르며 화답하는 소리를 듣고, 자기도 모르게 용모가 아름답고 성품이 좋은 아가씨를 연상하여, 그 아가씨와 부부가 되고자 함을 묘사했다.

제 1장은 모두 네 구로서 "관관 지저귀는 징경이는, 관관저구關關 雎鳩" 들려오는 새소리를 적은 것이니, 이는 들은 것이다.

"황하의 모래톱에 있고요, 재하 지주在河之洲"는 소리를 찾아가 바라 본 것을 적었으니, 이는 본 것이다. "품성 좋고 아름다운 숙녀, 요조숙녀窈窕淑女"는 자기의 마음에 둔 사람에 대해 생각한 것이다.

"군자의 좋은 배필이지요, 군자호구君子好逑"는 강렬한 애정의 이상理想으로서 묵묵히 스스로 축원하는 것이다.

이 청년이 사모하는 아가씨는 "요조숙녀窈窕淑女"다. "요조窈窕"는 외모가 아름다움을 형용한 것이고, "숙淑"은 성품이 훌륭함을 형용한 것이다. 외모가 아름답고 심성心性까지 고운 아가씨는 당연히 이 시의 서정적 주인공이 구애할 만한 대상이 된다.

제 2, 3절節이 제 2장이다. 청년은 자기 애정의 이상을 실현할 방법이 없자 힘든 고뇌 속으로 빠져드는 것을 묘사했다.

"들쑥날쑥한 마름풀을 물결따라 따지요, 참치행채 좌우유지參差荇 菜, 左右流之"는 알고보니 그가 구애하는 사람은 강변에서 행채荇菜를 뜯는 아가씨였다. 아가씨는 강변에서 물 흐름에 따라 몸을 왼쪽으로 기울였다 오른쪽으로 기울였다 하면서 물 속의 행채荇菜를 뜯고 있

다. 그녀의 모습은 그를 백일몽白日夢에 빠지게 하고 점점 더 잊을
수 없게 하였다.

"찾아도 얻지 못하니, 구지부득求之不得"이 무엇 때문인지, 시 가운
데 설명은 없다. 애정의 이상이 이미 물거품이 된 상황에서 이 청년은
자기의 구애를 멈출 수가 없을 뿐만 아니라, 오히려 그의 그리움은
더욱 심해져 밤새 잠들지 못할 정도에 이르게 되었다.

"끝없이 그리운 생각에 이리 뒤척 저리 뒤척, 유재유재 전전반측悠
哉悠哉 輾轉反側"이 묘사하는 것은 길고도 어두운 밤 동안, 그 청년은
침상에서 이리 뒤척 저리 뒤척이며 잠 못 이루고 참기 어려운 상사의
고통을 모조리 느끼고 있다.

마지막 두 개의 절節이 제 3 장이다. 청년이 환상 속에서 사랑을
이루고 게다가 그가 열렬하게 구애했던 그 아가씨를 아내로 맞는다.
정情이 절정에 이르면 반드시 환상이 생겨나는 법이다.

이 청년은 밤새도록 잠을 이루지 못하고 생각이 끊임없이 떠올랐
다. 그래서 "금슬 타며 사랑하리, 금슬우지琴瑟友之"의 유쾌한 정경을
상상했다. 그는 거문고를 타고 비파를 연주하는 방식으로 가슴속의
애모의 마음을 토로한다. 그 청년은 아가씨와 친구가 되고 게다가 사
이좋게 서로 사랑하는 정도에까지 도달한다.

그는 한걸음 더 나아가 "종고 치며 즐겁게 해주리, 종고락지鐘鼓樂
之"의 신혼 장면을 환상하면서, 징을 치고 북을 울리며 그 아가씨를
아내로 맞아 온다. 이 청년은 오로지 환상 속에서 애정의 성취에 도취
되어 버렸다. 이러한 환상은 결코 현실은 아니지만, 그가 애정의 이상
을 집요하게 추구하고 있음을 나타낸다.

공자孔子가 말했다. "〈관저關雎〉 편은 즐거워도 음란하지 않고, 슬
퍼도 상하지 않는다. 낙이불음 애이불상樂而不淫, 哀而不傷"(《논어論

語・팔일八佾》). 이 애정시는 "찾아도 얻지 못하니, 구지부득求之不得"의 애타는 그리움의 고통을 묘사했지만, 그렇다고 스스로 벗어나기 어려운 경지에 빠져 버린 절망적인 애가哀歌는 아니다. 또 애정을 추구하는 미묘한 심리를 표현했지만 적당한 정도에서 멈추었다. 이 시는 확실히 우미優美한 민간 연가戀歌다.

 **역대 제가의 평설**

《모시서毛詩序》: "〈관저關雎〉는 후비后妃의 덕이고, 풍風의 시작이다. 천하를 교화하고 남편과 아내를 바르게 한다. … 그래서 〈관저〉는 숙녀를 얻어 군자와 짝지어 주는 것을 기뻐하며, 어진 이를 천거하면서도 그 표정이 방자하지 않았다. '아름답고 품성 좋기를' 애원하고 '어질고 재능 있기를' 생각했기 때문에 선善을 상하게 하는 마음이 없다. 이것이 〈관저關雎〉의 의미다."

정현鄭玄《모시전전毛詩傳箋》: "후비后妃는 자나깨나 항상 현명한 여자를 구하여, 그녀와 더불어 자기의 직분을 함께 하려 하였다."

《사기史記・십이제후연표十二諸侯年表》: "주나라의 도가 쇠퇴하자, 시인은 그 원인이 잠자리에 있다고 보고 세태世態를 바로 잡고자 〈관저關雎〉를 지었다."

《한서漢書・두흠전杜欽傳》: "왕이 조회朝會에 늦기 때문에 〈관저關雎〉에서 그것을 탄식한 것이다. 호색은 본성을 해치고 수명을 단축시키며, 법도를 이탈한 삶은 거리낌이 없어져 세상은 장차 몽매하게 되고 사물은 점점 쇠퇴하여 풍속이 된다는 것을 알았다. 그렇기 때문에 숙녀를 영탄하고 그녀가 왕의 배필이 되어 충효忠孝를 돈독히 하고 인후仁厚를 진작시키길 바란 것이다."

공영달孔穎達《모시정의毛詩正義》: "〈관저關雎〉 편은 후비后妃가 마음속으로 즐거워하는 것을 말했다. 이처럼 어질고 착한 여자를 얻어 그녀를 자기의 남편과 짝지어 준 것을 즐거워했다. 마음속으로 어진 처녀를 천거하면서도 스스로 그 표정을 방자하지 않게 하려고 애썼다. 또 아름답고 성품이 훌륭하며 조용하고 정숙한 여자가 아직 승진하지 못한 것에 대해 가슴 아파하며, 어질고 능력 있는 인재를 얻어 그와 더불어 함께 남편을 섬기려고 생각하였다. 노심초사勞心焦思하면서도 선善을 상하게 하거나 도道를 해치는 마음이 없으니, 이것이 〈관저關雎〉 시편의 의의다." 또 말했다. "이 시를 지어 후비后妃가 어진 여자를 천거한 것을 주로 찬미했다. 어진 인재를 생각한다는 것은 어진 재주를 지닌 착한 여자를 생각함을 말한다."

주희朱熹《시집전詩集傳》: "'숙淑'은 '착하다'는 뜻이다. '여女'는 시집가기 전의 여자에 대한 호칭이기 때문에 아마도 문왕의 왕비인 태사太姒가 처녀였을 때를 가리켜 하는 말일 것이다. 군자는 곧 문왕文王이다. … 주나라 문왕이 태어나면서부터 어진 덕이 있었고 또한 성스러운 여자인 태사를 얻어 배필로 삼았다. 그녀가 처음 이르렀을 때 조용하고 정숙한 인품을 궁중 사람들이 보았기 때문에 이 시를 지은 것이다."

요제항姚際恒《시경통론詩經通論》: "이 시는, 단지 당시 세자世子가 비妃를 얻은 신혼을 시인이 미화美化한 작품일 뿐이다. 아름다운 짝과의 결합이 처음부터 우연이 아니라, 나라의 상서로움이 드러날 징조로 여겨서 이로부터 나라를 바르게 하고 천하를 교화할 수 있다고 여긴 것이지, 실제로 태사太姒와 문왕文王을 가리켜 나온 것은 아니다."

방옥윤方玉潤《시경원시詩經原始》: "〈소서小序〉에서 후비后妃의 덕이라고 주장한 것이나, 《집전集傳》에서 궁인宮人들이 태사太姒를 칭찬한 것이라고 한 것은 모두 정확하지 않다. … 이 시는 아마도 주읍周邑에서 신혼을 읊조린 것이리라. 그래서 방중房中의 음악이라고 여겨서, 시골 사람도 이 노래를 불렀고, 나라에서도 이 노래를 사용했는데 적합하지 않음이 없었다."

최술崔述《독풍우식讀風偶識》: "이 시를 자세히 감상해 보면 군자는 스스로 아름다운 배필을 구하였고, 다른 사람이 그 슬퍼하고 기뻐하는 감정을 대신 적었을 뿐이다."

진자전陳子展《시경직해詩經直解》: "고문古文〈시 대서詩大序〉에서 〈관저關雎〉는 '숙녀淑女를 얻어 군자의 배필로 삼은 것을 즐거워 한 시다.'라고 했는데, 이 한 구절만 취해도 이 시의 본 뜻을 설명하기에 충분하다. '관저關雎〉는 후비后妃의 덕이며, 풍風의 시작이다. … '라고 말함으로써《시경詩經》에서 이 시편이 첫 머리에 오게 된 의미와 악장樂章으로 사용된 의미를 확정하였다."

"《주전朱傳》에서는 결국 문왕文王의 후비 태사太姒가 처음 이르렀을 때 궁중 사람들이 그 조용하고 정숙한 덕을 보았기 때문에 이 시를 지었다고 했다. 그러나 실제로 근거가 없다."

문일다聞一多《풍시유초風詩類抄》: "여자가 강변에서 행채를 캐고 있는데, 남자가 그것을 보고 그녀를 좋아하게 되었다."

원매袁梅《시경역주詩經譯注》: "이 시는 고대의 연가戀歌다. 한 청년이 온유하고 미려한 아가씨를 사랑하게 된다. 그는 끊임없이 그녀를 그리워하고, 그녀와 부부가 되길 갈망한다."

여관영余冠英《시경선詩經選》: "이 시는 남자가 여자를 그리워하는 마음을 그렸다. 대의는 이렇다. 강변에서 행채荇菜를 뜯는 아가씨가

한 남자의 사모하는 마음을 불러일으켰다. '좌우채지左右采之'하는 숙
녀의 모습은 그로 하여금 자나 깨나 잊지 못하게 했다. 그리고 '금슬
우지琴瑟友之', '종고낙지鐘鼓樂之'는 그가 자나 깨나 실현시키고자 하
는 소망이었다."

고형高亨《시경금주詩經今注》: "이 시는 어떤 귀족이 아름다운 아가
씨를 사랑하게 되어 결국 그녀와 결혼하게 되었음을 노래한 것이다."

## 2. 〈한광漢廣〉[주남周南][1]

| 南有喬木[2] | 남유교목 | 남쪽에 높이 솟은 나무가 있지만 |
|---|---|---|
| 不可休思[3] | 불가휴사 | 그늘에서 쉴 수가 없네 |
| 漢有游女[4] | 한유유녀 | 한수에 여신이 있지만 |
| 不可求思[5] | 불가구사 | 추구할 수가 없네 |
| 漢之廣矣 | 한지광의 | 한수가 하도 넓어 |
| 不可泳思[6] | 불가영사 | 헤엄쳐 갈 수도 없고 |
| 江之永矣[7] | 강지영의 | 강수가 하도 길어 |
| 不可方思[8] | 불가방사 | 뗏목 타고 갈 수도 없네 |
| | | |
| 翹翹錯薪[9] | 교교착신 | 높이 솟아 뒤섞인 온갖 섶나무에서 |
| 言刈其楚[10] | 언예기초 | 싸리가지만 베어야지 |
| 之子于歸[11] | 지자우귀 | 그 아가씨 시집올 적에 |
| 言秣其馬[12] | 언말기마 | 말에게 배불리 먹이리 |
| 漢之廣矣 | 한지광의 | 한수가 하도 넓어 |
| 不可泳思 | 불가영사 | 헤엄쳐 갈 수도 없고 |
| 江之永矣 | 강지영의 | 강수가 하도 길어 |
| 不可方思 | 불가방사 | 뗏목 타고 갈 수도 없네 |
| | | |
| 翹翹錯薪 | 교교착신 | 높이 솟아 뒤섞인 온갖 섶나무에서 |
| 言刈其蔞[13] | 언예기루 | 물쑥만 베어야지 |
| 之子于歸 | 지자우귀 | 그 아가씨 시집올 적에 |
| 言秣其駒[14] | 언말기구 | 망아지에게 배불리 먹이리 |
| 漢之廣矣 | 한지광의 | 한수가 하도 넓어 |

| 不可泳思 | 불가영사 | 헤엄쳐 갈 수도 없고 |
| 江之永矣 | 강지영의 | 강수가 하도 길어 |
| 不可方思 | 불가방사 | 뗏목 타고 갈 수도 없네 |

．．．．．．．．．．．．．．．．

1 漢廣(한광): 편명. 이 시는 〈주남周南〉의 연가戀歌이며, 한 남자가 어
떤 처녀를 애모하지만, 뜻대로 이루어지지 않는 안타까운 심정을 표
현하고 있다.

周南(주남): 현재의 하남성河南省의 낙양洛陽에서 남으로 곧장 호북
성湖北省에 이르는 지역.

2 喬木(교목): 높이 솟은 나무.

3 休(휴): 바로 휴음庥蔭의 휴庥, 休와 庥는 본래 같은 글자이다. "不可
庥"는 나무의 그늘이 질 수 없음을 말하며, 나무가 매우 높이 솟아있
다는 것을 형용한다.

思(사): 어미 조사로, 실재 의미는 없다.

4 漢(한): 한수漢水. 섬서성陝西省 영강현寧羌縣 북쪽에서 발원하여, 동
으로 지금의 호북성湖北省으로 들어가, 한양漢陽에 이르러 장강長江
으로 흘러든다.

游女(유녀): 한수漢水의 여신을 가리킨다. '喬木不可休, 漢女不可
求'는 모두 구애하는 여자를 얻지 못하는 것을 비유하고 있다.

5 思(사): 어미 조사로 실재 의미는 없다.

6 泳(영): 헤엄치다. 옛날에는 발음이 양養과 같았다.

7 江(강): 장강長江. 장강은 옛날에 강江 혹은 강수江水로만 불렀다.
영(永): 길다. 장강의 물이 매우 멀리 흘러가는 것을 가리킨다.

8 方(방): 대나무나 나무를 엮어서 뗏목을 만들어 강을 건너는 것을
"方"이라 한다.

9 翹翹(교교): 높이 우뚝 서 있는 모습.

錯(착): 어지럽게 뒤섞여 있는 것. 착신錯薪은 어지럽게 뒤섞여 있는 땔감을 가리킨다.

10 言(언): 관계사. 乃, 則과 같은 작용을 한다.

刈(예): 베다.

楚(초): 식물의 이름. 낙엽관목. 형荊이라고도 한다.

11 之子(지자): "그 사람那人"과 같고, 유녀游女를 가리킨다.

于歸(우귀): 여자가 시집가는 것.

12 秣(말): 말에게 먹이는 것.

13 蔞(루): 누호蔞蒿. 물쑥. 습지성 식물.

14 駒(구): 망아지

 감상과 해설

〈漢廣〉은 한 청년이 어떤 처녀에게 구애하지만 뜻대로 되지 않게 되자 이에 괴로워하는 것을 묘사한 민간 연가戀歌이다.

이 시는 3장으로 나뉜다.

제 1장은 일련의 비유를 사용하여, 남 주인공이 한 처녀를 애모하지만, 구애할 수 없는 안타까운 심정을 나타낸다.

처음 네 구에서 말하고 있다. 남방南方에 비록 높이 솟은 커다란 나무가 있지만 그 나무 그늘 밑에서 쉴 수가 없다. 한수漢水 가운데 아름다운 여신이 있는데, 바라 볼 수는 있으나 가까이 갈 수는 없다.

이른바 "남쪽에 높이 솟은 나무가 있지만 그늘에서 쉴 수가 없네, 교목불가휴 유녀불가구喬木不可休 游女不可求"라고 한 것은 원하는 여자를 얻을 수 없음을 비유하고 있다.

다음 네 구에서는 한수가 아득히 넓어 수영하여 건널 수 없고, 장강

長江의 물길이 길고도 길어 뗏목을 저어 왕래할 수 없다고 말한다. 이 두 개의 비유는 상사相思와 실망의 심정을 한 걸음 더 나아가 표현한 것이다.

제 1장의 네 개의 비유는 남 주인공의 열렬한 그리움과 실망을 함축적으로 표현했을 뿐만 아니라, 유쾌하고도 아름다운 정취를 그려내었다. 높이 솟은 나무와 물안개, 망망한 한수漢水와 장강長江은 모두 매우 볼만한 경관이다. 민간 전설 가운데 한수漢水의 여신 또한 비록 허무맹랑하고 희미하지만 아름답고도 감동적이다.

이 시의 서정적 주인공은 이와 같이 아름다운 정취를 창조하였다. 그 본뜻이 비록 자기 애정의 이상理想이 실현될 수 없음을 표현하고 있지만, 소극적인 비관이 아니며, 절망적인 하소연은 더욱 아니다.

제 2장은 남자가 사랑하는 처녀와 결혼하는 정경을 상상하는 것이다.

첫 두 구절에서 땔감을 할 때 그냥 이리저리 널려 있는 나무를 베어서는 안되고 반드시 싸리나무[荊樹]가지 만을 베어야 한다고 말한다. 여기서는 "온갖 섶나무, 착신錯薪"을 써서 일반 여자를 비유하고 있으며, "초楚"를 자기가 바라는 처녀에 빗대고 있다. 베어 낸 가지들을 묶어 횃불로 만드는 것은 고대古代의 결혼 풍속이었다. "저 싸리가지만 베어다가, 언예기초言刈其楚"는 남자가 신혼을 위하여 준비하는 작업이다.

3구와 4구에서는 이 청년이, 사랑하는 처녀가 자기에게로 시집올 것을 상상하면서 말을 먹이고 수레를 몰고 가서 신부를 맞아들일 준비를 하는 것을 그렸다. 남자가 말을 먹이고 수레를 몰고 가서 신부를 맞아 오는 것도 고대의 결혼 풍속이다. "망아지에게 배불리 먹이리, 언말기마言秣其馬"는 일종의 가상일뿐이다. 속담에 이르길, "팔자환몰유일별니, 바즈하이메이유이피어너八字還沒有一撇呢(팔자에서 삐

침이 아직 없다는 말인데, 이는 일이 막 시작되어 그 결말이나 윤곽이 아직 잡히지 않았다는 뜻이다.)"라고 했듯이, 이 남자는 사랑하는 여인을 아직 얻지 못한 상태이다. 그런데도 신혼의 희열 속에 빠져 있다. 당연히 환상은 현실이 아니다.

제 2장의 마지막 네 구는 이 청년이 환상에서 현실의 세계로 돌아와, 한수漢水가 넓어서 수영하여 건널 수 없는 것과 강수江水가 길어서 뗏목으로 건널 수 없는 것처럼 자신의 희망이 이루어 질 수 없음을 다시 한 번 분명히 인식하였다.

제 3장의 내용은 기본적으로 제 2장과 같고, 단지 극히 적은 몇개의 단어를 바꾸었을 뿐이다. 이 시에서 그 청년은 다시 한 번 신혼의 행복을 음미하려는 것 같다. 그는 물쑥을 베어다가 신혼을 위해 횃불을 준비한다. 그는 망아지를 배불리 먹이고 수레를 몰아 신부를 맞아 집으로 데려 올 준비를 한다. 비록 그가 애타게 그리워하는 소녀와 결합할 가능성은 없지만, 신혼에 대한 갖가지 상상은 "원하지만 얻을 수 없는" 안타까운 기분을 희석시켰다.

시 가운데 "높이 솟은 나무, 교목喬木", "우뚝하고 빽빽한 섶나무,

착신錯薪", "싸리가지만 베어야지, 예초刈楚", "물쑥만 베어야지, 예루
刈蔞" 등의 묘사에 근거하여, 어떤 사람은 이 시가 강변의 나무꾼이
부른 연가라고 추측하기도 한대방옥윤方玉潤《시경원시詩經原始》].
어떤 젊은 나무꾼이 눈앞의 아름다운 경관과 한수漢水의 여신 전설
및 신혼의 환상을 빌려 자기 마음속의 연정을 서술하고 있다. 전체적
인 시의 정취는 유쾌하고, 감정을 힘차게 표현하고 있으며 환상적이
고 감동적이다.

 **역대 제가의 평설**

《모시서毛詩序》: "〈한광漢廣〉은 덕이 널리 파급된 것이다. 문왕文王
의 도道가 남국南國까지 덮어 한수漢水와 장강長江 지역에 아름다운
교화가 이루어졌다. 그래서 예법에 벗어난 생각이 없다. 단지 찾았지
만 얻지 못했을 뿐이다."

《한시서韓詩序》: "〈한광漢廣〉은 다른 사람을 기쁘게 하고 다른 사람
에게서 기쁨을 얻는 시이다."

《설군장구薛君章句》: "유녀游女는 한수漢水의 신이다. 한수의 신은
때때로 나타나지만 구애하여 이룰 수는 없음을 말한 것이다."

주희朱熹《시집전詩集傳》: "문왕文王의 교화가 가까운 곳에서 먼 곳
으로 미쳤다. 먼저 한수와 장강 중간 지역에 교화가 미쳐서 음란한
풍속을 바꾸었다. 그래서 어떤 사람이 놀러 나온 여인을 멀리 바라보
고서 그 몸가짐이 단정하였으므로 예전과 같이 쉽게 구애할 수 없음
을 알았다. 따라서 교목喬木으로 흥興을 일으키고, 한수漢水와 강수江
水를 비유하여 반복하고 영탄하였다."

요제항姚際恒《시경통론詩經通論》: "제 1장은 교목喬木이 본래 쉴 수 있으나 쉴 수 없고, 더욱이 유녀游女 또한 본래 얻을 수 있는데 얻을 수 없다고 빗대어 말했지만, 교목에서 쉴 수 없다고 꼭 고집하여 말한 것은 아니다. 제 2, 3장의 앞에 있는 네 개의 시구는 그 여자에게 남자가 있었는데 그는 싸리와 물쑥을 베어다가 말을 먹이고, 시집 올 날을 기다려 손수 맞이하러 가려고 하지만 그러지 못함을 말한 것이다. 이것은 마치 악부樂府에서 말한 '저 나부에게도 남편이 있습니다. 나부자유부羅敷自有夫'와 같은 것이다."

방옥윤方玉潤《시경원시詩經原始》: "이 시는 싸리와 쑥대를 베면서 지은 노래로 이른바 나무꾼의 노래이다. 근대에 초楚(호남·호북성) · 월粵(광동성) · 전滇(운남성) · 검黔(귀주성) 등의 지역에서도 나무꾼들이 산에 들어가 산 노래를 부르며, 숲과 골짜기에서 화답하였다. 대개 노동하는 사람들은 노래를 잘 하는데, 그것으로 피로함을 잊으려고 하기 때문이다. 그 노랫말은 대개 남녀가 서로 주고받는 것, 사사로운 애모의 정, 음탕에 가까운 것이 있으며, 예절로써 스스로 지키는 것도 있다. 표현은 우아함과 세속됨의 중간에 있고, 가락은 꾸미지 않은 자연 본래의 소리 그대로였다. 그 시 가운데 뛰어난 것은 종종 신의 경지에 이르러, 선비와 대부도 도달할 수 없는 바가 있다."

문일다聞一多《풍시유초風詩類抄》: "한녀漢女는 한수漢水의 여신인데 상대방 여자를 빗댄 것이다." "교목喬木은 남자 자신을 비유한 것이다. 교목의 그늘에서 쉴 수 없는 것은 아니지만, 사람들이 스스로 오지 않을 뿐이다." 후반부 네 구는 "혼례의 일을 상상해서 말한 것으로, 자기가 그 처녀를 얻어 부부가 되고 싶음을 분명히 하고 있다."

여관영余冠英《시경선詩經選》: "이 시는 남자가 짝을 구하다가 실망하는 시다. 전체적으로 비유와 암시를 사용하고 있다."

진자전陳子展《시경직해詩經直解》: "〈한광漢廣〉은 당시 한수漢水와 장강長江 유역의 민간에서 유전되던 남녀상열男女相悅의 시다."

원매袁梅《시경역주詩經譯注》"이 시는 어떤 나무꾼 청년이 부른 산가山歌. 그가 마침 한 처녀에게 사랑을 추구하였는데, 그의 구애가 한동안 이루어지지 않아서 그를 고심과 실망에 빠지게 한 것을 표현하였다. 그러나 그는 여전히 그녀와 결혼으로 맺어지길 간절히 바란다. 그의 애정은 정성스럽고 꾸준하며, 그 처녀에 대한 애모와 기대를 드러내고 있다. 그의 아름다운 소망은 '그 여자 시집오면, 지자우귀 之子于歸'이다. 각 장의 뒤 네 구절은 한 글자도 바뀌지 않고 반복과 영탄이 거듭되어 정취가 끝이 없다."

고형高亨《시경금주詩經今注》: "한 남자가 어떤 여자에게 구애하지만 이룰 수 없어 이 노래를 지어 스스로 한탄하는 것이다."

원유안袁愈嫈, 당막요唐莫堯《시경전역詩經全譯》: "시인이 한수의 유녀游女에게 구애하지만, 마침내 실망하는 연가戀歌다."

정준영程俊英《시경역주詩經譯注》: "이 시는 한 남자가 어떤 여자를 애모하지만 바라는 대로 이루어지지 않는 민간의 정가情歌다."

양합명楊合鳴, 이중화李中華《시경주제변석詩經主題辨析》: "이 시는 한 수의 슬픈 연가戀歌다. 시에서 되풀이하여 노래하고 읊조린 것은 구애해도 이루어 질 수 없는 사랑이다. 시의 주인공은 뜨거운 연애에 빠진 남자이다. 그는 비록 이 사랑이 이루어지기 어려운 헛된 꿈이라는 것을 명확히 알고 있지만 여전히 덧없는 생각과 얽힌 그리움은 계속 이어져 떨쳐 버리기 어렵다."

## 3. 〈겸가蒹葭〉 [진풍秦風][1]

| 蒹葭蒼蒼[2] | 겸가창창 | 짙푸르게 우거진 갈대밭에 |
|---|---|---|
| 白露爲霜 | 백로위상 | 흰 이슬이 서리로 되었구나 |
| 所謂伊人[3] | 소위이인 | 이른바 마음속의 그 사람 |
| 在水一方[4] | 재수일방 | 저 강물의 다른 한 쪽에 있네 |
| 遡洄從之[5] | 소회종지 | 굽은 물길 거슬러 찾아 가려니 |
| 道阻且長[6] | 도조차장 | 길이 험하고 길기도 하며 |
| 遡游從之[7] | 소유종지 | 곧은 물길 거슬러 찾아 가려니 |
| 宛在水中央[8] | 완재수중앙 | 마치 강 속의 가운데 있는 듯 |

| 蒹葭凄凄[9] | 겸가처처 | 축축히 젖은 갈대밭에 |
|---|---|---|
| 白露未晞[10] | 백로미희 | 흰 이슬 아직도 마르지 않았네 |
| 所謂伊人 | 소위이인 | 이른바 마음속의 그 사람 |
| 在水之湄[11] | 재수지미 | 저 강물 가 풀 있는 곳에 있네 |
| 遡洄從之 | 소회종지 | 굽은 물길 거슬러 찾아 가려니 |
| 道阻且躋[12] | 도조차제 | 길이 험하고 비탈지네 |
| 遡游從之 | 소유종지 | 곧은 물길 거슬러 찾아 가려니 |
| 宛在水中坻[13] | 완재수중지 | 흡사 강 속의 모래섬에 있는 듯 |

| 蒹葭采采[14] | 겸가채채 | 더부룩하게 우거진 갈대밭에 |
|---|---|---|
| 白露未已[15] | 백로미이 | 흰 이슬이 다 마르지 않았네 |
| 所謂伊人 | 소위이인 | 이른바 마음속의 그 사람 |
| 在水之涘[16] | 재수지사 | 저 물가에 있네 |
| 遡洄從之 | 소회종지 | 굽은 물길 거슬러 찾아 가려니 |

道阻且右<sup>17</sup>　　도조차우　　길이 험하고 오른쪽으로 굽어지네
遡游從之　　　소유종지　　곧은 물길 거슬러 찾아 가려니
宛在水中沚<sup>18</sup>　완재수중지　마치 강 속의 작은 섬에 있는 듯

..................

1 〈蒹葭(겸가)〉: 편명. 〈겸가蒹葭〉는 마음에 든 사람을 사모하고 추구
  하려 했지만, 이루지 못함을 묘사한 시다.
  秦(진): 오늘날 섬서성陝西省, 감숙성甘肅省 일대.

2 蒹葭(겸가): 蒹은 또한 荻(적)이라고도 일컫는다. 가늘고 긴 수초다.
  葭는 갓 자란 갈대다. 蒹과 葭는 모두 물가에서 자란다.
  蒼蒼(창창): 담청색

3 伊人(이인): 그 사람. 伊는 지시대명사. 시에서 "그 사람"은 시인이
  찾아가서 추구하는 대상이다.

4 在水一方(재수일방): 강의 다른 한쪽.

5 遡(소): 물속에서 물의 흐름을 거슬러 가거나 혹은 강 언덕 기슭에서
  윗 쪽으로 옮겨 다니는 것을 가리킨다. 여기서는 뭍으로 가는 것을
  가리킨다.
  洄(회): 굽이쳐 빙빙 도는 물길.
  從(종): 접근의 뜻. 여기서는 그 사람의 종적을 찾는 것을 가리킨다.
  遡洄從之는 바로 굽이쳐 흐르는 물을 거슬러 윗 쪽으로 옮겨 가며
  그녀를 찾아가는 것이다.

6 阻(조): 길에 장애가 너무 많아 걸어가기 힘든 것을 가리킨다.
  長(장): 요원하다. 멀다.

7 游(유): 물길. 곧게 흐르는 물길을 가리킨다. 遡游從之는 곧게 흐르
  는 물길을 거슬러 그녀를 찾아가는 것이다.

8 宛(완): 마치, 흡사. 宛在水中央은 그 사람 머무는 곳이 마치 물로
  둘러싸여 있는 것과 같다는 것을 가리킨다.

9 *凄凄*(처처): 축축한 모양.

10 *晞*(희): 마르다.

11 *湄*(미): 물과 풀이 잇닿아 있는 곳.

12 *躋*(제): 높이 위로 오르다.

13 *坻*(지): 물 가운데에 있는 작은 육지.

14 *采采*(채채): 매우 많은 모양.

15 *已*(이): 그치다. 끝나다.

　　*未已*(미이): 여기서의 뜻은 완전히 마르지는 않았다는 것이다.

16 *涘*(사): 물가.

17 *右*(우): 오른쪽으로 굽어 돌다. 역시 물길이 구불구불한 것을 말한다.

18 *沚*(지): 강 가운데의 작은 섬.

 감상과 해설

〈겸가蒹葭〉는 연인을 간절히 그리워하여 구하려 하나 얻지 못하는 애정시다.

전체 시는 3장으로 되어 있다.

제 1장 앞의 두 구는 경물을 묘사했고, 뒤의 여섯 구는 그 사람을 찾아가려 하지만, 이루지 못한 정경을 썼다. 어느 늦가을 새벽녘, 빽빽히 우거진 갈대숲은 끝없이 펼쳐 있고, 갈대 잎에는 순결한 서리꽃이 가득히 달려 있다.

시의 서정적 주인공은 그가 밤낮으로 생각하는 "마음속의 그 사람, 이인伊人"을 찾아 나선다. 그 사람이 머무는 곳은 흐르는 물살이 그 둘레를 돌고 있는 곳, 즉 강물의 다른 한 쪽에 있는 것이다.

그는 "굽은 물길 거슬러 찾아 가려니, 소회종지遡洄從之" 즉, 굽이쳐

흐르는 물을 끼고 상류 쪽으로 거슬러 가려는 것이다. 이렇게 하면 비록 그 사람의 몸 가까이에는 다가갈 수 있으나 길이 너무 멀고 게다가 걷기도 힘들다.

그는 또 "곧은 물길 거슬러 찾아 가려니, 소유종지遡游從之" 즉 곧은 물길을 끼고 상류로 거슬러 가려는 것이다. 이렇게 걸어가면 비록 노정이 짧기는 하나, 단지 그 사람이 있는 삼면이 물로 둘러 쌓인 곳, 즉 "마치 강 속의 가운데 있는 듯, 완재수중앙宛在水中央"한 곳을 볼 뿐이다. 이는 바라볼 수는 있으나 다가갈 수는 없다.

여관영余冠英이 말했다. "이상의 4구로부터 "저 사람(그 사람)"이 있는 곳은 마치 한줄기의 굽은 물길과 한 줄기 곧은 물길이 서로 만나는 곳임을 알아낼 수 있다. 시인이 만약에 곧은 물길을 끼고 위로 걸어가면 굽은 물길의 다른 한쪽에 있는 저 사람을 볼 수 있다. 이는 마치 물에 둘러싸여 물의 한가운데에 있는 듯하다. 만약에 굽은 물길의 상류 쪽으로 거슬러 걸어가면, 비록 저 사람이 있는 곳으로 돌아서 갈 수는 있지만, 길이 험난하고 요원하다." [여관영余冠英, 《시경선詩經選》]

제 2장과 제 3장 역시 앞의 두 구에서는 경치를 썼고, 뒤의 여섯 구에서는 그녀를 찾아가 구애하려 했지만, 이루지 못한 정경을 묘사했다.

제 2장의 "흰 이슬 아직도 마르지 않았네, 백로미희白露未晞"와 제 3장의 "흰 이슬이 다 마르지 않았네, 백로미이白露未已"는 1장의 "흰 이슬이 서리로 되었구나, 백로위상白露爲霜"과 호응하여 시간이 앞으로 더 지나갔음을 나타낸다. 새벽녘, 갈대 잎에 서리꽃이 응결되었다가, 태양이 나오자 서리꽃이 이슬이 되었다. 태양이 더 높이 떠 오르니 갈대 잎의 이슬은 햇볕에 거의 말라버렸다. 시간의 추이는 또한 서정적 주인공이 물가에서 한참동안 배회하였음을 나타낸다. 그의 눈은 갈대를 바라보고 그 사람을 그리워하지만, 시종일관하여 단지 물을 사이에 두고 서로 바라볼 수만 있을 뿐이다.

"이른바 마음속의 그 사람, 소위이인所謂伊人"의 "이른 바, 소위所謂" 두 글자를 상세하게 체득해보자. 시인이 그녀에게 거울속의 꽃과 물속의 달처럼 표현할 수 없는 경지의 신묘하고 가벼운 비단을 걸쳐 주었다. 그리고 이를 투과하여 마치 꼿꼿하게 솟은 연꽃과도 같은 그녀가 거울처럼 잔잔한 수면위에서 꽃봉오리가 막 피어나려는 것을 상상할 수 있을 것 같다. 그렇지 않다면, 서정적 주인공은 왜 몇 번이고 되풀이하여 그녀를 찾아 나섰겠는가?

"이인伊人"을 바라볼 수 있어도 다가설 수 없는 원인이 단지 "길이 험하고 길기도 하며, 도조차장道阻且長"의 험난함과 "마치 강 속의 가운데 있는 듯, 완재수중앙宛在水中央"의 가로막힌 것 뿐인가? 분명히 길의 험난함은 극복하기 어려운 것이 아니고, 강물의 장애 역시 뛰어넘을 방법이 없는 것이 아니다. 거기에는 반드시 길과 강물보다 더 큰 장애가 있다. 이 장애가 서정적 주인공의 애정의 이상을 실현시키기 어렵게 한다. 그것은 진실로 "이른바 마음속의 그 사람 저 강물의 다른 한 쪽에 있네, 소위이인 재수일방所謂伊人 在水一方"인 것이다.

시의 결말에는 이 연인들이 계속해서 서로 만날 수 있는지 없는지에 대한 설명이 없다. "저 물가의 다른 한쪽에 있는", "마음속의 그 사람" 역시 줄곧 얼굴을 내밀지 않는다. 그러나 기왕에 서정적 주인공이 그렇게 정성스럽게 그녀를 찾아 나서게 된 이상, 그가 여러 장애를 극복하고 마음속의 "그 사람"을 찾게 될 것이다.

 **역대 제가의 평설**

《모시서毛詩序》: "〈겸가蒹葭〉는 진秦 양공襄公을 풍자한 시다. 주周 나라 예禮를 아직까지 쓰지 못했으니 장차 그 나라를 굳건하게 하지 못할 것이다."

《시침詩沈》: "갈대는 푸르고 이슬은 희며 가을 물은 맑으니, 그 사람의 높고 깨끗함을 상상 할 수 있다. …… 선비가 진秦 땅에 있으므로 길이 비록 막히고 멀지만 오게 할 수 있다. 그러나 내버려 두고 찾지 않는다면 주周나라 관제의 옛 전통을 다시 볼 수 없을 것이다."

주희朱熹《시집전詩集傳》: "가을 물이 바야흐로 가득 찰 때에 '이른바 마음속의 그 사람'이 물의 한 쪽에 있으므로 위 아래로 그를 찾아도 도무지 찾지 못한다는 것을 말한다. 그러나 그 가리키는 바를 알지 못하겠다."

최술崔述《독풍우식讀風偶識》: "〈겸가蒹葭〉 역시 현인을 좋아한 시다. …… 주나라 평왕平王이 동쪽으로 도읍을 옮겼으나, 그 지역에 군사가 없었다. 진秦이 비록 땅을 얻어 차지했으나, 신하의 말이나 듣고 그것을 믿어서 군대를 양성하여 정벌하였다. 예禮·악樂을 숭상하고 교화를 돈독히 하는 것을 임무로 삼지 못하여 인재와 풍속이 여기서 크게 변하였다. 그러나 그 땅을 주周나라의 옛 땅으로 여겼기에 어떤 도를 지키는 군자이자 선왕의 가르침을 잘 익힌 자가 위로는 그 정사가 변하고, 아래로는 풍속이 옮겨졌음을 알게 되었다. 그래서 스스로 재능을 깊이 숨기고 산으로 들어갔는데 산이 깊지 않을까봐 걱정할 정도였다. 시인이 비록 그의 현명함을 알았지만, 당시에 등용되는 것도 온당하지 않음을 알았기에 반복해서 재주를 탄식하고 안타까워하는 마음을 감당하지 못한 것이다."

청淸나라 사람 왕오봉汪梧鳳이 말했다. "진秦의 현자가 도를 품고 은거했는데 시인이 그 땅을 알았지만, 그 정확한 장소를 확정하지 못해서 좇아가려고 했으나 갈 수 없었다. 그래서 갈대로서 흥을 일으켜 그를 생각했다. 굽거나 곧은 물길을 거스르고 올라감을 반복하는 사이에 아마도 한 번쯤 그를 만날 것이다. …… 가을 물이 바야흐로 가득할 때 '이른바 마음속의 그 사람'이 강물의 저 한쪽에 있다. 위 아래로 그 사람을 찾지만 도무지 만나지 못한다. 그렇다면 이는 마음속에 품은 사람을 위해 시를 지은 것이 명백하다."

방옥윤方玉潤《시경원시詩經原始》: "〈겸가蒹葭〉는 현자를 초빙하여 이르도록 하는 일의 어려움을 애석하게 여긴 것이다." "제 1장의 두 구는 흥을 일으켜서 그냥 지점을 비워두었지만 시인의 필재筆才를 펴서 실재 머무는 곳을 가리켰다. 여전히 텅비워 생동적인 필치를 이용했으니 교묘하다."

요제항姚際恒《시경통론詩經通論》: "이 시는 현인이 물가에 은거한 뒤로부터 누군가 그를 사모하여 보고 싶어 지은 시다."

곽말약郭沫若의 역문譯文: "나는 어제 밤 내내 잠을 이룰 수 없어/ 이른 아침에 강가로 산보를 하러 갔네/ 물가의 갈대는 전과 다름없이 푸른데/ 풀 위의 하얀 이슬은 벌써 가을 찬 서리로 응결되었구나/ 내 사랑하는 사람이 분명히 강의 저쪽에 서 있기에/ 나는 윗 나루터를 건너 그를 좇아가려 했건만/ 걸어가기 힘들고 너무도 먼 길/ 나는 아랫 나루터를 건너 그를 좇아가려 했건만/ 그는 마치 강물의 한 가운데에 서 있는 것과 같네/ 아! 내가 좇아 따라간 것은 단지 환영일 뿐이구나!"

진자전陳子展 《시경직해詩經直解》: "〈겸가蒹葭〉는 시인이 가을의 강물가에 있는 그 사람을 보고 싶어 했지만 끝내 만나 보지 못한 것을 스스로 말한 시다."

여관영余冠英 《시경선詩經選》: "이것은 애정시인 것 같다. 남자 혹은 여자의 가사다."

원매袁梅 《시경역주詩經譯注》: "치정에 얽힌 한 청년이 마음속으로 사랑하는 아가씨를 열렬히 추구하여 그녀를 찾아가려 하지만 찾기 힘들다. 배회를 되풀이하다보니 제 정신이 아니다."

정준영程俊英 《시경역주詩經譯注》: "이 시는 마음속으로 사모하는 사람을 추구하지만, 이루기 힘듦을 묘사한 것이다."

고형高亨 《시경금주詩經今注》: "이 편은 애정시인 것 같다. 시의 주인공은 남자인지 여자인지 분간할 수 없다. 그(혹은 그녀)가 큰 강가에서 연인을 찾으려 하지만, 아직 서로 만나지 못했음을 썼다."

원유안袁愈嫈, 당막요唐莫堯 《시경전역詩經全譯》: "이는 한 편의 아름다운 연가다. 그를 바라보자면 바라볼 수는 있으나 다가갈 수 없다. 끝없는 애정의 의미를 넉넉히 머금고 있다."

《중국시사中國詩史》: "진풍秦風 가운데 걸작은 〈겸가蒹葭〉다. 이 시가 바로 '시인의 시'다. …… 도대체 은자를 초빙하는 것인지 이성을 그리는 것인지 우리는 그것의 의의를 단정할 수 없다."

## 4. 〈완구宛丘〉 [진풍陳風]¹

| 子之湯兮² | 자지탕혜 | 그대 너울너울 춤추네 |
| 宛丘之上兮³ | 완구지상혜 | 완구의 위에서 |
| 洵有情兮⁴ | 순유정혜 | 진실로 정을 품고 있는데 |
| 而無望兮⁵ | 이무망혜 | 하지만 바랄 수가 없구나 |

| 坎其擊鼓⁶ | 감기격고 | 둥둥 북을 치네 |
| 宛丘之下 | 완구지하 | 완구의 아래에서 |
| 無冬無夏 | 무동무하 | 겨울도 없고 여름도 없이 |
| 值其鷺羽⁷ | 치기노우 | 해오라기 깃 일산을 들고서 |

| 坎其擊缶⁸ | 감기격부 | 둥둥 질장구를 치네 |
| 宛丘之道 | 완구지도 | 완구의 길에서 |
| 無冬無夏 | 무동무하 | 겨울도 없고 여름도 없이 |
| 值其鷺翿⁹ | 치기노도 | 해오라기 깃 일산을 이고서 |

··················

1 宛丘(완구): 편명. 시인은 무당을 직업으로 삼아 춤추는 여자를 사랑하게 되었다.

陳(진): 지금의 하남성河南省 개봉開封 동쪽에서 안휘성安徽省 박현亳縣까지의 일대

2 子(자): 그 완구에서 춤을 추는 무녀巫女를 가리킨다.

湯(탕): "蕩"과 같다. 춤추는 자태가 흔들거리는 모양.

3 宛丘(완구): 보통명사가 되면 '중앙이 넓고 평평한 둥근 모양의 높은 지대'를 가리킨다. 여기에서 완구는 이미 고유명사가 되어, 진陳나라

사람들이 유람하던 곳이다.

**4** 洵(순): 확실히, 분명히.

**5** 無望(무망): 희망이 없다.

**6** 坎其(감기): 즉 '坎坎'으로, 둥둥 북을 두드리는 소리와 장구(아가리 가 좁고 배가 불룩 한 질그릇)를 두드리는 소리.

**7** 值(치): 손에 들거나 머리에 이다.

鷺羽(노우): 백로[해오라기] 깃털을 이용하여 우산 모양으로 만든 무 용 도구. 춤추는 사람이 때로는 손에 쥐기도 하고, 때로는 머리에 이기도 한다.

**8** 缶(부): 질장구. 악기의 일종으로, 이것은 박자를 맞추는 데 사용한다.

**9** 鷺翿(노도): 백로의 깃털이다.

 **감상과 해설**

〈완구宛丘〉이 시에서는 한 무녀巫女에 대한 시인의 애모의 정을 토로하였다.

시는 3장으로 나뉜다.

제 1장의 처음 두 구 "그대 너울너울 춤추네 완구의 위에서, 자지탕 혜 완구지상혜子之湯兮 宛丘之上兮"는 무녀가 완구의 고지에서 경쾌 하게 노래 부르고 아름답게 춤추는 것을 묘사하였다. 여기서 "자子"는 완구에서 춤추는 그 무녀를 가리킨다. 그녀는 무당을 직업으로 삼아 춤추는 여자다. 시인은 그녀를 매우 좋아하여 마음을 주체할 수 없을 정도로 그녀를 사랑하게 되었다.

3, 4구의 "진실로 정을 품고 있는데 하지만 바랄 수가 없구나, 순유 정혜 이무망혜洵有情兮 而無望兮"는 시인 자신은 비록 이 무녀에게

정이 있으나, 감히 어떠한 희망도 품을 수 없다는 것을 말하고 있다.

제 2장의 처음 두 구 "둥둥 북을 치네 완구의 아래에서, 감기격고 완구지하坎其擊鼓 宛丘之下"는 그 무녀가 북을 두드리는 소리에 따라 완구의 낮은 곳에서 나풀나풀 춤추는 것을 묘사한 것이다.

3, 4 구 "겨울도 없고 여름도 없이 해오라기 깃 일산을 들고서, 무동무하 치기노우無冬無夏 値其鷺羽"는 그녀가 날씨가 춥든 덥든 상관없이 거리에서 사람들을 위해 축복을 빌며 춤을 추는 것을 말한 것이다. 그녀가 추는 것은 깃털 춤으로서 새의 깃털로 만든 일산 모양의 무용 도구를 손에 쥐고 북의 박자에 맞춰 스텝을 밟는다.

제 3장의 처음 두 구 "둥둥 질장구를 치네 완구의 길에서, 감기격부 완구지도坎其擊缶 宛丘之道"는 질그릇을 두드리는 박자에 따라, 그 무녀가 완구의 큰 길에서 깃털 춤을 추는 것을 묘사한 것이다. 깃털 춤의 형식은 악기로 반주하고, 북을 두드리거나 질그릇을 쳐 박자를 삼아 스텝을 조절한다.

3, 4구 "겨울도 없고 여름도 없이 해오라기 깃 일산을 이고서, 무동무하 치기노도無冬無夏 値其鷺翿"는 그녀가 계절을 가리지 않고 사람들을 위해 깃털 춤을 추는 것을 말한 것이다. 여기의 "노도鷺翿"는

바로 2장의 "노우鷺羽"로서 새의 깃털로 만든 일산 모양의 일종의 무용 도구다. 그 무녀는 춤출 때, 이 일산 모양의 무용 도구를 손에 들거나, 자기의 머리에 이고 있는 모습이 마치 새와 같았다.

고대 진陳나라의 민간 풍속은 춤추기를 좋아하고 무풍巫風이 성행하여, 무당을 직업으로 삼은 무희가 추운 겨울이나 더운 여름에 관계없이 사람들을 위해 축복을 빌며 춤을 추었다. 시인은 한 무녀를 사랑하게 되었다. 그는 이 시의 제 1장에서 자기의 애모의 뜻을 직접 나타내면서 사랑의 감정이 솟구친다. 제 2, 3장에서 시인은 자기의 솟구치는 사랑의 감정을 거두고, 냉정한 눈빛으로 이 무녀의 춤추는 자태를 관찰하는 듯하다. 비록 애정의 뜻을 직접 나타내지는 않았지만, 아가씨의 그림자는 1년 4계절 언제나 시인의 마음속에 있었기 때문에, 그의 사모의 정은 사그라든 것이 아니라 더욱 깊어지고 더욱 오래가게 된다.

 **역대 제가의 평설**

《모시서毛詩序》: "〈완구宛丘〉는 유공幽公을 풍자한 시다. 황음하고 혼란하며 유탕하고 법도가 없었기 때문이다."

《한서漢書·지리지地理志》: "주周 무왕武王이 순舜 임금의 후예인 규만嬀滿을 진陳 땅에 봉했는데, 이 사람이 호공胡公이다. 큰 딸 대희大姬를 그에게 시집보냈다. 부인은 존귀했지만, 제사를 좋아하여 무당과 박수를 썼기 때문에 그 풍속이 무당 귀신을 섬기게 되었다. 《진시 陳詩》에 '둥둥 북을 치네', '동문의 느릅나무' 라고 말한 것은 그 지방의 〈풍 風: 민가〉이다."

주희朱熹《시집전詩集傳》: "이 사람이 완구의 위에서 방탕하게 노는 것을 보고 백성들이 그 일을 풍자해서 서술한 것이다."

《삼가시습유三家詩拾遺》: "계찰季札이 진陳나라의 노래를 듣고 탄식하며 말했다. '나라에 주인이 없으니, 능히 오래 가겠는가!' 나라에 주인이 없다는 것은 백성이 모두 함부로 제사지내고, 그 본업을 잃어버렸는데도 위에서 이것을 금지하지 않았음을 일컫는 것이다. 그렇다고 반드시 완구宛丘의 사람이 바로 진陳나라 주인이라는 것은 아니다. 반고班固가 이 시를 〈동문지분東門之枌〉과 함께 언급하면서 그 백성이 윗사람을 교화하여 윗사람이 아랫사람과 같은 마음을 드러냈다고 했으니, 그 임금을 풍자하지 않았다면 누구이겠는가!"

요제항姚際恒《시경통론詩經通論》: "이 시는 방탕하게 노는 것을 풍자한 것이 분명하다. 〈소서小序〉(역자 주: 시경의 〈관저〉 편을 제외한 각 시편의 서문)에서 '유공幽公을 풍자'하였다고 했는데 '子' 자가 아직은 미심쩍다. 〈모전毛傳〉에서 '子'는 大夫라고 했으니 〈소서小序〉와 같지 않다. 그러나 이 음악과 춤을 갖추었으므로 자연이 임금과 대부의 반열에 속한다."

《시고미詩古微》: "백성과 신하의 습속을 풍자한 것이지, 유공幽公의 방탕을 풍자한 시는 아니다."

방옥윤方玉潤《시경원시詩經原始》: "이는 반드시 진陳나라 임금과 그 신하가 정치에 힘쓰지 않고 서로 방탕하게 놀고 즐긴 것이다. 임금은 북을 치고 신하는 새의 깃으로 춤을 추며 겨울이나 여름을 가리지 않았으니 위엄 있는 자세를 잃은 것이다."

진자전陳子展《시경직해詩經直解》: "〈완구宛丘〉는 진陳나라의 통치 계급이 노래와 춤으로 방탕하게 즐기는 것을 풍자한 시다. 마땅히 민간의 가수로부터 나온 것이다."

장서당張西堂《시경육론詩經六論》: "〈완구宛丘〉의 '진실로 정을 품고 있는데, 하지만 바랄 수가 없구나洵有情兮, 而無望兮'에 대해서 임의광林義光의《시경직해詩經通解》에 이르길 '망望(바라다)'은 '망忘(잊다)'과 같이 읽는다. 정을 두고 있어서 잊을 수 없으므로 마땅히 두 사람의 정은 이미 합쳐졌다."

원매袁梅《시경역주詩經譯注》: "이것은 고대의 한 청년이 자기가 특별히 사랑한 아가씨를 위해 부른 노래이다. 그 아가씨는 춤을 직업으로 삼은 무희이다(또한 무녀이기도 하다)".

여관영余冠英《시경선역詩經選譯》: "시인은 그의 무녀에 대한 애모를 토로하였다. 그 무녀는 항상 춤을 추어 신에게 제사지내는데, 춤을 출 때 백로의 깃털을 머리에 이었다."

정준영程俊英《시경역주詩經譯注》: "이 시는 한 남자가 무당을 직업으로 삼은 무희를 사랑하게 됨을 썼다. 진陳나라 민간풍속은 춤추기를 좋아하고, 무속 풍속이 성행하였다. …… 시에서 '자子'는 춤으로 신을 내리는 것降神을 직업으로 삼은 여자다. 그래서 그녀는 날씨가 춥든 덥든 관계없이 항상 길거리에서 사람들을 위해 축복을 하며 춤을 춘다. 이 시는 당시 진나라 무속 풍속의 성행과 민간 무용의 상황을 반영하였다."

고형高亨《시경금주詩經今注》: "진나라는 무풍巫風이 성행하였다. 이것은 여자 무당을 풍자한 시다."

원유안袁愈荌, 당막요唐莫堯《시경전역詩經全譯》: "방탕하게 놀고 황음하며 무도한 자를 풍자하였다."

김계화金啓華《시경전역詩經全譯》: "시인이 무녀를 애모하여 그녀의 아름답게 춤추는 자태를 묘사하였다."

번수운樊樹雲《시경전역주詩經全譯注》: "이것은 박수(무당)가 덩실 덩실 춤을 추며 노래하는 것을 찬송한 시다.

이 시는, 여자 무당의 춤추는 자태가 우아하고 아름다워 작자로 하여금 애모하게 만들지만, 장가들 수 없어 실망하는 것을 묘사하였다."

# 애모

愛慕: 짝사랑의 설레임

    만약에 짝을 찾으려는 청년들의 욕망이 자주 환상으로 가득 차있다고 말할 수 있다면, 자신을 잘 알아주는 사람을 찾는 아가씨들의 심리상태는 현실적인 욕구가 더 크다고 할 수 있을 것이다. 그녀들의 첫 그리움은 "두근거림"으로부터 시작되는 것으로서, 사랑의 도화선은 바로 이 애모의 정이다.

    〈유호有狐〉(위풍衛風) 시에서 아가씨는 가난한 집안의 청년이 하천 둑에서 왔다 갔다 하며, 마침 힘겹게 상대를 찾는 것을 보았다. 이 아가씨는, 그가 가난하다는 것을 잘 알고 있지만, 자신을 허락하고자 한다. 왜냐하면 그녀는 감정을 중시하는 그 청년을 애모하기 때문이다.

    〈간혜簡兮〉(패풍邶風) 시에서 한 아가씨는 한바탕 춤추는 것을 구경하다가 춤을 이끌고 있는 무용수에게 빠져들게 된다. 그녀는 이 무용수가 "무무武舞"를 추고 있는 것을 보면서 마치 맹호가 산을 내려오는 듯이 영민하고 용맹하며 씩씩한 모습에 스스로 감정을 억제하지 못하고 그에게 반하고 만다.

    〈분저여汾沮洳〉(위풍魏風) 시에서 아가씨는 농촌 청년에게 반한다. 그녀는 이 청년의 용모가 수려할 뿐만 아니라, 품성도 아름다워 귀족 관직에 있는 어떤 남자와도 비교할 수 없다고 여긴다. 그녀는 분수汾

水 가에서 들나물을 캘 때 마음속으로 항상 그 남자를 생각하고 있다.

〈후인候人〉(조풍曹風) 시에서 한 젊은 무관은 항상 성을 순찰하는데, 그것이 한 아가씨의 애모를 끌어당기게 된다. 유감스러운 것은 이 무관은 남녀 간의 상황에 대해 잘 알지 못하고 있다는 것이다. 그녀는 비록 그에게 은은한 정을 품고 반복해서 이끌어 보지만, 그는 아무래도 목석같은 사람처럼 보인다. 그래서 아가씨는 너무 가슴이 아프다.

〈습상隰桑〉(소아小雅) 시에서 아가씨는 한 청년을 사랑하게 되는데, 그를 볼 수 있는 것만으로도 너무나 기쁘다. 그러나 아가씨는 계면쩍어 그에게 고백하지 못하고 애모의 감정만을 마음속에 깊이깊이 새겨두고 있다.

# 1. 〈유호有狐〉[위풍衛風]¹

| | | |
|---|---|---|
| 有狐綏綏² | 유호수수 | 여우가 어슬렁 어슬렁 |
| 在彼淇梁³ | 재피기량 | 저 기수의 강둑에 있네 |
| 心之憂矣 | 심지우의 | 내 마음의 근심은 |
| 之子無裳⁴ | 지자무상 | 그 사람의 바지 없는 것 |
| | | |
| 有狐綏綏 | 유호수수 | 여우가 어슬렁 어슬렁 |
| 在彼淇厲⁵ | 재피기려 | 저 기수의 강나루에 있네 |
| 心之憂矣 | 심지우의 | 내 마음의 근심은 |
| 之子無帶⁶ | 지자무대 | 그 사람의 허리띠 없는 것 |
| | | |
| 有狐綏綏 | 유호수수 | 여우가 어슬렁 어슬렁 |
| 在彼淇側⁷ | 재피기측 | 저 기수의 강변에 있네 |
| 心之憂矣 | 심지우의 | 내 마음의 근심은 |
| 之子無服⁸ | 지자무복 | 그 사람의 웃옷 없는 것 |

··················

1 〈有狐(유호)〉: 젊은 남녀의 애정시가다.

　衛風(위풍): 춘추시대의 위衛 나라(지금의 하남성 북부 및 하북성 남부)의 시가이다.

2 有狐綏綏(유호수수): 여우가 홀로 외로이 돌아다니는 것으로써 남자에게 아내가 없음을 비유하였다.

　綏綏(수수): 혼자 외로이 다니는 모양.

3 淇(기): 기하淇河, 기수淇水.

　梁(량): 하천 제방, 하천 둑, 댐.

4 **之子**(지자): 그 사람. 이 시에서 그 사람은 둑 위에서 혼자 서성이는
    남자를 가리킨다.

  **無裳**(무상): 옷이 없다. 裳(상)은 하의를 말한다.

5 **厲**(려): 강변, 강가, 강 기슭, 혹은 강나루를 가리킨다.

6 **無帶**(무대): 의대(허리띠)가 없다.

7 **側**(측): 강가, 강변.

8 **無服**(무복): 의복이 없다. 服(복)은 특히 상의를 가리킨다.

 **감상과 해설**

〈유호有狐〉 이 시는 젊은 여자의 애정독백이다. 시 전체는 모두 3장
으로 되어있다.

제 1장 처음 두 구 "여우가 어슬렁 어슬렁 저 기수의 강둑에 있네,
유호수수 재피기량有狐綏綏 在彼淇梁"은 한 마리의 여우가 기수 강기
슭에서 어슬렁거리는 것으로 흥을 일으키는 것이며, 남자에게 아내가
없음을 비유한다. 시경에서 "여우가 어슬렁 어슬렁, 유호수수有狐綏
綏"는 대부분 짝을 찾는 것을 상징한다. 한 남자가 또한 "어떤 여우,
유호有狐"처럼 짝을 구하고 있다. 그러나 그는 비록 사방으로 찾아
보지만 너무 가난해서 줄곧 상대를 찾지 못한다. 시에서 여주인공은
묵묵히 이 남자를 사랑하게 되었다.

여인은 "내 마음의 근심은 그 사람의 바지 없는 것, 심지우의 지자
무상心之憂矣 之子無裳"이라 노래하는데, 자신의 마음이 이토록 근심
스럽고 괴로운 것은 남자의 옷 한 벌 없는 궁색함을 보았기 때문이라
는 의미이다. "그 사람의 바지 없는 것, 지자무상之子無裳"은 쌍관어로
남자에게 바지가 없음은 아내가 없음에 비유된다. 그러므로 바지에

웃옷을 맞추어야 한다는 것은 이 여시인의 염원을 나타낸 것이다.

　제 2장의 처음 두 구는 여전히 한 마리의 여우가 홀로 배회하여 흥을 일으키는 것으로, 남자가 상대를 찾고 있음을 비유한다. "그 사람의 허리띠 없는 것, 지자무대之子無帶"도 쌍관어로서 글자로는 짝을 찾는 남자가 허리띠도 없을 정도로 궁색함을 나타내는 것이다. 그러나 그 본질은 여시인 스스로 허리띠가 되어 그에게 맞추어지기를 바라는 것, 다시 말해 그의 배우자가 되기를 바라는 것이다. 여시인은 상대가 매우 가난함을 분명히 알면서도 왜 그와 정혼하기를 바라는가? 아마도 동정심에서 나온 것이 아니라, 남자가 고생스럽게 배우자를 진심으로 찾아 헤매는 것에 감동된 것이리라. 이 남자의 가정형편은 어려울지라도 애정을 중시하는 사람이라고 여인은 믿는다.

　제 3장의 처음 두 구 역시 여전히 여우 한 마리가 홀로 배회하는 것으로 흥을 일으켜, 그 남자가 재삼 재사 몇 번이고 되풀이하여 짝을 찾는 것에 비유한다. "내 마음의 근심은 그 사람의 웃옷 없는 것, 심지우의 지자무복心之憂矣 之子無服"은 여시인 또한 반복해서 자신이 상대의 평생 배필이 되기를 바라는 것을 표명한다.

　이 시는 애정시가로 완곡하고 함축적이어서 정취가 지극히 풍부하다. 시 가운데 남자가 상대를 찾는 것을 직접 말하는 것이 아니라 "어떤 여우, 유호有狐"를 비유로 들어 말하였다. 여시인 또한 그 남자에게 시집가고 싶은 바람을 분명하게 말하지 않고, "그 사람의 바지 없는 것, 지자무상之子無裳" · "그 사람의 허리띠 없는 것, 지자무대之子無帶" · "그 사람의 웃옷 없는 것, 지자무복之子無服"이라는 쌍관어를 사용하여 마음속의 애정을 표명하였다. 특히 거론할 것은, 시 가운데 '우憂' 자에 관한 것으로, 문일다聞一多는 《시선여교전

詩選與校箋》에서 이렇게 설명하였다. "이 우憂 자 역시 그 글자의 본래 뜻에 따라 마음이 움직인다고 풀이해야 한다." 다시 말해서 찾아헤매는 그 남자를 보고서 아가씨가 감동을 받았다는 것이다. 이 한 쌍의 연인은 틀림없이 아름답고 원만한 가족이 될 것이다.

### 🏛 역대 제가의 평설

《모시서毛詩序》: "〈유호有狐〉는 시대를 풍자한 것이다. 위衛나라의 남녀가 시기를 놓쳐 배우자를 얻지 못했다. 옛날에 나라에 흉년이 들면 예禮가 없어지고 혼란이 많았다. 이 때 남녀들 가운데 가정을 이루지 못한 사람들을 결합시켜주었는데 이것은 백성들을 기르기 위한 것이다."

《위시전僞詩傳》: "나라가 혼란하고 백성들이 빈곤하여 군자가 이를 가슴 아프게 여겨 〈유호有狐〉를 지었다"

주희朱熹《시집전詩集傳》: "나라가 혼란하여 백성들이 흩어져서 그

배우자를 잃었다. 과부가 홀아비를 만나 시집가고자 하였다. 그래서 여우가 홀로 다니는 것을 위로하여 말하면서 그 바지가 없는 것을 근심하였다."

요제항姚際恒《시경통론詩經通論》: "이 시는, 남편이 부역을 나가 입을 옷이 없음을 걱정하여 그의 아내가 지은 것이다. 〈소서小序〉(시경 〈관저〉 편 이외의 각 편의 서문)이래 '시대를 풍자刺時'한 시라고 풀이한 비평은 도무지 수용할 수 없다."

방옥윤方玉潤《시경원시詩經原始》: "아내가, 남편이 오랫동안 부역을 나가 있어 옷이 없음을 걱정한 것이다." "무릇 '지자之子'라고 말한 것은 명확히 그 남편을 가리키는 것이다. '무상無裳'·'무대無帶'·'무복無服'이라고 말한 것은 분명히 그 남편의 바지, 허리띠, 웃옷이 없음을 걱정하는 것이다. 여우로써 비유한 것은, 여우는 본성적으로 의심을 잘하여 비록 기수의 둑, 기수의 강나루·기수 강변에 있다고 하지만 끝내 의심하여 건너지 못한다. 그래서 수수綏綏라고 말했다. 이는 그 남편이 외지에 부역을 나가 오랫동안 머물며 돌아오지 못하고 있으니, 혹 사랑하는 상대가 생겨서 돌아오기를 잊은 것일까 하고 아내가 이를 염려한 것이다."

오개생吳闓生《시의회통詩義會通》: "나의 천견으로는 '유호수수 有狐綏綏'는 오랑캐가 위衛나라에 들어간 것을 비유한 것이다. '지자무상 之子無裳'은 대戴·문文왕이 처음 일어섰을 때 자본이 넉넉하지 못함을 비유한 것이다"

진자전陳子展《시경직해詩經直解》: "〈유호有狐〉는 민간에서 짝이 없는 남녀가 지은 것이다. 작자는 여성의 어투를 사용하였으니 아마도 남자에게 조롱당한 여인의 가사인 것 같은데 당연히 가요로부터 채집한 것이다." "〈시서詩序〉에서 시대를 풍자한 것, 즉 흉년이 들어 남녀가 혼기를 놓쳐 그 짝을 잃은 것을 풍자한 것이라고 했다. 이는 언외지의言外之意에서 시의 의미를 찾은 것이므로 틀린 것은 아니다.……《주전朱傳》에서는 '과부가 홀아비를 보고서 시집가고자 한다.'고 하였는데, 이는 완전히 사람들의 웃음거리에서 벗어날 수 없을 것이다. 그래서 사람들은 반드시 그에게 이렇게 힐문할 것이다. '어떻게 그것을 과부라고 간주할 수 있는가?'"

손작운孫作雲《시경여주대사회연구詩經與周代社會硏究》: "이 시는 여자가 노래한 것으로 그녀가 친근하다고 여긴 남자를 여우에 비유한 것이다. 그녀는 말한다. '여우 너는 기수 언덕 위에서 무엇 때문에 배회하는가? 내 마음속으로 너를 위해 근심하는 것은 너에게 옷을 만들어 줄 사람이 없기 때문이다.' 언어 밖의 의미는 '내가 당신을 위해 옷을 지어주겠다'는 것이다. 그 여자의 모습이 눈앞에 보이는 듯하다."

고형高亨《시경금주詩經今注》: "곤궁한 아낙네가, 착취자가 화려하고 진귀한 옷을 입고 강가를 자유롭게 거닐며 산보하는 것을 보았다. 반면에 자신의 남편은 헐벗은 몸으로 들판에서 일한다. 이에 가슴에 울분이 가득하여 이 시를 지었다."

원매袁梅《시경역주詩經譯注》: "한 젊은 과부가 어떤 청년을 사랑하게 되어 그에게 시집가고 싶지만, 옛 예의와 풍속에 얽매여 원하는대로 하기가 어려워지자, 그녀는 끝없이 근심과 고통에 사로잡힌다. 이 시는 고대 사회의 여자들이 혼인의 자유가 없었음을 반영한다. 배우자를 잃은 여자가 다시 시집가는 것은 구도덕을 지키는 사람들의 비난을 받아야만 했다. 이 때문에 이 여인은 세 번이나 '심지우의心之憂矣'를 토로한 것이다."

정준영程俊英《시경역주詩經譯注》: "이 시는 여자가 전란으로 의지할 곳을 잃고 떠돌아다니는 남편에게 옷이 없음을 걱정하여 지은 시다. 과거에는 이 시의 주제가 혼기를 놓쳐 시집가지 못한 여자가 한 남자를 사랑하는 것이라고 했다. 자세히 감상해보면 실제 혼기를 놓쳐 서로 사랑하게 되는 의미라고 볼 수 없다."

양합명楊合鳴, 이중화李中華《시경주제변석詩經主題辨析》: "이것은 가난한 젊은 남녀의 사랑 노래다."

번수운樊樹雲《시경전역주詩經全譯注》: "이것은 남녀의 애정시다. 한 여자가 한 청년을 향해 사랑을 구하는 것을 서술한 것이다. 비록 청년이 심지어 바지조차 없을 정도로 궁색하지만 그녀는 동요하지 않음을 묘사했다."

원유안袁愈嫈, 당막요唐莫堯《시경전역詩經全譯》: "여자가 남자를 향해 애정을 구하는 것이다. 비록 그 사람이 가난하여 입을 옷이 없으나 여전히 그를 사랑한다. 일설에는 아내가 오랫동안 부역을 나가 돌아오지 않는 남편을 그리워하는 것이라 하였다."

## 2. 〈간혜簡兮〉 [패풍邶風]¹

| | | |
|---|---|---|
| 簡兮簡兮² | 간혜간혜 | 북 소리가 둥둥둥 |
| 方將萬舞³ | 방장만무 | 막 만무를 추려하네 |
| 日之方中 | 일지방중 | 태양은 머리 위에 솟고 |
| 在前上處⁴ | 재전상처 | 앞줄의 윗자리에 있네 |
| | | |
| 碩人俣俣⁵ | 석인우우 | 훤칠하니 키 큰 이 |
| 公庭萬舞⁶ | 공정만무 | 궁정 정원에서 만무를 시작하네 |
| 有力如虎 | 유력여호 | 호랑이 같은 힘을 지녀 |
| 執轡如組⁷ | 집비여조 | 고삐를 실끈처럼 쥐네 |
| | | |
| 左手執籥⁸ | 좌수집약 | 왼손엔 피리 쥐고 |
| 右手秉翟⁹ | 우수병적 | 오른손엔 꿩 깃을 잡았네 |
| 赫如渥赭¹⁰ | 혁여악자 | 붉은 흙 바른 듯이 얼굴 상기되니 |
| 公言錫爵¹¹ | 공언석작 | 임금께서 술잔 내리시네 |
| | | |
| 山有榛¹² | 산유진 | 산에는 개암나무가 있고 |
| 隰有苓 | 습유령 | 습지엔 감초가 있네 |
| 云誰之思 | 운수지사 | 누구를 생각하나 |
| 西方美人¹⁴ | 서방미인 | 서방의 미인이로다 |
| 彼美人兮 | 피미인혜 | 저 미인이시여 |
| 西方之人兮 | 서방지인혜 | 서방에서 오신 분이로다 |

..................

1 簡兮(간혜): 편명, 여자가 무사舞師를 사랑하는데, 그녀는 이 시에서

무사에 대한 찬미와 열렬한 사랑의 노래를 부른다.

邶(패): 주周 무왕武王이 주紂의 아들인 무경武庚을 여기에 봉했다. 이후 위衛나라에 합병되었다. 지금의 하남성河南省 기현淇縣 이북에서 탕음현湯陰縣에 이르는 일대.

2 簡(간): 북소리.

3 萬舞(만무): 주周나라 천자가 종묘에서 연출하는 일종의 대규모 무도로서 문무文舞와 무무武舞 두 부분으로 나뉜다. 문무는 꿩의 깃털과 약籥(피리)이라고 불리는 악기를 사용하는데, 이는 꿩의 춘정을 묘사했다. 무무는 방패와 도끼를 사용하는데 이는 전술을 본떴다.

4 在前上處(재전상처): 앞 열의 맨 앞에 있다. 이것은 舞師(많은 무도인의 우두머리)의 위치이다.

處(처): 어떤 위치에 있는 것을 가리킨다.

5 碩(석): 높고 크다.

侯侯(우우): 몸집이 장대한 모양인데, 이는 또한 바로 무도인의 우두머리의 모습에 대한 형용이다.

6 公庭(공정): 공당公堂 앞의 정원.

7 轡(비): 말고삐.

組(조): 꼬아 놓은 한 가닥의 끈.

8 籥(약): 고대 악기 이름. 모양은 피리[적笛]와 비슷하다. 춤을 출 때 사용하는 피리[籥]는 일반 피리(笛)보다 길고 6개 혹은 7개의 구멍이 있다.

9 秉(병): (손으로) 잡다. 쥐다. 가지다. 들다.

翟(적): 꿩의 털을 가리키는데 일종의 긴 꼬리 꿩의 털이다. 이상의 두 구는 문무를 묘사했다.

10 赫(혁): 얼굴색이 붉고 빛이 남을 형용한다.

渥(악): 칠하다. 바르다.

赭(자): 붉은 흙. 이 시구는 그 무도인의 붉은 얼굴이 마치 붉게 물들인 것과도 같다고 묘사했다.

11 公(공): 임금을 가리킨다.

錫(석): 상을 주다.

爵(작): 고대 술 그릇. 여기서는 그것으로써 술을 대신하여 사용한다. 錫爵은 춤이 멈춘 뒤에 술로 상을 준 것이다.

12 榛(진): 개암나무. 목재가 치밀하여 지팡이와 우산 손잡이로 사용할 수 있다.

13 隰(습): 지세가 낮고 습한 곳.

苓(령): 감초.《시경》에서 두루 "산에 ~~이 있고, 습한 곳에 ~~이 있다. 山有~~, 隰有~~"라는 시구가 있는데, 이는 큰 나무와 작은 풀을 대구로 열거해서 종종 흥을 일으키는 용법이다. 일반적으로 남녀의 애정을 상징하는 것으로 사용한다. 나무로서 남자를 비유하고 풀로서 여자를 비유한다. 여기 두 구는 바로 흥을 일으키는 시구의 형식이다.

14 西方(서방): 주周를 가리키는데 주는 위나라의 서쪽에 있다.

美人(미인): 윗 문장에서 훤칠한 사람이라고 일컬은 바로 그 무도인을 일컫는다. 미인은 당시 남녀의 미려함을 찬미하는 데 공통으로 사용한 말이다.

 감상과 해설

〈간혜簡兮〉이 시는 위나라 궁정에서 열린 대규모의 무도를 묘사해서 쓴 시다. 여 시인은 이 무도회를 구경하다가 춤추는 무리를 이끄는 청년을 사랑하게 된다.

전체 시는 4장으로 나뉜다.

제 1장은 춤추는 청년이 무대에 나오는 장면을 묘사하고 있다.

처음 두 구 "북 소리가 둥둥둥 막 만무를 추려하네 간혜간혜 방장만무簡兮簡兮 方將萬舞"에서 만무萬舞는 북소리로 공연이 시작하는 것을 말하고 있다.

3, 4구 "태양은 머리 위에 솟고 앞줄의 윗자리에 있네. 일지방중재전상처日之方中 在前上處"는 만무萬舞 공연이 시작할 때가 바로 붉은 해가 머리 위에 떠 있는 시간인 정오라는 것과 춤추는 청년은 무도회에서 행렬의 제일 앞에 위치해 대열을 인솔하고 있는 것을 묘사하고 있다. 제 1장 네 구는 만무萬舞 공연의 시작 분위기를 좀 더 과장해서 말하며, 춤추는 청년의 위치를 드러내고 있다.

만무萬舞는 문무文舞와 무무武舞 두 가지를 포함하고 있다.

제 2장은 무무武舞를 묘사해서 쓴 것이다. 무무는 전투하는 동작을 모방한 것이다.

앞의 두 구 "훤칠하니 키 큰 이 궁정 정원에서 만무를 시작하네, 석인우우 공정만무碩人俁俁 公庭萬舞"는 체격이 크고 건장한 청년이 위나라 궁정의 뜰에서 만무를 추고 있음을 말하는 것이다.

3, 4구 "호랑이 같은 힘을 지녀 고삐를 실끈처럼 쥐네, 유력여호

집비여조有力如虎 執轡如組"는 구체적으로 무무를 묘사하고 있다. 즉 춤추는 청년은 무엇과 비할 바 없이 힘이 센 무사로 분장을 했다. 정말 맹호가 산을 질주하며 내려오는 듯한 기세이다. 그는 말고삐를 꽉 쥐고 전차를 몰고 있다. 무무는 전차를 모는 동작을 모방하고 있다.

한 대의 전차에는 네 마리의 말이 있고, 한 마리의 말에는 두 줄의 고삐가 있다. 네 마리의 말에는 모두 여덟 줄의 고삐가 있다. 고삐는 전차 밖에 놓여있는 두 줄을 제외하면 전차를 모는 사람의 손에 여섯 줄의 고삐가 있다. "고삐를 실끈처럼 쥐네, 집비여조執轡如組"는 바로 춤추는 청년의 손에 쥐어있는 여섯 줄의 고삐를 묘사한 것이다.

이 장은 무무를 묘사하여 충만한 전투 분위기, 특히 춤추는 청년의 크고 건장한 체격과 위엄 있는 모습을 돌출시켜 묘사하고 있다.

제 3장은 문무文舞를 묘사하여 쓴 것이다.

첫 두 구 "왼손엔 피리 쥐고 오른손엔 꿩 깃을 잡았네, 좌수집약 우수병적左手執籥 右手秉翟"은 청년이 문무의 동작으로 춤추고 있는 것을 묘사하였다. 왼손에는 피리 모양의 관을 들고 있고, 오른손에는 꿩의 깃털을 흔들고 있다.

3, 4구 "붉은 흙 바른 듯이 얼굴 상기되니 임금께서 술잔 내리시네, 혁여악자 공언석작赫如渥赭 公言錫爵"에서 청년이 문무를 출 때 온 얼굴에 붉은 빛이 들어 마치 붉은 흙처럼 물든 것을 말하고 있다. 문무는 암수 꿩의 춘정을 본떴는데, 청년이 이를 모방하여 미묘하게 사람의 마음을 움직였기 때문에 춤을 멈춘 뒤에 위공이 술잔을 가득 채워 상으로 내렸다.

제 4장은 여 시인이 춤추는 청년에 대해 사모하는 마음을 토로하고 있다.

첫 두 구 "산에는 개암나무가 있고 습지엔 감초가 있네, 산유진 습유령山有榛 隰有苓" 즉, 높은 산 위에 개암나무가 있고, 지대가 낮은 곳에는 감초가 있다는 것을 말한다. 이 두 구는《시경》에서 흔히 사용하는 흥을 일으키는 시구 형식이다. 나무는 남자를 비유하고, 풀은 여자를 비유함으로써 남녀의 사랑하는 마음을 상징하고 있다.

3, 4구 "누구를 생각하나 서방의 미인이로다, 운수지사 서방미인云誰之思 西方美人"에서는 자기가 사랑하는 사람이 만무萬舞를 추는 청년이라는 것을 조금도 거리낌없이 나타내고 있다. 동시에 그가 잘생긴 청년이라는 것을 찬미하고 있다.

결말의 "저 미인이시여 서방에서 오신 분이로다, 피미인혜 서방지인혜彼美人兮 西方之人兮"는 "서방미인 西方美人"을 두 구로 나누어서 한 걸음 더 나아가 사모하는 마음을 토로하고 있다.

이 시의 앞 세 장은 비록 춤추는 청년의 연기에 대해 객관적으로 묘사해서 쓰고 있지만, 행간의 글자 속에는 찬미하는 마음이 가득 넘치고 있다.

마지막 장에서는 조금도 숨김없이 사모하는 마음을 토로하고 있다. 특히 "서쪽의 미인, 서방미인西方美人"이라고 부르는 것은 여시인의 왕성하고 솔직한 감정이 이미 자신의 감정을 억누르지 못할 정도까지 이르렀음을 나타내고 있다.

### 역대 제가의 평설

《모시서毛詩序》: 〈간혜簡兮〉는 어진 인재를 등용하지 않은 것을 풍자한 시다. 위나라의 어진 인재가 악관樂官이 되었으나 왕을 섬길 수 있는 사람이다."

주희朱熹《시집전詩集傳》: "어질고 재능이 있는 사람이 뜻을 펴지 못하고 겨우 악관樂官 벼슬을 하게 되자, 세상을 경시하고 제멋대로 하려는 마음이 있다. 그래서 작자는 이렇게 쓴 것이다. 자기 자신을 자랑하는듯 하지만 실제로는 자기 자신을 조롱한 것이다."

요제항姚際恒《시경통론詩經通論》: "〈소서小序〉에서 '어진 자를 쓰지 않은 것을 풍자했다'고 말했는데 대략 맞는 것 같다. 당시에 어질고 능력 있는 사람이 악관樂官이 되었기 때문에 그 사람을 찬미하면서도 비천한 직책을 개탄하였다. 그래서 번영했던 주周 왕조였더라면 이처럼 어진 사람을 왕이 반드시 불러 기용하였을 것이라고 끝까지 생각하였다.《집전集傳》에서 '이 시는 어질고 재능 있는 사람이 스스로 말한 것'이라 하였는데 아닌 것 같다."

《시의회통詩義會通》: "지금 이 시의 뜻을 살펴보면 〈서序〉에서 말한 것이 옳다고 본다. 반드시 악관樂官이 쓴 것이라고는 할 수 없다. 구양공歐陽公이 말하길, '어질고 능력 있는 사람들이 임용되지 않고, 오히려 늘 악기나 들고 꿩 깃털이나 잡아 흔드는 악관樂官이 되게 하였으니 애석하다.'"

강음향江陰香《시경역주詩經譯注》: "위나라가 어진 자를 쓰지 않았음을 풍자한 시다. 이러한 현인들이 주군 앞에서는 단지 악관樂官일 뿐이다. 그래서 자기의 뜻을 이루지 못했음을 슬퍼하고, 서주西周의 번영했던 시대의 사람이 되고 싶어한 것이다."

진자전陳子展《시경직해詩經直解》: "〈간혜簡兮〉는 위나라 악관樂官이 만무萬舞를 검열하는 것을 묘사한 시다. 시의 뜻은 자명하다.《시서詩序》는 틀리지 않았다. 즉 …… 악관樂官은 선비계층 중에 가장 낮은 계층이고, 단지 일종의 비천한 문화의 노예 두목일 뿐이란 것이다."

문일다聞一多《풍시유초風詩類抄》: "춤추는 사람을 애모한 시다."

여관영餘冠英《시경선詩經選》: "이 시는 위나라 궁정의 만무를 쓴 것으로, 그 중점은 크고 웅장한 무사舞師를 찬미하는 데 있다. 이러한 찬미는 그 무사舞師를 열렬히 사랑하는 여성으로부터 나온 듯 하다."

원매袁梅《시경역주詩經譯注》: "이것은 한 여자가 스스로 좋아하는 무사舞師를 찬미하는 사랑 노래다. 그 여자는 무사舞師의 영민하고 씩씩하며 용맹하고 건장함, 늠름한 체격, 다재 다예, 시원스러운 풍도를 찬미하고, 반복해서 깊은 짝사랑의 심정을 호소하였다."

원유안袁愈嫈, 당막요唐莫堯《시경전역詩經全譯》: "춤에 능숙한 용사를 찬미하고 애모 하였다."

고형高亨《시경금주詩經今注》: "위나라 임금의 궁정에서 무도회가 열리고, 한 귀족 부녀자가 무리를 이끄는 무사舞師를 좋아하여 이 시를 지어 그를 찬미하였다."

정준영程俊英《시경역주詩經譯注》: "이것은 한 여자가, 무사舞師가 만무를 공연하는 것을 보고 그에게 애모의 정을 느낀 것을 표현한 시다."

김계화金啟華《시경전역詩經全譯》: "노래는 재능이 출중한 무사舞師를 찬미하고 추억하였다."

번수운樊樹雲《시경전역주詩經全譯注》: "이것은 애모의 시다. 늘 무사舞師를 그리워하는 애모의 정을 표현하였다."

황작黃焯《시소평의詩疏平議》: "내가 살펴보니 이주의李紬義는 이렇게 말했다. '공영달은 첫 장에서는 악관樂官의 벼슬이 된 것을, 가운데 장은 무사舞師의 다재다예를, 끝 장에서는 마땅히 왕의 신하가 된 것을 표현했다고 생각했기 때문에 그렇게 말한 것이다. 《모전》에서 살펴보면 만무를 출 때 방패와 깃을 겸했다는 것은 바로 스스로 피리와 꿩깃을 쥐고 있다는 말이다. 정현은, 간무幹舞는 무무武舞이고 약무籥舞는 문무文舞라고 여겼기 때문에 제대로 갖추어 말했으며 결코 헛되이 추측한 말은 아니다. 그러나 공영달이《정의正義》에서 말한 것은《모시전毛詩傳》,《모시전전毛詩傳箋》양쪽의 뜻을 모두 상실했다.'"

# 3. 〈분저여汾沮洳〉 [위풍魏風][1]

| | | |
|---|---|---|
| 彼汾沮洳[2] | 피분저여 | 저 분수가의 진펄에서 |
| 言采其莫[3] | 언채기모 | 푸성귀를 캐네 |
| 彼其之子 | 피기지자 | 저기 저 사람 |
| 美無度[4] | 미무도 | 아름답기 그지없어 |
| 美無度 | 미무도 | 아름답기 그지없어서 |
| 殊異乎公路[5] | 수이호공로 | 공로보다 뛰어나네 |
| | | |
| 彼汾一方[6] | 피분일방 | 저 분수 한 편에서 |
| 言采其桑[7] | 언채기상 | 뽕잎을 따네 |
| 彼其之子 | 피기지자 | 저기 저 사람 |
| 美如英[8] | 미여영 | 신선한 꽃처럼 아름다워 |
| 美如英[8] | 미여영 | 신선한 꽃처럼 아름다워서 |
| 殊異乎公行[9] | 수이호공행 | 공행보다 출중하네 |
| | | |
| 彼汾一曲[10] | 피분일곡 | 저 분수 굽이에서 |
| 言采其藚[11] | 언채기속 | 질경이를 뜯자하니 |
| 彼其之子 | 피기지자 | 저기 저 사람 |
| 美如玉 | 미여옥 | 옥처럼 아름다워 |
| 美如玉 | 미여옥 | 옥처럼 아름다워서 |
| 殊異乎公族[12] | 수이호공족 | 공족보다 월등하네 |

..................

1 汾沮洳(분저여): 편명. 이것은 여자가 남자를 사모하는 시다.

　魏(위): 국명. 춘추시대의 위나라. 지금의 산서성山西省 예성현芮城縣

동북에 옛 성이 있다.

2 彼(피): 저.

　汾(분): 분수.

　沮洳(저여): 썩은 식물이 퇴적하여 형성된 못. 진펄.

3 言(언): 접속사.

　莫(모): 야채의 이름. 푸성귀, 괭이밥, 구성채라고도 한다. 채채采菜
　(채소를 뜯는 것)는 여자들의 일이었다.

4 美無度(미무도): 헤아릴 수 없고 형용할 수 없을 정도로 아름다움을
　가리킴.

5 殊異(수이): 준수하고 출중하다는 뜻.

　公路(공로): 귀족의 군대 직함.

6 一方(일방): 한 편.

7 桑(상): 누에치기를 위한 뽕나무.

8 英(영): 신선한 꽃.

9 公行(공행): 귀족의 군대 직함.

10 曲(곡): 물이 굽음을 가리킨다.

11 藚(속): 들풀. 질경이. 택사澤瀉

12 公族(공족): 귀족의 군대 직함.

 감상과 해설

〈분저여汾沮洳〉는 여자가 사랑하는 남자를 찬미하는 사랑 노래다.
전체 시는 3장으로 나뉜다.

제 1장의 시작하는 두 구 "저 분수가의 진펄에서 푸성귀를 캐네,
피분저여 언채기모彼汾沮洳 言采其莫"는, 한 농가의 여자가 마침 분수

汾水 가에서 야채를 캐고 있음을 스스로 말한 것이다. 3, 4구 "저기
저 사람 아름답기 그지없어, 피기지자 미무도彼其之子 美無度"는 그
농가의 여자가 야채를 캘 때 사랑하는 남자를 생각하며 쓴 것이다.
또한 자신의 감정을 스스로 억제하지 못하고 형용할 수 없을 정도로
그가 아름답다고 찬미하고 있다. 5, 6구 "아름답기 그지없어서 공로보
다 뛰어나네, 미무도 수이호공로美無度 殊異乎公路"는 그녀가 이 미남
자를 귀족관리와 나란히 대비시켜서 이 미남자가 '공로公路'라는 관직
에 있는 사람보다 훨씬 더 아름답고 고상하다고 찬미했다.

제 2장은 자신이 분수 근처에 와서 뽕잎을 따다가 마음속의 사랑하
는 사람을 생각하기 시작하고 그의 아름다움이 마치 신선한 한 송이
꽃과 같다고 말하고 있다. '공행公行' 관직을 담당하는 귀족도 그의
아름다움에 비할 수 없다.

제 3장은 스스로 분수 물굽이에서 야채를 캐다가 마음속의 사람을
생각하는 것을 말하고 있다. 그의 아름다움이 한 덩어리 보옥과 같아
서 '공족公族' 관직을 맡고 있는 귀족들도 그의 아름다움에는 비할 수
없다.

이 시는 농가의 여자가 농가의 젊은이를 사랑한 것을 서술한 것이다. 이 여자는 분수 가에서 푸성귀를 캐고 뽕잎을 따고 질경이를 뜯을 때 줄곧 그가 생각난다. 그녀는 자신의 마음속에 있는 사람의 외모가 산뜻하고 아름다운 꽃과 같을 뿐만 아니라 인품 역시 순결한 옥과 같아서 정말로 "아름답기 그지없어서, 미무도美無度"라고 칭찬했다. 그녀의 마음속에는 이 부지런하고 순박한 농가의 젊은이가 가장 훌륭한 미남자다. 그 '공로公路', '공행公行' '공족公族' 등의 관직을 맡은 왕공 귀족은 비록 높은 관직과 많은 봉록, 복식과 마차를 가지고 있지만, 그들은 이 농가 젊은이의 아름다움을 가지고 있지 않다.

 **역대 제가의 평설**

《모시서毛詩序》: "〈분저여汾沮洳〉는 지나친 검소함을 풍자한 것이다. 그 군자가 검소하고 부지런하지만 예를 알지 못함을 풍자했다."

공영달孔穎達《모시정의毛詩正義》: "분수 진펄에 나의 위나라 군주가 친히 와서 푸성귀를 캐서 채소를 만들었으니, 이는 검소하고 부지런하다. 저 푸성귀를 캐는 자가 이처럼 부지런하고 검소할 수 있다면, 그의 아름다운 신뢰는 끝이 없어서 측량할 수 없다. 아름다움이 끝이 없어서 푸성귀를 캐는 사람은 공로보다 더 준수하다. 그러나 비천한 관리조차도 그것을 하지 않는데 군주가 어찌 친히 푸성귀를 캐는가? 이 시는 예를 알지 못함을 풍자했다."

주희朱熹《시집전詩集傳》: "이것 역시 지나치게 검소해서 예를 알지 못함을 풍자하는 시다. 말하자면 그 같은 사람이 아름답기는 하지만 인색하고 도량이 좁은 태도가 전혀 귀인 같지 않다."

요제항姚際恒《시경통론詩經通論》: "이 편은 결코 풍자의 의미가 보이지 않을 뿐만 아니라 검약한 뜻도 없다. 위나라 군주가 친히 푸성귀, 뽕잎, 질경이를 뜯는 것을 가지고, 지나친 절약을 풍자한다는 설명에 부합된다고 한다면 어찌 매우 유치하고 우스운 일이 아니겠는가? 또한 그 시에는 푸성귀를 캐고 뽕잎을 따고 질경이를 캐는 것을 읊은 사람이 없으므로, '흥興'의 의미가 분명하다. 저들은 아마도 단지 매 장의 위 두 구를 부賦로 생각하는 것 같다. …또《모시서》와 정현은 모두 '아름답기 그지없어美無度'를 찬미하는 말로 해석하고, '공로보다 뛰어나네殊異乎公路'는 풍자하는 말로 해석했다. 방금 아름답다고 했다가, 갑자기 풍자라고 하는 것은 역시 이치에 맞지 않는다."

위원魏源《시고미詩古微》: "《조시외전 朝詩外傳》에서는 아마도 진펄 사이에서 현자가 그 아래 은거하며 야채를 캐어 스스로 자급자족했지만, 그 재능과 덕이 실로 공족, 공행, 공로 이상으로 높고 출중함을 감탄한 것이라. 그러므로 비록 낮은 지위지만 저절로 존귀하고 초연하여 세상 사람과 다르다. 대개 춘추시대에 진나라 관리인 공족, 공행, 공로는 모두 귀족의 자제로서 재능이 없으면서도 대대로 녹봉을 받았다. 그러나 현자는 기용되지 못하고 기용된 자는 현명하지 않았다."

문일다聞一多《풍시유초風詩類抄》: "이것은 여자가 남자를 사모하는 시다."

진자전陳子展《시경직해詩經直解》: "푸성귀를 캐고, 뽕잎을 따고, 질경이를 캐는 노동자들은 아름다운 재능을 가졌다. 공로, 공행, 공족과 같이 대대로 녹봉을 받는 귀족 자제보다 준수하고 출중하다."

여관영余冠英《시경선역詩經選譯》: "이는 여자가 남자를 사모하는 시다. 그는 마치 꽃부리 같고 보배 같아 형용할 수 없을 만큼 아름다워 귀족의 장군들보다 훨씬 더 훌륭하다."

고형高亨《시경금주詩經今注》: "이것은 부녀자가 남자를 찬미하는 시다."

원매袁梅《시경역주詩經譯注》: "이것은 농가의 여자가 부르는 노래이다. 그녀들의 마음속에는 부지런하고 순박한 젊은이가 가장 아름다운 미남자이고, 왕공 귀족들보다 더 고상하다."

번수운樊樹雲《시경전역주詩經全譯注》: "애인을 찬미하는 연애시다. 분수 가에서 야채를 캐는 어느 한 여자가 낮은 지위에 있는 남자를 사랑하게 되었다. 그녀는, 이러한 남자가 그 장군들과 비교해 몇천 몇 백 배 강하다고 여기는데, 실제로는 귀족에 대한 풍자다."

원유안袁愈荌, 당막요唐莫堯《시경전역詩經全譯》: "어떤 여자가, 그 애인의 품격과 재능이 귀족 장군을 초월함을 찬미하고 품격이 낮고 빈둥거리고 게으름만 피우는 귀족을 풍자했다."

정준영程俊英《시경역주詩經譯注》: "이것은 노동하는 백성들의 덕을 찬미하는 시다. 춘추시대에 노동하는 백성들의 지위가 아주 낮고 어떤 백성들은 여전히 농노였다. 시인은 "공로" 등 높은 관리와 그를 서로 비교했으니, 이것은 예사롭지 않다. 오직 노동하는 백성의 입으로 부른 노래만이 비로소 이렇게 열렬히 계급에 근본을 둔 시구가 있을 수 있다."

김계화金啓華《시경전역詩經全譯》: "현자가 은거하면서 야채를 캐어 스스로 자급자족하지만 그의 재능은 귀족자제를 뛰어 넘는 것을 탄식하고 있다."

# 4. 〈후인 候人〉 [조풍 曹風]¹

| | | |
|---|---|---|
| 彼候人兮² | 피후인혜 | 저 분은 후인이 되어 |
| 何戈與祋³ | 하과여대 | 짧은 창 긴 창 메고 섰네 |
| 彼其之子⁴ | 피기지자 | 저기 저 사람은 |
| 三百赤芾⁵ | 삼백적불 | 삼백명 적불 걸친 무사중의 하나 |
| 維鵜在梁⁶ | 유제재량 | 사다새가 보 둑에 있으니 |
| 不濡其翼⁷ | 불유기익 | 그 날개 젖지가 않네 |
| 彼其之子 | 피기지자 | 저기 저 사람은 |
| 不稱其服⁸ | 불칭기복 | 그 옷차림에 어울리지 않네 |
| 維鵜在梁 | 유제재량 | 사다새가 보 둑에 있으니 |
| 不濡其咮⁹ | 불유기주 | 그 부리 젖지가 않네 |
| 彼其之子 | 피기지자 | 저기 저 사람은 |
| 不遂其媾¹⁰ | 불수기구 | 혼인의 인연 이루지 못하네 |
| 薈兮蔚兮¹¹ | 회혜울혜 | 안개는 뭉게뭉게 피어오르고 |
| 南山朝隮¹² | 남산조제 | 남산에는 아침 무지개 떠오르네 |
| 婉兮孌兮¹³ | 완혜연혜 | 앳되고 곱상한 이 아가씨 |
| 季女斯飢¹⁴ | 계녀사기 | 소녀가 이것에 굶주리네 |

..................

1 〈候人(후인)〉: 소녀의 사랑 노래이다.

曹風(조풍): 동주시대 조나라(지금의 산동성 서남부 조현 일대)의 시가.

2 彼(피): 지시대명사, 그, 그것(사람, 물건 모두 가리킬 수 있다.)과 같다.

候人(후인): 손님의 환영과 환송을 관리하고, 도로를 순찰하는 낮은 무관.

3 何(하): 荷(하)와 같다. 어깨에 메다. 또한 揭[게: 메다], 들어올려, 받들어 라고 해석 할 수 있다.

戈(과), 殳(대): 모두 고대의 무기이다. 戈(과)는 길이가 6척 6촌이고, 殳(대)는 길이가 1심 4척이다.(고대 제도에 따르면 8척이 1심이다)

荷戈巡邏(하과순라): (창을 메고 순찰하다)는 후인候人의 직책이다.

4 其(기): 대명사. 그것, 그와 같다.

之子(지자): 이 사람, 저 사람.

5 三百(삼백): 붉은 불芾을 입은 사람이 매우 많은 것을 묘사한 것이다.

赤芾(적불): 불芾은 고대 복식으로, 폐슬蔽膝이라고도 한다.

가죽으로 만들어졌고, 장방형으로, 위쪽에 꽃무늬가 있으며, 무릎 위와 복부 앞부분을 가린다. 적불은 붉은색 가죽 폐슬.

6 維(유): 발어사.

鵜(제): 사다새, 물고기를 즐겨먹는 물새.

梁(량): 어량(물이 한 곳으로만 흐르도록 물살을 막고 거기에 통발을 놓아 고기를 잡는 장치)

7 濡(유): 축축하게 젖다.

翼(익): 새의 날개.

不濡其翼(불유기익): 날개가 젖지 않음, 곧 물 속에 들어가 물고기를 잡아먹지 않는 것을 가리킨다.

8 不稱(불칭): 잘 어울리지 않다. 잘 맞지 않다.

服(복): 후인候人의 복장.

9 味(주): 새 부리.

不濡其味(불유기주): 물새가 부리를 적시지 않는 것, 즉 물 속에 들어가 물고기를 잡지 않는 것을 가리킨다.

**10 遂**(수): 이루다. 성공하다.

**媾**(구): 결혼하다. 남녀가 서로 사랑해 결합하는 것을 가리킨다.

**不遂其媾**(불수기구): 인연을 이룰 수 없음을 가리킨다.

**11 薈**(회), **蔚**(울): 본래 초목이 무성함을 가리킨다. 여기서는 구름과 안개가 피어오르는 모양을 묘사한 것.

**12 朝**(조): 아침.

**隮**(제): 꽃구름이 올라가다. 朝隮는 아침의 꽃구름이 하늘로 솟아오르는 것을 가리키는 것으로, 정욕이 발동하기 시작한 것을 비유한 것이다. 혹은 조기朝飢로, 정욕이 아직 채워지지 않은 '배고픔'을 비유한 것이다.

**13 婉**(완), **孌**(연): 연령이 젊고, 얼굴이 예쁘다. 이것은 여자가 스스로 말한 시구이다.

**14 季女**(계녀): 소녀. 혹은 자매 중 제일 어린 사람을 가리킨다.

**斯**(사): 이것.

**飢**(기): 기아. 사랑을 추구함이 배고픔과 목마름 같음을 비유한 것

 **감상과 해설**

〈후인候人〉의 주인공은 한 소녀다. 그녀는 어느 청년 무관을 사랑하고 그의 애정을 얻고자 갈망한다.

시 전체는 4장이다.

제 1장 첫 구 "저 분은 후인이 되어, 피후인혜彼候人兮"는 자신이 사랑하는 대상이 어느 '후인候人'임을 소개한다. '후인'은 높지 않은 관직이다. 주로 손님을 배웅하고 마중하는 일을 맡고 있으며, 도로를 순찰하고 지키는 일도 한다.

《주례周禮·하관夏官》의 기록에 의하면 "후인은 각 지방의 도로를 관장한다.……만약 각 지방의 사신을 대접할 일이 있으면 사신이 조정에 이르도록 인도하고 돌아갈 때 국경까지 데려다 준다. 후인의 편제는 상사上士 6명, 하사下士 12명, 사史 6명, 도徒 120명이다."

'후인'은 나라의 군주를 대신해서 손님을 맞이하기 때문에 특별한 풍채를 중시한다.

"짧은 창 긴 창 메고 섰네, 하과여 대何戈與祋"는 어깨에 과戈, 대祋와 같은 긴 병기를 짊어지고 순찰을 돌며 군주의 사신을 맞이하고 보내는 것을 말하는데 아주 성스러운 기개와 위엄이 있어 보인다.

"저기 저 사람은 삼백명 적불 걸친 무사중의 하나, 피기지자 삼백적불彼 其之子 三百赤芾"은 곧 여시인이 저 '후인'에 대한 자신의 사랑을 표현한 것이다. 몸에 걸친 가죽으로 만든 복장이 매우 귀하고 빛이 난다. 그는 300명의 '후인候人'중에 가장 뛰어난 한명의 '후인候人'이다. 시 내용중에 "삼백적불三百赤芾"은 단지 많다는 것을 표현한 것이지 꼭 사실을 가리키는 것은 아니다. "적불赤芾"을 입은 '후인後人'이 매우 많지만 여시인이 사랑하는 대상이 그 중에 가장 뛰어난 사람이다.

"저 사람 후인은, 피후인彼候人", "저기 저 사람, 피기지자彼其之子"는 모두 그녀가 사랑하는 그 '후인'을 가리킨다.

제 2장의 두 구 "사다새가 보 둑에 있으니 그 부리 젖지가 않네, 유제재량 불유기익維鵜在梁 不濡其翼"은 물새의 한 종류인 사다새가

멍청하게 보 둑에 있으면서 뜻밖에도 그의 날개를 물에 적시지 못하고 있는 것을 묘사했다. 사다새는 물고기를 먹고사는 일종의 물새다. 응당 물속으로 내려가 물고기를 잡아야 하건만 사다새는 정상적인 모습과는 반대로 우둔하게 변해 물속으로 가지 못하니 어떻게 물고기를 잡을 수 있을까?

《시경》에서 물고기는 애정과 결혼을 암시한다. 여시인은 그 '후인候人'을 사다새에 비유하고 또 사다새가 물 속으로 들어가 물고기를 잡지 못하는 것은 '후인候人'이 그녀에게 구애하지 않음을 은유한 것이다. 여기서 여시인이 뛰어난 청년무관을 남몰래 사랑하고 있음을 알 수 있다.

"저기 저 사람은 그 옷차림에 어울리지 않네, 피기지자 불칭기복彼其之子 不稱其服"은 여시인이 그 무관을 일부러 놀리기 위한 시구로서 이 말은 '당신이 차려입은 무관의 복장을 보건대 완연히 대인과 같은 모습이다. 당신의 어리석은 두뇌를 보니 그야말로 사리를 분별치 못하는 어린애 같구나. 당신이야말로 완전히 어울리지도 않는 옷을 걸치고 있구나'라는 것이다. 그 말 속에 담긴 뜻은 그를 일깨워 아가씨의 사랑하는 마음을 그가 이해하도록 하겠다는 것이다.

제 3장은 아가씨가 일깨워 주는데도 불구하고 알지 못하는 청년무관이 마치 어리석은 새와 같다는 내용이다.

"사다새가 보 둑에 있으니 그 부리 젖지가 않네, 유제재량 불유기주維鵜在梁 不濡其咮" 그는 바보처럼 어량 위에 머물러 있으면서 자기의 부리를 물속으로 집어넣으려 하지 않는 사다새와 같다. 그의 이러한 모습은 "연목구어緣木求魚(나무에 올라가 물고기를 구하는 것처럼 불가능함을 의미)"처럼 실제 행동을 취하지 않아서 평생동안 물고기를 얻지 못한다. 남자가 끝까지 애정의 상황을 이해하지 못하자 여시인이 재차 놀리고 비유하며 암시하다가 명백하게 상대방을 일깨워준다. "청년무관이여! 자기의 혼인 인연조차 성취시키고 싶지 않단 말인가!" 이번에는 그 남자가 제발 깨달아서 좋은 기회를 놓치지 않기를!

　제 4장은 아가씨가 일깨워준 이후에도 그 청년 무관이 여전히 깨닫지 못한 것을 묘사했다. 이번에는 아가씨가 할 수 없이 자신을 드러내 놓고 말했다.

　"안개는 뭉게뭉게 피어오르고 남산에는 아침 무지개 떠오르네, 회혜울혜 남산조제薈兮蔚兮 南山朝隮" 이는 자연 경물의 아름다움을 가지고 흥을 일으켰다. 하늘에는 안개구름이 피어오르고, 남산에는 아침 노을이 솟아 오르네. 이는 아가씨의 아름다운 용모와 같은 것이다.

　"앳되고 곱상한 이 아가씨, 완혜연혜婉兮孌兮"는 완전히 여시인 스스로 자신을 찬미하는 것으로서 자신이 젊고 한창 때이며 얼굴이 아름답다는 것을 말한다.

　"소녀가 이것에 굶주리네, 계녀사기季女斯飢"는 더욱 더 여시인의 애정을 표현한 것이다. 그녀는 자기의 애정에 대한 추구가 목마르고 주린 것처럼 급박하고 참을 수 없다고 한다. 이 '굶주림, 기飢'는 현재 그녀의 애정에 대한 기대가 얼마나 열렬한지를 충분히 표현한다. 그 무관 청년은 여시인이 스스로 애정표현을 한 이후에도 어찌하여 무덤덤하게 그리도 반응이 없는가? 그 원인이 시에서는 더 이상 이어지지 않는다.

　시 전체는 여시인이 한 청년무관에게 열렬히 사랑을 표현하고 있다. 그녀는 그 남자와 사랑하게 되어 좋은 인연으로 맺어지기를 갈망한다. 그러나 그 무관은 여자의 마음을 몰라주고 혼인의 인연을 맺는 일에 적극적이지 못하다. 여시인은 마치 굶주리고 목이 마르듯이 정을 참고 견디기가 어렵다고 느낀다. 하나의 불덩이 같은 마음이 하나의 얼음장 같은 마음에 부딪히니, 불이 붙을 수 있을지 어떨지 모르겠다.

 **역대 제가의 평설**

《모시서毛詩序》: 〈후인〉은 소인을 가까이 하는 것을 풍자한 것이다. 공공共公이 군자를 멀리하고 소인을 가까이하는 것을 좋아한 것이다

공영달孔穎達《모시정의毛詩正義》: "조曹나라의 군자란, 바로 저렇게 손님을 기다려 맞이하는 사람인가! 길거리에서 어깨에 무기를 둘러메고 있다니! 현자의 관직이 후인에 불과하니, 이는 군자를 멀리한 것임을 말한 것이다. 한편 조나라 조정의 3백 명이 모두 붉은 가죽옷을 입고 있으니 이는 소인을 가까이 한 것이다. 제후의 관제에 대부가 5명인데, 지금은 3백 명이 가죽옷을 입고 있으니, 소인을 사랑하는 것이 지나친 것이다."

주희朱熹《시집전詩集傳》: "이것은 임금이 군자를 멀리하고 소인을 가까이 하는 것을 풍자한 가사다. …… 진晉나라 문공文公이 조曹나라에 들어가서, 수레에 타고 있는 사람의 숫자를 세어보니 3백 명이었다. 바로 이것을 말하는 것인가?"

방옥윤方玉潤《시경원시詩經原始》: "조나라 군주가 군자를 멀리하고 소인을 가까이 하는 것을 풍자했다." "회薈, 울蔚, 조제朝隮라고 말한 것은 소인이 조정에 너무 많아서 아부하는 기세가 번성하다는 의미이다. 완婉, 연變, 사기斯飢라고 말한 것은 어진 자가 조정에서 지조와 정절을 지키다가 오히려 빈궁하고 곤란해진 것을 의미한다."

문일다聞一多《풍시유초風詩類抄》: "조나라 여자를 풍자한 것이다.

기다리는 사람이 오지 않았기 때문에 결국 그 혼인의 인연을 이루지
못했다고 말한 것이다."

강음향江陰香《시경역주詩經譯注》: "조나라 군주가 소인을 가까이
하고 군자를 소원하게 대한 것을 풍자했다."

여관영余冠英《시경선역詩經選譯》: "이 시에서 노래하는 것은 한사
람의 청렴 곤궁한 후인을 동정하고, 직위와 재능이 어울리지 않는 귀
족들을 풍자한 내용이다."

진자전陳子展《시경직해詩經直解》: "〈후인〉을 〈서序〉에서는 조공曹
公이 군자를 멀리하고 소인을 가까이 한다고 했으니, 이 시의 뜻과
일치한다. 3가三家에서도 다른 이의가 없다."

원매袁枚《시경역주詩經譯注》: "이 여가수는 한 청년무사를 사랑하
고 그 사람의 호의와 관심을 갈망한다. 그러나 그 무사는 도리어 남녀
의 정사를 알지 못하자 그녀가 오히려 굶주리고 목마르듯이 마음이
급하여 견디기 힘들어 한다."

손작운孫作雲《시경여주대사회연구詩經與周代社會硏究》: "이 시는
한 남자로부터 사랑을 갈망하는 여자의 바람을 나타내고 있다."

양합명楊合鳴, 이중화李中華《시경주제변석詩經主題辨析》: "이 시는
조나라 시대에 유행한 노래다. 해학적인 말투로 한 소녀가 청년무사
에게 첫사랑에 빠진 것을 묘사했다."

고형高亨《시경금주詩經今注》: "이 시는 하급관리를 동정하고, 귀족
관료를 견책한 것이다."

정준영程俊英《시경역주詩經譯注》: "이 시는 조曹나라의 몰락한 귀
족이 신흥인물을 풍자한 것이다. 곽말약은 《중국고대사회연구》에서
말했다. '이것은 당연히 벼락치기로 귀족이 된 사람을 조롱한 것이다.
구시대의 사회적 시각에서 보면 노비의 신분으로부터 뻗어 올라온

사람은 당연히 어울리지 못했다'. 그러나 이 시는 오히려 낮은 관직인 후인에 대해서 동정적이다. 그가 창을 메고 열심히 일한다고 하지만 그의 어린 딸은 여전히 배고픔을 면하지 못한다. 무릎을 덮는 붉은 가죽옷을 입은 고관들에 대해서 깊이 질투하고 풍자를 보탠 것이다."

원유안袁愈荌. 당막요唐莫堯《시경전역詩經全譯》: "후인을 동정하고, 그 직책과 능력이 일치하지 않는 귀족을 풍자한 것이다."

김계화金啓華《시경전역詩經全譯》: "청렴 곤궁한 후인을 동정하고, 직책과 능력이 일치하지 않는 조정의 귀족을 풍자했다."

번수운樊樹雲《시경전역주詩經全譯注》: "이 시는 사회의 불합리한 현상을 통렬하게 비판한 것이다. 손님을 맞이하고 보내는 후인의 직위는 낮고 비천하다. 일이 힘들뿐만 아니라 그 배를 채우고 자식을 양육하기에도 버겁다. 그런데 저 뚱뚱한 귀족들은 그 직위가 높고 드러나지만 품행이 낮고 더러우니 그 직책과 능력이 어울리지 않는다. 이 시에서는 귀족의 풍자와 후인에 대한 동정을 충분히 드러냈다."

## 5. 〈습상濕桑〉[소아小雅][1]

| | | |
|---|---|---|
| 隰桑有阿[2] | 습상유아 | 진펄의 뽕나무 아름답고 |
| 其葉有難[3] | 기엽유나 | 그 잎새 풍성하네 |
| 既見君子[4] | 기견군자 | 이미 군자를 보았으니 |
| 其樂如何 | 기락여하 | 그 얼마나 즐거운가 |
| | | |
| 隰桑有阿 | 습상유아 | 진펄의 뽕나무 아름답고 |
| 其葉有沃[5] | 기엽유옥 | 그 잎새 촉촉하네 |
| 既見君子 | 기견군자 | 이미 군자를 보았으니 |
| 云何不樂[6] | 운하불락 | 어찌 즐겁지 않다 하리오 |
| | | |
| 隰桑有阿 | 습상유아 | 진펄의 뽕나무 아름답고 |
| 其葉有幽[7] | 기엽유유 | 그 잎새 검푸르네 |
| 既見君子 | 기견군자 | 이미 군자를 보았으니 |
| 德音孔膠[8] | 덕음공교 | 목소리 정감이 넘치네 |
| | | |
| 心乎愛矣 | 심호애의 | 마음 속의 사랑을 |
| 遐不謂矣[9] | 하불위의 | 어찌하여 말 못하나 |
| 中心藏之 | 중심장지 | 마음에 깊이 간직했으니 |
| 何日忘之 | 하일망지 | 어느 날인들 잊으리오 |

..................

1 隰桑(습상): 편명. 이 시는 한 아가씨의 애정 고백이다.

　小雅(소아): 서주西周 수도의 악조(궁정음악의 가사)를 일컬어 아雅
　　라고 하는데 아雅는 대아大雅(성대한 연회의 전례)와 소아小雅(일반

연회의 전례)의 구분이 있다. 서주의 수도 호鎬(주나라 무왕이 도읍한 곳)는 현재 섬서성陝西省 서안시西安市 서남쪽에 있다.

2 隰(습): 지대가 낮고 습한 땅.

　阿(아): 아름답다.

3 難(나): 무성하다, 儺(나). 잎이 무성한 모양.

4 旣(기): 이미.

　君子(군자): 당시 귀족 계층 남자의 통칭.

5 沃(옥): 기름지다. 비옥하다.

6 云何不樂(운하불락): 즐겁지 않다고 할 수가 없다.

7 幽(유): 유黝(검푸른 빛)로서, 색이 푸르면서 검은 색에 가까운 것을 말한다.

8 孔(공): 매우.

　膠(교): "謬"자의 생략이다. 뜻은 정이 두터운 것을 말한다.

9 遐不(하불): 어째서 ~하지 않는가?(何不)

 감상과 해설

〈습상隰桑〉 이 시는 한 아가씨가 마음속에 담고 있는 사람에게 애정을 고백한 것이다.

시는 4장으로 나뉜다.

제 1장의 1, 2구는 아름답게 무성한 뽕나무로 흥을 일으킨다. 3, 4구는 아가씨가 좋아하는 사람을 보게 되어 기뻐하는 모습을 직접 묘사하고 있다. 제 1장을 두 폭의 그림으로 묘사해보면, 앞의 한 폭의 그림은 뽕나무 숲인데 뽕잎이 무성하다. 뒤의 한 폭의 그림은 아가씨가 마음속에 담은 사람을 보게 되어 기뻐하는 모습이다. 이 두 폭의 그림은

긴밀하게 맞물려 있다. 잘 자라서 가득 잎이 달린 뽕나무는 자연계의
활발한 생기와 생명의 아름다움을 드러낸다. 자연의 아름다움이 비추
는 아래에서, 아가씨가 열연할 때 흐뭇한 마음의 꽃이 활짝 피어 한
쌍의 연인에 대한 청춘의 활력과 애정의 아름다움을 드러낸다.

제 2, 3장은 제 1장과 내용은 비슷하나 발전이 있다. 만약 제 1장에
서 묘사한 뽕나무 숲이 근경으로서 단지 뽕나무의 무성한 모습을 개
괄적으로 묘사한 것이라 한다면, 제 2, 3장에서 묘사한 뽕나무 숲은
단지 근경 그 자체일 뿐이다.

제 2장은 뽕잎의 광택이 사람을 비추는 아름다움을 돌출시키고, 제
3장은 청록색 물방울이 떨어질 것 같은 뽕나무잎의 색깔이 아름다움
을 묘사하고 있다. 자연의 미가 점차로 진행됨에 따라 아가씨가 얻은
사랑의 기쁨 또한 점차로 증가한다. "그 얼마나 즐거운가, 기락여하
其樂如何!"는 마음이 무척 기쁘다는 것을 말한다. "어찌 즐겁지 않다
하리오, 운하불락 云何不樂" 이 반문구도 정말로 즐겁다는 뜻이다. 이
시구는 부정으로부터의 반문인데, 그 대답은 긍정으로서, 그 긍정의
어기는 제 1장보다 더 단호하다. "목소리 정감이 넘치네, 덕음공교
德音孔膠"라고 말한 이 시구는 자신의 즐거움을 말로 다 표현할 수
없을 정도라고 말한 것이다. 이처럼 과장된 표현은 아가씨의 무한한

즐거움을 가장 효과 있게 표현하고 있다.

　제 4장은 생생한 필조로 아가씨의 사랑하는 이에 대한 깊은 정과 달콤한 뜻을 그리고 있다. "마음속의 사랑을 어찌하여 말못하나, 심호애의 하불위의心乎愛矣 遐不謂矣"는 자신의 마음속으로 사랑하는 상대에게 어찌하여 고백하지 못하는가? 라는 뜻이다. 이것은 아가씨가 자신에게 던지는 물음이다. 또 그녀의 대답을 들어보면 "마음에 깊이 간직했으니 어느 날인들 잊으리오, 중심장지 하일망지中心藏之 何日忘之"다. 아가씨가 애정을 마음 속에 깊이 감추어 놓았으니 어느 날인들 잊을까? 라고 한 말이다. 이는 분명히 상대에게 말하는 것이다. "귀공자를 사모하나 감히 말하지 못하였어요!" 보아하니, 아가씨의 마음에 담은 그 사람이 마음을 털어놓기만 한다면 사랑의 돛단배는 행복의 언덕을 향해 아주 빨리 나아갈 수 있을 것 같다.

 **역대 제가의 평설**

　《모시서毛詩序》: "〈습상隰桑〉은 유왕幽王을 풍자한 것이다. 소인이 높은 지위에 있고 군자는 초야에 묻혀 있으니 군자를 보고 싶은 마음이 극진하여 그를 섬기고자 한 것이다."

　정현鄭玄, 《모시전전毛詩傳箋》: "진펄의 뽕나무로 흥을 삼은 것은 도리어 이러한 뜻을 찾고자 하는 것이니 바로 언덕 위의 뽕나무의 가지와 잎은 그렇지 못하다는 것이다. 이것으로써 당시 소인이 높은 지위에 있지만 백성에게 덕을 베풀 수 없음을 풍자한 것이다. 재야의 군자를 생각하여 그가 지위에 있는 것을 볼 수만 있다면 기쁨과 즐거움을 절제할 수 없을 것이다."

주희朱熹《시집전詩集傳》: "이는 군자를 보게 된 즐거움을 노래한 시다. …… 그러나 소위 군자라고 일컬어지는 것이 무엇인지 알 수 없다."

김성탄金聖嘆이 말했다. "앞의 제 1, 2, 3장은 힘을 다해 즐거움을 말했지만, 제 4장은 힘을 다해 사랑을 말하지 않았다. 또한 앞의 세 장은 힘을 다해 즐거움을 말한 것이지만 오히려 밖으로 표현하지 않았다. 4장에 이르러서 힘을 다해 사랑을 표현하려고 하지는 않았지만 오히려 극진한 정을 말한 것이다. 《악부樂府》에서 '귀공자를 사모하나 감히 말하지 못하네, 사공자혜 미감언思公子兮 未敢言'이라고 한 것은 여기에서 변화하여 나온 것이고, '마음으로 군자를 좋아하나 군자는 모르시네, 심열군자혜 군부지心悅君子兮 君不知' 역시 여기에서 변화하여 나온 것이다."

방옥윤方玉潤《시경원시詩經原始》: "현인이 재야에 묻힌 것을 생각하는 시다."

진자전陳子展《시경직해詩經直解》: "〈습상隰桑〉은 군자를 그리워하고 보고 싶은 것이다. 동주東周 시대에 어진 인재들이 버려졌다. 위원魏源이 말했다. '의미를 《시서時序》에서 원용하더라도 오직 유왕幽王을 풍자한 것만은 아니다.' 왕선겸王先謙이 말했다. '3가三家의 견해는 아직 들어보지 못했다.' 주자朱子는 《변설辨說》에서 의문시하면서 '이 역시 풍자시는 아니다'고 했다. 《주전朱傳》에서 말했다. '이는 군자를 만나 기뻐하는 시이며, 시의 뜻이 대체적으로 〈청아菁我〉와 비슷하다.……' 진계원陳啓源은 말했다. '〈습상隰桑〉의 음절은 〈풍우風雨〉와 같아서 '국풍國風'에 편입되었는데, 주자는 이를 음탕한 시라고 규정하였다.' 그러나 이를 냉정하게 비판한다면 대현인大賢人을 거슬렀다는 점을 피할 수 없다."

여관영余冠英《시경선역詩經選譯》: "한 여인의 애정 고백이다."

고형高亨《시경금주詩經今注》: "이 시의 작자는 한 귀족을 볼 수 있게 되어 매우 기뻐함을 묘사하고 있다. 아울러 그 귀족의 덕을 칭송하고 있으며 그를 위해 일하고자 하는 것을 표시하고 있다.(혹 말하기를 작자가 부녀자라고도 한다.)"

강음향江陰香《시경역주詩經譯注》: "이는 군자를 만나 기뻐한 시다. 일설에는 '국왕이 현인을 등용하지 않아서 현인들이 재야에 묻혀 있었다.'고 한다."

원매袁梅《시경역주詩經譯注》: "여자가 사랑하는 사람에게 마음을 털어놓는 노래이다."

양합명楊合鳴, 이중화李中華《시경주제변석詩經主題辨析》: "이는 아름다운 애정시로서 한 젊은 여자가 그녀의 애인에게 진지한 사랑의 감정을 표현한 시다."

번수운樊樹雲《시경전역주詩經全譯注》: "이는 깊은 정을 노래한 애정시다. 한 쌍의 연인이 뽕나무 숲에서 밀회를 하기로 약속하였다. 먼저 소녀가 뽕나무 숲에 도착하여 님을 절절히 기다렸다. 드디어 애인이 오는 모습이 보일 때, 기쁜 마음이 끝이 없다. 이어서 두 사람은 달콤한 밀회를 가지니 정은 절절하고 마음은 끝없이 이어진다. 그러나 남자가 시종 자신의 감정을 드러내지 않고, '사랑한다'는 말 한마디조차 하지 않는다. 그래서 소녀가 한바탕 말을 이끌어내는데, 이 시는 이를 아주 세밀히 묘사한 것이다."

김계화金啓華《시경전역詩經全譯》: "여자가 사랑하는 사람을 만나 흐뭇한 마음이 꽃처럼 활짝 핀 것이다. 입으로 사랑한다는 말을 차마 하지 못하나 마음으로 그를 잊지 못하는 것이다."

정준영程俊英《시경역주詩經譯注》: "이는 부녀자가 남편을 그리는 시다."

　원유안袁愈荽, 당막요唐莫堯 《시경전역詩經全譯》: "여자가 애인에게 깊고 두터운 정을 표현한 것이다. 일설에는 현인을 그리워하여 주周 나라 유왕幽王이 현인을 멀리하고 아첨꾼을 가까이하는 것을 풍자한 시라고도 한다."

# 환취

歡聚: 만남의 환희

《詩經》시대 남녀 간의 격리는 후대처럼 그렇게 심하지 않았다. 특히, 하층 사회에서는 젊은 남녀가 명절을 이용해서 함께 즐겁게 모일 수 있었는데, 이것은 바로 자유연애의 가장 좋은 기회였다.

〈동문지분東門之枌〉(진풍陳風)에서 청년은 가무 모임에서 아가씨를 알게 된다. 그 뒤 그는 아가씨에게 읍내로 가서 함께 춤을 추자고 청하고, 아가씨는 매번 청년의 요청을 받아들인다. 그들은 서로 사랑하게 된다.

〈진유溱洧〉(정풍鄭風)에서 한 쌍 한 쌍의 청춘남녀들은 봄빛이 찬란할 때 강기슭에 가서 산보하며 노닌다. 그들은 웃고 이야기하며 매우 즐거워한다. 어느 한 아가씨가 매우 대담하게 한 청년에게 봄놀이 가자고 요청하여 그들은 많은 이야기를 나누게 된다.

## 1. 〈동문지분東門之枌〉 [진풍陳風]¹

| | | |
|---|---|---|
| 東門之枌² | 동문지분 | 동문의 느릅나무 |
| 宛丘之栩³ | 완구지허 | 완구의 상수리나무 |
| 子仲之子⁴ | 자중지자 | 자중씨의 딸이 |
| 婆娑其下⁵ | 파사기하 | 그 아래에 빙글빙글 |
| 穀旦于差⁶ | 곡단우차 | 좋은 날을 골라 |
| 南方之原⁷ | 남방지원 | 남쪽의 높고 평평한 곳에서 |
| 不績其麻⁸ | 부적기마 | 삼베 길쌈 안 짓고 |
| 市也婆娑⁹ | 시야파사 | 읍내에서 빙글빙글 |
| 穀旦于逝¹⁰ | 곡단우서 | 좋은 날을 골라 |
| 越以鬷邁¹¹ | 월이종매 | 자주 만나니 |
| 視爾如荍¹² | 시이여교 | 당아욱 처럼 아름다운 그녀 |
| 貽我握椒¹³ | 이아악초 | 내게 산초나무 한 움큼 주네 |

..................

1 〈東門之枌(동문지분)〉: 한 남자의 어투로 남녀가 서로 그리워하고 기뻐하는 것을 묘사한 사랑의 노래이다.

陳(진): 현재 하남성河南省 개봉시開封市의 동쪽에서 안휘성安徽省 박현亳縣에 이르는 일대.

2 東門(동문): 지명.

枌(분): 나무이름. 흰 껍질의 느릅나무.

3 宛丘(완구): 본래는 중앙이 낮고 평평하며 사면이 높은 원형의 고지를 말한다. 여기서는 이미 고유명사가 된 것으로 당시 진나라의 유원지였다.

栩(허): 상수리 나무.

4 子仲之子(자중지자): 성이 자중 씨인 집의 딸

5 婆娑(파사): 빙글빙글 춤추는 모양.

其下(기하): 완구의 아래를 가리킨다.

6 穀(곡): 좋은. 선善.

旦(단): 아침. 곡단穀旦은 날씨가 좋은 아침을 말한다. 즉 좋은 날 좋은 시간.

于(우): 어조사. 뜻이 없다.

差(차): 고르다. 선택하다.

7 原(원): 지세가 높고 평탄한 지역을 말한다. 남방지원南方之原은 춤 추고 노래하며 모여서 즐기는 곳을 가리키며, 동시에 정기적인 시장 이 있는 곳이다.

8 績(적): 실을 뽑다(잣다).

9 市(시): 물건을 사고파는 장소.

10 逝(서): 가다.

11 越以(월이): 발어사. 뜻은 없다.

毚(종): 자주. 누차. 많다.

邁(매): 가다. 지나가다.

12 爾(이): 시인이 사랑하는 아가씨를 가리킨다.

荍(교): 식물명. 당아욱. 담자색의 꽃이 핀다.

13 貽(이): 주다. 보내다.

握椒(악초): 한 웅큼의 산초나무.

 **감상과 해설**

〈동문지분東門之枌〉은 남성의 어조로써 남녀가 서로 사모하고 기

뼈하는 것을 묘사한 민간의 사랑 노래다.

시는 모두 3장으로 구성되어 있다.

제 1장의 첫 두 구 "동문의 느릅나무 완구의 상수리나무, 동문지분 완구지허東門之枌 宛丘之栩"는 시인 자신이 여인을 만난 지역을 묘사하는데, 그곳은 진陳나라의 유원지로서 상수리나무가 자라고 있는 동문이다.

3, 4구인 "자중씨의 딸이 그 아래에 빙글빙글, 자중지자 파사기하子仲之子 婆娑其下"는 시인이 그 아가씨를 보았을 때 그녀는 빙글빙글 춤을 추고 있는 것이다. 어떻게 그가 그 아가씨의 성씨를 알고 있었는지 모를 일이지만, 하여튼 그 아가씨가 자중씨의 딸임을 알고 있다는 것은 흥미로운 일이다. 처음 장에서 시인은 완구에 놀러가서 춤을 추는 아가씨를 보고 묘사했는데 그녀가 바로 자중씨의 딸이다.

제 2장의 처음 두 구 "좋은 날을 골라 남쪽의 높고 평평한 곳에서, 곡단우차 남방지원穀旦于差 南方之原"은 시인이 좋은 날을 골라 남쪽의 높고 평평한 곳에서 서로 만난 것을 말하고 있다. 이곳 남방지원南方之原은 아마도 동문과 완구를 말하는 것 같다. 그곳은 춤추고 노래하며 함께 모여 즐거운 곳이며 또한 시장이 서는 곳이다. 시인이 선택한 상대가 바로 자중씨 집안의 아가씨다.

3, 4구 "삼베 길쌈 안 짓고 읍내에서 빙글 빙글, 부적기마 시야파사不績其麻 市也婆娑"는 아가씨가 시인의 데이트 신청을 받아들여 실

뽑는 일을 그만두고 시인을 따라 읍내로 춤추러 가는 것을 말하고
있다. 제 2장은 좋은 날 좋은 때에 자중씨의 아가씨와 함께 남쪽의
높고 평평한 곳으로 춤추러 가는 것을 묘사하고 있다.

제 3장의 처음 두 구 "좋은 날을 골라 자주 만나니, 곡단우서 월이종
매穀旦于逝 越以鬷邁"의 뜻은 좋은 날에 그 아가씨를 계속해서 찾아간
다는 말이다. 시인과 아가씨가 남방의 들에서 춤추고 난 뒤에 그들의
감정은 더욱 깊어진다. 그러기에 여러 차례 읍내의 가무 모임에 참여
한 것이다.

3, 4구 "당아욱처럼 아름다운 그녀 내게
산초나무 한 움큼 주네, 시이여교 이아악
초視爾如荍 貽我握椒"는 시인이 자중씨의
딸의 외모를 아름다운 당아욱 같다고 찬미
하고, 아가씨는 시인에게 향기로운 산초나
무를 주어 서로의 마음을 허락한다는 뜻을
표시한다. 제 3장은 남녀가 서로 사랑하는 모습을 묘사하고 있다.

이 시는 남녀가 서로 좋은 날을 골라 시장 안의 무도회에 가서 여러
차례 계속하여 춤을 추던 끝에 연애에 성공한 것을 묘사하였다. 이는
당시 진나라의 민간 풍속을 반영하고 있다.

 **역대 제가의 평설**

《모시서毛詩序》: "〈동문지분東門之枌〉은 난잡함을 질시한 것이다.
유공幽公이 음란하여 풍속과 교화가 그렇게 유행되었다. 남녀가 각기
이전부터 해오던 일을 버려두고 길가에서 자주 만나며 읍내에서 춤을

출 따름이었다."

《한시韓詩》: "차差는 감탄사 차嗟라고 여겨진다. 말하자면 좋은 날을 골라 같은 무리를 초대하고서, '애嗟! 내 처자여!'라고 말하는 차嗟와 같다. 이 또한 일설을 갖추었다."

주희朱熹 《시집전詩集傳》: "이 시는 남녀가 모여 노래하고 춤추는 것인데, 그 일을 서술하여 서로 즐기는 것이다."

요제항姚際恒 《시경통론詩經通論》: "〈대서大序〉에서 '남녀가 황음하다'고 평가했는데 그 의미가 너무 광범위한 말이다. 하현자何玄子가 '진나라 풍속에 무속이 성행하였다'고 말했는데 이와 근사하다. 아마도 옛부터 전해 오기를 태희大姬가 무속을 좋아하여 진나라의 풍속이 그에 따라 변한 것 같다. …… 한漢나라 왕부王符의 〈잠부론潛夫論〉에서 '이 시는 길쌈을 메지 않고 여자가 빙글빙글 춤이나 추는 것을 풍자했다. 요즘 대부분 집안에서 음식 올리는 일을 익히지 않고 누에고치 실 뽑는 일을 그만둔다. 무속을 배우기 시작하여 북치고 춤추며 귀신을 섬겨서 가난한 백성을 속이고 있다.'고 언급했는데 이는 이 시의 의미를 충분히 증명했다."

방옥윤方玉潤 《시경원시詩經原始》: "이 시는 분명히 진나라의 풍속이 무속을 숭상하는 것을 비판한 것이다. …… 그런데 어찌하여 반드시 모두 무당 일을 공부해야 하는가? 또한 무속이 성행하여 남녀가 모여서 관람하고 있으니 온 나라가 마치 미치광이와 같을 뿐이다. …… '당아욱 처럼 보여서 산초나무를 주었다'는 시구는 관람하고 있는 자들끼리 서로 사랑하고 기뻐했다는 것이다. 이는 〈정풍鄭風·진유溱洧〉에서 난을 캐고 작약을 주는 것과 대략 비슷한데 비속하고 음란한 것이 더욱 지나쳤다. 여러 나라에서도 이 같은 풍속이었기 때문에 가관이었다."

진자전陳子展《시경직해詩經直解》: "〈동문지분〉은 진나라 대부집안의 남녀가 노래하고 춤추며 주색에 빠져 방탕 무도함을 묘사한 시다. 〈완구宛丘〉와 시의 주제가 비슷하다."

황작黃焯《시소평의詩疏平議》: "제 1장에서 자중의 아들이 상수리나무 아래에서 빙글빙글 춤을 춘다고 한 것은 본디 남자 혼자 춤을 추는 것이 아니라 여자와 함께 춤을 춘다는 것이다. 다음 장은 남방의 원씨의 딸을 분명히 드러냈다. 남자가 여자를 선택하고 여자는 그를 따랐다. 제 3장은 남녀가 서로 왕래하는 곳을 말한다. '시이여교視爾如荍' 이하 두 구는 남녀가 서로 기뻐하는 말이다."

여관영余冠英《詩經選譯시경선역》: "남녀가 좋은 때에 읍내에 모여 춤을 추고, 남자가 사랑하는 아가씨에게 불러준 열렬한 사랑의 노래이다."

원매袁梅《시경역주詩經譯注》: "중춘시절의 좋은 때에 청춘남녀가 모인 가무회에서 춤추고 노래부르며 애인을 고르는 것이다. 이 청년은 미모의 아가씨로부터 사랑을 받아서 행복하다. 아가씨는 산초나무를 주어 자신의 마음을 허락한다고 표시한다. 예물이 비록 하찮은 것이지만 사랑의 의미는 깊고도 길다. 이 청년은 총애를 받고 놀라서 기쁜 마음으로 밖으로 나가 노래를 불러 애정을 보낸다."

정준영程俊英《시경역주詩經譯注》: "이는 남녀가 서로 사랑하여 모여서 춤추고 노래하는 것을 묘사한 민간의 사랑 노래다. 이는 그 당시 젊은이들의 생활상을 표현하였다. 또 진나라의 남녀가 모여 노래하고 춤추며 서로 즐기면서 무속의 풍조가 성행하였다는 특수한 풍속을 반영하였다."

번수운樊樹雲《시경전역주詩經全譯注》: "이는 진나라 남녀가 좋은 날 모였을 때 서로 노래하고 춤추며 사귀는 것을 묘사한 풍속시다.

이는《정풍鄭風 · 진유溱洧》와 비슷한 점이 있지만 놀며 즐기는 방법
과 시간에 있어서는 서로 다르다."

　원유안袁愈婺, 당막요唐莫堯《시경전역詩經全譯》: "좋은 때 좋은 풍
경 속에 남녀가 읍내에 모여 춤을 춘다"

　김계화金啓華《시경전역詩經全譯》: "아침 햇살이 비출 적에 남녀가
읍내에 모여 춤을 추고 서로 찬미하며 주고받는다."

　고형高亨《시경금주詩經今注》: "이는 여자 무속인을 풍자하는 시
다."

　강음향江陰香《시경역주詩經譯注》: "진나라 풍속이 음란하여 남녀
가 그곳에서 모여 춤을 추었다."

## 2. 〈진유溱洧〉 [정풍鄭風]<sup>1</sup>

| | | |
|---|---|---|
| 溱與洧<sup>2</sup> | 진여유 | 진수와 유수는 |
| 方渙渙兮<sup>3</sup> | 방환환혜 | 바야흐로 넘실거리고 |
| 士與女<sup>4</sup> | 사여녀 | 남자와 여자들 |
| 方秉蕳兮<sup>5</sup> | 방병간혜 | 바야흐로 난초를 들고 있네 |
| 女曰觀乎 | 여왈관호 | 여자가 말하네 "구경하러 가요" |
| 士曰旣且<sup>6</sup> | 사왈기저 | 남자가 말하네 "이미 보았소" |
| 且往觀乎<sup>7</sup> | 차왕관호 | "잠깐 가서 구경해요 |
| 洧之外 | 유지외 | 유수의 강 너머는 |
| 洵訐且樂<sup>8</sup> | 순우차락 | 정말로 넓고도 즐거울꺼예요" |
| 維士與女<sup>9</sup> | 유사여녀 | 남자와 여자는 |
| 伊其相謔<sup>10</sup> | 이기상학 | 서로 웃음 지며 희희덕거리며 |
| 贈之以勺藥<sup>11</sup> | 증지이작약 | 작약을 선물로 주네 |
| | | |
| 溱與洧 | 진여유 | 진수와 유수는 |
| 瀏其淸矣<sup>12</sup> | 유기청의 | 맑고도 푸른데 |
| 士與女 | 사여녀 | 남자와 여자들 |
| 殷其盈矣<sup>13</sup> | 은기영의 | 많이 모여 빼곡하네 |
| 女曰觀乎 | 여왈관호 | 여자가 말하네 "구경하러 가요" |
| 士曰旣且 | 사왈기저 | 남자가 말하네 "이미 보았소" |
| 且往觀乎 | 차왕관호 | "잠깐 가서 구경해요 |
| 洧之外 | 유지외 | 유수의 강 너머는 |
| 洵訐且樂 | 순우차락 | 정말로 넓고도 즐거울테니까요" |
| 維士與女 | 유사여녀 | 남자와 여자는 |

| 伊其將謔[14] | 이기장학 | 서로 웃음 짓고 희희덕거리며 |
|---|---|---|
| 贈之以勺藥 | 증지이작약 | 작약을 선물로 주네 |

..................

1 〈溱洧(진유)〉: 청춘남녀가 봄나들이 간 것을 묘사한 시다.

  鄭風(정풍): 정나라의 민간가요다.

2 溱(진): 정나라 경내의 강이다.

  洧(유): 역시 정나라 경내의 강으로 진수와 합류한다.

3 渙渙(환환): 물이 성대하게 흐르는 모습.

4 士與女(사여녀): 봄나들이 나온 남녀들을 두루 가리킨다. 아래 구의
  "여왈女曰"과 "사왈士曰"은 곧 어떤 한 남녀를 꼬집어 가리킨다.

5 秉(병): 손으로 잡다. 손에 들다.

  蕳(간): 일종의 향초. 또는 난이라 부르는데, 옛날 사람들은 이것을
  사용하여 목욕하고 머리감았으며 몸에 지녀서 상서롭지 못한 것을
  제거했다.

6 旣(기): 이미.

  且(저): "조徂"와 같고 '가다'의 의미이다.

7 且(차): 잠시. 우선.

8 洵(순): 확실히.

  訏(우): 넓고 크다.

9 維(유): 발어사.

10 伊其(이기): 이이伊伊. 기쁘게 웃는 모습이다.

  謔(학): 소리내어 웃다. 희희덕거리다.

11 勺藥(작약): 작약芍藥. 향초의 이름이다. 고대에 남녀가 작약을 서로
  증정함으로써 정을 맺는 표시로 삼았다.

12 瀏其(유기): 유유瀏瀏. 강물이 맑고 푸른 모양이다.

13 殷其(은기): 은은殷殷. 사람이 많은 모양이다.

14 將謔(장학): 서로 희희덕거리다.

### 감상과 해설

〈진유溱洧〉는 청춘남녀가 서로 약속하고 함께 봄놀이를 가는 것을 묘사한 시다. 춘추시대 정나라 풍속에 매년 3월 상사上巳(음력 3월의 첫 번째 사일巳日. 위魏, 진晉 이후로는 3월 3일로 정했다.)날에 사람들이 진강과 유강의 강변에 가서 난을 꺾어 상서롭지 못한 것을 제거하고 동시에 봄나들이 하는 명절로 삼았다. 특히 청춘남녀들이 이날 동반하여 봄나들이를 할 수 있었는데, 서로 예물을 선물함으로써 애모를 표시하고 짝으로 삼았다. 이 시는 바로 청춘남녀들이 즐겁게 노는 감동적인 광경을 그리다가 돌연 한 쌍의 청춘남녀의 연애생활을 묘사하였다.

시는 2장으로 구분된다.

제 1장의 처음 네 구는 진, 유 두 강의 물가에서 청춘남녀가 봄놀이를 하면서 즐기는 모습을 묘사했다. 늦봄의 초기에는 봄빛이 아름답고 선명한 시기이고 강물이 넘쳐흐르며 녹색의 풀이 요처럼 깔려 있고 모든 꽃이 풍성한 시기다.

정나라의 진수와 유수의 강변에서 남녀가 온통 기뻐한다. 젊은 처녀들과 청년들이 손에 향기로운 난초와 예쁜 생화를 들고 아름다운 희망을 지니면서 일 년 중에 사뭇 행복한 시간을 보내고 있다.

시에서 "사士"와 "여女"는 두루 일컫는 것으로 한 무리의 청년과 처녀를 가리키고 동시에 그 외의 남녀노소도 포함한다.

시에서 "간蕑"은 또 난蘭이라 일컫기도 하는데 일종의 향기로운 풀로서 난은 아니다. 봄나들이하는 사람들의 손에 향기로운 풀과 싱싱한 꽃이 들려 있어서 공기 속에 꽃다운 향기가 오래도록 흩날리고 있다.

이 아름다운 분위기 속에서 시인은 돌연히 한 쌍의 남녀를 묘사했다. 그들은 봄놀이를 하는 도중에 서로 만났다. 처녀가 먼저 청년에게 번화함을 보러가자고 요청했으나 청년은 오히려 낯을 가려 부끄러워했다. 그의 마음은 즐겁게 처녀와 함께 놀러가고 싶었다. 그러나 감히 그녀의 대답에 시원스레 응하지 못하고 바보처럼 대답한다. "나는 이미 보았소". 이런 수준 낮은 대답은 좋은 기회를 놓치는 것이다. 다행히 처녀가 활발하고 대범하여 청년이 이미 가서 보았다고 했지만, 그녀는 여전히 포기하지 않고 다시 가서 보자고 고집한다.

"잠깐 가서 구경해요, 차왕관호且往觀乎"의 "차且"는 "재再"의 의미로 고집스런 어기이며 청년이 가지 않겠다는 것을 처녀는 받아들이지 않는다. 처녀가 다시 청년에게 요청하면서 특별하게 설명하기를, 진수와 유수의 강변은 "정말로 넓고도 즐거울꺼에요, 순우차락洵訏且樂", 즉 강변이 넓고도 즐겁다고 한다. 이렇게 되자 청년이 거절하기란 쉽지 않았다.

처녀는 왜 고집스럽게 청년에게 같이 가서 놀자고 하는 것인가? 아마도 그녀는 청년의 마음을 파악하고 있기 때문에 그의 이러한 무던한 성격을 좋아하는 것 같다. 처녀가 계속하여 요청하자 청년은 그녀와 함께 유수강변에 가서 유람한다.

"남자와 여자는, 유사여녀維士與女" 역시 범칭으로서 그들 두 사람은 물론 다른 청년과 처녀를 포함하여 가리킨다. 한 쌍이 된 처녀와 청년은 강변에서 희희덕거리고 노래 부르며 춤을 춘다. 서로 작약 등의 향초를 선물하여 행복한 평생의 반려자로 삼는다.

제 2장의 내용은 제 1장과 서로 비슷하다. 다만 몇몇 시어를 바꾸어 내용을 약간 변화시켜 봄나들이하는 과정을 묘사했다.

제 1장, 사람들이 강변에 모이기 시작하는 것을 묘사했다면, 제 2장은, 모인 사람들이 매우 많은 것을 묘사했다.

"많이 모여 빼곡하네, 은기영의殷其盈矣"는 놀러온 사람이 이미 굉장히 많아서 봄나들이하는 장면이 더욱 확대되어 붐비는 것을 말한다. 시인이 묘사한 이 한 쌍의 정인으로부터 바라본다면, 거의 오래전에 이미 서로 마음이 기울었던 것 같고 단지 정혼을 하지 않았을 뿐이다. 이미 정혼하였더라면 그들은 함께 앞으로 걸어갔거나 혹은 강변에서 만날 약속을 하였을 것이다. 만약 그들이 완전히 낯선 사람이고 청년의 부끄러워하는 성격으로 보면, 아마 처녀와 함께 봄나들이를 하러가는 것은 매우 힘들었을 것이다. 물론 청년의 성격은 발전될 수 있고, 게다가 활달하고 대범한 처녀가 있어 그를 이끌고 움직이고 있

다. "정성이 지극한 곳에는 금석도 열리는 법"이므로 그들은 장차 한 쌍의 행복한 부부가 될 것이다.

이 시는 이미 봄나들이하는 사람들의 모습을 묘사했다. 또 특별히 클로즈업시키는 방법을 써서 한 쌍의 연인이 발전하는 과정을 그려냈다. 한 폭의 산과 물이 있고 꽃과 풀이 있으며 남자와 여자가 있고 정과 사랑이 있으므로 아름답고 감동적인 춘유도春遊圖를 구성하였다.

## 🏛 역대 제가의 평설

《모시서毛詩序》: "〈진유溱洧〉는 혼란함을 풍자했다. 병란이 그치지 않아서 남녀가 서로 포기하여 음풍이 크게 유행했으므로 그것을 바로

잡을 수 없었다."

공영달孔穎達《모시정의毛詩正義》: "정나라에 음풍이 크게 유행하여 그 음란한 일을 서술한 것이다.

말하자면 진수와 유수가 봄에 얼음이 이미 녹아 바야흐로 봄물이 흘러 넘쳤다. 이때에 남녀들이 마침 들판으로 가서 향기로운 난초를 들고 봄기운을 느끼며 향기로운 풀을 뜯는다고 핑계대며 들에서 함께 약속하여 음탕한 짓을 한다.

남녀가 서로 만나 여자가 남자에게 말한다. "넓고 편한 장소로 구경하러 가요" 그 의미는 남자와 함께 가기를 원하는 것이다. 남자가 말한다. "이미 구경하였소." 구경하고 싶은 마음을 참고 여자의 말을 아직은 따르지 않는다. 여자가 마음이 급하여 다시 남자에게 권하여 말한다. "다시 구경하러 가요. 내가 들으니 유수 강변은 정말로 넓고 또 즐거운 곳으로 함께 구경할 만한 곳이래요."

이리하여 남자가 여자의 말을 좇았다. 남녀가 이로부터 서로 농지거리하며 부부가 하듯이 일을 치렀다. 헤어질 때 남자가 그 여자를 사랑하게 되어 작약 꽃을 그녀에게 주어 은정을 맺는 정표로 삼았다. 남녀가 예로써 짝을 맺어야 하건만 지금 음탕함이 이와 같다. 그래서 이를 진술하여 혼란함을 풍자하였다."

주희朱熹《시집전詩集傳》: "이 시는 음탕한 사람이 스스로 서술한 글이다."

요제항姚際恒《시경통론詩經通論》"《모시서》에서 음시라 일컫은 것은 음란을 풍자했기 때문이다. 시에 사士와 여女가 매우 많은 것으로 보아 남자와 여자가 스스로 지은 것이 아님이 확실하다. …… 다만 풍자의 어투로부터 나온 것이니 그 요지는 '생각에 사악한 것이 없음 思無邪'에 귀결될 뿐이다."

진자전陳子展《시경직해詩經直解》: "〈진유溱洧〉는 정나라 풍속인 청명한 명절 날에 남녀가 서로 기뻐하여 약속하고 교외로 나들이 가는 것을 묘사한 작품이다. 금문今文〈한시韓詩〉에서는 좋은 짓이라는 일설을 내세워 이렇게 말하였다. '진수와 유수는 사람을 기쁘게 한다. 정 나라의 풍속에 3월 상사의 날이 되면 그 두 강 위에서 혼과 백을 부르고 상서롭지 못한 것을 제거하였다. 그래서 시인은 말한 사람과 함께 가서 보기를 원했던 것이다.' 금문의 노魯·제설齊說과 고문古文의 모설毛說에서는 모두 음탕한 것을 풍자했다고 평가했는데, 이는 상사일 명절 풍속의 의의에 미치지 못했으므로 소견이 치우쳐 있다."

여관영余冠英《시경선역詩經選譯》: "3월 상사는 즐거운 명절이다. 진, 유 두 강에 봄물이 흐르니 남녀가 강가에서 모였다. 정인끼리 서로 향기나는 풀을 증정한다."

고형高亨《시경금주詩經今注》: "정나라의 풍속에 매년 봄철 명절(옛설에 음력 3월 초삼일 상사일 이라 했다)이면 진, 유 두강의 강변에서 성대한 집회를 거행하여 남녀들로 인산인해를 이루어 즐긴다. 이 시는 바로 이 집회를 서사한 것이다."

원매袁梅《시경역주詩經譯注》: "고대 풍속에 3월 3일, 봄기운이 마침 농후한 시기에 청춘남녀가 즐거운 모임을 거행하고 그 모임에서 짝을 선택하였다. 이 노래는 바로 이러한 성대한 상황을 묘사하고 서술했다."

정준영程俊英《시경역주詩經譯注》: "이는 정나라에서 3월 상사일 명절에 남녀가 진, 유 강변에서 봄놀이하는 것을 묘사한 시다. 상사는 3월 상순의 사일巳日을 가리킨다. 당시의 풍속에 따르면 이 날에 관가와 민가에서 모두 동쪽으로 흐르는 물에서 묵은 때를 씻고 상서롭지 못한 것을 제거하니 이를 수계脩禊라 불렀다. 삼국 이후에 3월 3일로 바꿔서 수계의 명절로 삼았다. 이는 실제로 고대의 봄철 위생활동이다. 이 시는 바로 정나라 명절의 성황을 묘사한 것이다. 한 무리의 청춘남녀들이 서로 모인 틈을 타서 애정을 표현하는 장면이 생생하게 재현되었다."

번수운樊樹雲 《시경전역주詩經全譯注》: "이는 봄나들이의 연가다. …… 본 시는 한 쌍의 젊은이가 3월의 성대한 모임에서 사랑스런 짝이 맺어진 것을 썼다. 또 대화를 통해서 3월 모임의 성황과 남녀가 웃으며 기뻐하는 생동적인 장면을 집중적으로 묘사했다."

김계화金啓華 《시경전역詩經全譯》: "정나라 풍속에 3월 상사 때, 물가에서 난을 캐며 상서롭지 못한 것을 제거하였다. 이 시는 남녀의 나들이의 즐거움을 썼다. 특히 여자 쪽에서 매우 적극적으로 사랑하는 사람에게 다시 구경 가자고 요청하며 즐거워하는 것이다."

강음향江陰香 《시경역주詩經譯注》: "음란한 풍속시다."

# 유회

幽會: 몰래 만남

　남녀가 연애하기 시작하면 반드시 많은 이들과 함께 하던 활동에서 개인적인 약속으로 변한다. 꽃나무 앞, 달빛 아래, 나무숲이 있는 호수 가에서 함께 마주하고 끝없이 소곤소곤 사랑의 대화를 나눈다. 약속을 하여 만나게 된 남녀는, 만날 때의 기쁨, 헤어질 때의 아쉬움, 기다릴 때의 견디기 어려움, 약속을 어겨서 생기는 걱정을 갖게 된다. 또 이미 약속하여 서로 만났을 때는 달콤한 기억, 사랑을 이루지 못할까 걱정하는 마음도 갖게 된다.

　〈동문지양東門之楊〉(진풍陳風) 시에서 한 남자는 아가씨와 약속한 시간에 동문 밖의 백양나무 숲에서 만나기 위해 기다리고 있다. 그는 해질 무렵부터 줄곧 다음날 날이 밝아올 때까지 기다리지만, 아가씨의 그림자조차 보이지 않는다. 그러나 그는 여전히 그 곳에서 기다리고 있다.

　〈월출月出〉(진풍陳風) 시에서 청년은 달빛 아래에서 그의 연인을 그리워하고 있다. 그는 하늘에 떠있는 밝은 달을 바라보다가, 밝은 달이 두루 비추는 대지를 바라보는데 눈앞에 갑자기 낯익은 아가씨가 나타난다. 그녀는 마치 한 걸음 한 걸음 걷듯이 청년을 향해 다가온다. 그 날씬한 몸매와 나긋나긋한 발걸음, 아름다운 용모가 청년의 마음을 일렁이고 격동시킨다.

〈정녀靜女〉(패풍邶風)에서 아가씨는 청년과 성 모퉁이에서 만나기로 약속한다. 청년은 약속한 시간에 성 모퉁이에 도착했지만, 아가씨의 모습이 보이지 않자, 조바심을 내며 머리를 긁적이면서 배회한다. 알고 보니 아가씨는 진작 와 있었는데, 일부러 몸을 숨긴 것이다. 청년이 애태우며 불안해하는 모습을 보자 그녀는 갑자기 모습을 나타낸다.

〈산유부소山有扶蘇〉(정풍鄭風) 시에서 아가씨는 연인과 사랑을 속삭일 때 마음속으로는 상대방이 미남이라고 생각하지만, 입으로는 "광인狂人(미치광이)"이라며 놀린다. 이렇게 마음과 말이 일치하지 않는 방식은 아가씨가 연인을 만나 기쁜 마음을 더욱 잘 나타내는 것이다.

〈상중桑中〉(용풍鄘風) 시에서 한 청춘남녀는 노동을 하면서 사랑을 만들어간다. 아가씨는 연인을 뽕밭에서 약속하여 만나고, 성 모퉁이로 가서 놀고 난 다음, 마지막으로 기수 기슭에서 그를 배웅한다. 그들 두 사람은 밀회의 행복에 푹 빠져있다.

〈동문지지東門之池〉(진풍陳風) 시에서 남자는 강기슭에서 한 아가씨와 마주친다. 그는 적극적으로 나아가서 그녀와 일문일답 형식으로 노래를 부르기 시작한다. 그러다가 항상 아가씨가 강기슭에서 일하고 있는 때를 이용하여 그녀와 말을 나누고, 마음을 나누는 데까지 발전한다. 그들은 결국 한 쌍의 가까운 연인이 되었다.

# 1. 〈동문지양東門之楊〉[진풍陳風]¹

| | | |
|---|---|---|
| 東門之楊² | 동문지양 | 동문밖의 백양나무 |
| 其葉牂牂³ | 기엽장장 | 그 잎새에 바람소리 쏴쏴 |
| 昏以爲期⁴ | 혼이위기 | 황혼녘에 만나자 약속했건만 |
| 明星煌煌⁵ | 명성황황 | 벌써 금성이 빛나고 있네 |
| | | |
| 東門之楊 | 동문지양 | 동문밖의 백양나무 |
| 其葉肺肺⁶ | 기엽폐폐 | 그 잎새에 바람소리 후후 |
| 昏以爲期 | 혼이위기 | 황혼녘에 만나자 약속했건만 |
| 明星晢晢⁷ | 명성제제 | 벌써 금성이 반짝이고 있네 |

..................

1 〈東門之楊(동문지양)〉: 이 시는 남녀가 약속하여 만나는 것을 묘사한 사랑의 시다.

陳風(진풍): 춘추전국 시대의 진국陳國(지금의 하남성河南省 개봉시開封市에서 동쪽으로 안휘성安徽省 박현亳縣에 이르는 지역)의 시기이다.

2 楊(양): 백양.

3 牂牂(장장): 바람이 나뭇잎에 부는 소리. 일설에 무성한 모양이라고도 한다.

4 昏(혼): 황혼.

爲期(위기): 약속하여 만나기로 한 시기. 일설에 期(기)는 동사로 '기대하다' '간절히 바라다'라고도 한다.

5 明星(명성): 별 이름으로 바로 금성이다. 또 태백太白, 계명啓明. 혹은 장경長庚이라고도 일컫는다. 〈소아小雅·대동大東〉편 모전毛傳

에서 이렇게 말했다: "해가 아침에 떠오르면 명성을 계명이라고 일컫고, 해가 지고 나면 명성을 장경이라 일컬었다."

6 肺肺(폐폐): 뜻은 牂牂(장장)과 같다.

7 晢晢(제제): 뜻은 煌煌(황황)과 같고 빛나는 모양이다.

 감상과 해설

〈동문지양東門之楊〉은 애인을 기다리는 것을 묘사한 시다. 바로 주희가 말한 바와 같다: "이 시 역시 남녀가 만나기로 했는데 약속을 저버리고 오지 않는 사람이 있었다. 그러므로 그 보이는 것을 흥興으로 한 것이다." 약속을 어긴 사람이 남자인가, 여자인가? 확실히 말하기는 힘들지만 여자쪽으로 해 두자.

시는 모두 2장으로 구성되었다.

제 1장의 1, 2구 "동문밖의 백양나무 그 잎새에 바람소리 쏴쏴, 동문지양 기엽장장東門之楊 期葉牂牂"은 밀회의 장소를 이미 명백히 밝히고 그 곳의 경물을 묘사했다. 동문 밖은 환경이 매우 외졌다. 백양이 늘어서 있고 바람이 나뭇잎에 불어 온갖 자연의 소리가 나긴 하지만 이상하게도 그윽하고 조용하다. 이러한 곳에서 정담을 나누며 사랑을 즐기는 것은 참으로 시의 정서와 그림의 의미에 충만되는 것이다.

3구 "황혼녘에 만나자고 약속했는데, 혼이위기昏以爲期"는 황혼을 밀회의 시간으로 정했음을 말한다. 황혼녘 밤의 장막이 내릴 즈음에 어둠이 동문을 드리운다. 이러한 때에 몰래 만나 달콤한 말을 속삭이니 어둠은 천연의 보호 우산이 된다. 만나기로 약속한 쌍방이 선택한 시간과 장소는 아주 이상적이다. 남자는 신의를 지켜 제 시간에 동문에서 기다리지만 여자는 약속을 어기고 이르지 않는다. 청년은 황혼

부터 장경성이 어두운 밤에 반짝
일 때까지 기다린다(명성황황明
星煌煌). 그러나 아직 처녀가 이
르지 않은 것이다.

제 2장의 처음 두 구에서 묘사
된 것은 여전히 남녀의 약속 장소
이고, 3구에서 묘사된 것은 약속
시간이다. 4구의 "벌써 금성이 반
짝이고 있네, 명성제제明星晢晢"는 계명성이 동쪽에서 반짝이니 곧 날
이 밝을 것임을 말한다. 여기에서 볼 수 있듯이, 남자는 하룻밤 꼬박
기다린 것이다. 그는 이 길고 긴 밤에 처녀가 오길 기다리니 마음이
얼마나 초초하겠는가! 그 처녀는 무슨 이유로 이리 늦도록 오지 않는
지 모르겠으나 청년은 여전히 기다리며 떠나려하지 않으니 애정의
집착을 엿 볼 수 있다.

이 시는 거의 매 구 마다 경물을 묘사했으나 "황혼녘에 만나자고
약속했는데, 혼이위기昏以爲期" 이 구는 경물을 묘사하면서도 남녀가
약속한 정보를 노출하고 있다. 독자가 만일 제 1, 2장을 대비시켜 읽
는다면 경물의 변화와 시간의 흐름 속에서 남자 주인공이 애인을 기
다리며 초조하고 불안하여 떠나지 못하는 심정을 상상할 수 있다. 이
청년은 정말 "치정痴情"이라고 일컬을 만하다.

 **역대 제가의 평설**

《모시서毛詩序》: "〈동문지양東門之楊〉은 시기를 풍자했다. 혼인의 시기를 놓쳐 남녀가 많이 어그러졌다. 신랑이 친영親迎하러 갔으나, 여자 쪽에서 오히려 오지 않은 사람이 있다.”

《모전毛傳》: “남녀가 시기를 놓쳐 가을과 겨울의 혼기에 이르지 못한 것을 말한다.”

정현鄭玄《모시전전毛詩傳箋》: “버드나무 잎이 무성한 것은 삼월중이다. 흥興은 시기가 늦어 중춘의 달을 놓쳤음을 비유한 것이다. …… 친영의 예로 혼인할 때 여자가 딴 이성을 엿보았기에 때 맞춰 시행하려고 하지 않았다. 이에 큰 별이 밝게 빛날 때 까지 이른 것이다.”

공영달孔穎達《모시정의毛詩正義》: “《모시서》에서는 가을과 겨울을 혼인하기에 알맞은 시기라고 했으므로 남녀가 시기를 놓쳐 가을과 겨울에 혼인을 하지 못했다고 말한 것이다.”

주희朱熹《시집전詩集傳》: “이는 남녀가 만나기로 하였으나 약속을 어겨 오지 못한 사람이 있다.”

황중송黃中松《시의변증 詩疑辨證》: “이는 아마 친구 사이에 약속을 어겼으므로 그것을 풍자한 것 같다.”

오개생吳闓生《시의회통詩意會通》: “고광예顧廣譽가 말했다. 이 시와 〈풍豊〉 시, 모두 친영할 때 여자가 오지 않은 것을 말했다. 후자는 여자가 후회한 심정을 말한 것이며, 전자는 남자가 계속 기다리는 상황을 서술했다. 말한 것은 다르지만 모두 그 풍자가 지극하다.”

진자전陳子展《시경직해詩經直解》: “근세에 왕개운王闓運의《보전補箋》에서 이 시를 일컬어 ‘혼례가 사치스러운 것을 풍자한 것’이라고 했다. 신혼의 밤에 새벽에 이르도록 신나게 즐겼다. …… 그 의례의 물품이 성대하고 그 꾸밈과 장식이 화려하였다. 이 때문에 그것으로 빈객들을 모아 다투어 서로 과시했다. 그래서 모두 머물러 있는 것을 사치스럽게 여겼으므로 비록 가난한 집이라고 해도 이와 다르게 할 수 없었다. 신해혁명 이전에 내가 상湘 지방의 사회풍속에서 확실히 이와 같은 것을 보았다. 다만 2, 3 천 년 전의 중원사회 또한 이와 부합되는지는 알 수 없다."

여관영余冠英 《시경선역詩經選譯》: "남녀가 만나기로 약속하였는 데, 황혼 후 장경성이 빛나기 시작할 때로 정한 것이다."

고형高亨 《시경금주詩經今注》: "두 사람이 황혼 때 동문에서 만나기 로 약속했으나 상대방이 오래도록 나오지 않자, 작자가 이 사랑 노래 를 부른 것이다."

원매袁梅 《시경역주詩經譯注》: "한 명의 청년이 그 애인과 만나기로 약속했으나 오래 지나도록 애인이 나타나지 않았다. 그는 초조하고 원망하며 애인이 약속을 어긴 것을 미워했다. 그러나 갑자기 떠날 수 는 없어서 황혼 때부터 줄곧 밤이 어두워 인적이 없고 명성이 빛날 때 까지 기다렸다."

정준영程俊英 《시경역주詩經譯注》: "이는 남녀가 만나기로 했으나 오래 기다려도 오지 않는 것을 묘사한 시다."

원유안袁愈荌, 당막요唐莫堯 《시경전역詩經全譯》: "남녀가 연애하 면서 황혼 이후에 만나기로 하였다."

## 2. 〈월출月出〉 [진풍陳風][1]

| | | |
|---|---|---|
| 月出晈兮[2] | 월출교혜 | 달이 떠서 밝고 하얀데 |
| 佼人僚兮[3] | 교인료혜 | 미인은 아름답기도 하네 |
| 舒窈糾兮[4] | 서요규혜 | 여유롭고 날씬한 자태여 |
| 勞心悄兮[5] | 노심초혜 | 애타는 이 마음 깊기만 하구나 |
| | | |
| 月出皓兮[6] | 월출호혜 | 달이 떠서 환한데 |
| 佼人懰兮[7] | 교인류혜 | 미인은 예쁘기도 하네 |
| 舒懮受兮[8] | 서우수혜 | 한가롭고 가뿐한 걸음이여 |
| 勞心慅兮[9] | 노심초혜 | 애타는 이 마음 무겁기만 하구나 |
| | | |
| 月出照兮[10] | 월출조혜 | 달이 떠서 밝은데 |
| 佼人燎兮[11] | 교인료혜 | 미인은 곱기도 하네 |
| 舒夭紹兮[12] | 서요소혜 | 부드럽고 나긋한 몸매여 |
| 勞心慘兮[13] | 노심참혜 | 애타는 이 마음 급하기만 하구나 |

..................

1 〈月出(월출)〉: 달빛 아래에서 그리워하는 애정시다.

陳(진): 현재 하남성 개봉시에서 동쪽으로 안휘성 박현에 이르는 일
대이다.

2 晈(교): 달빛이 희고 밝음을 형용한 것이다.

3 佼(교): 姣(교)와 같고 아름답다. "교인佼人"은 바로 미인이다.

僚(료): 嫽(료)와 같고 아름다움을 나타낸 것이다.

4 舒(서): 완만하고 편안하며 한가롭다. 이것은 여자의 동작이 여유롭
고 한가함을 가리킨다.

　　**窈糾**(요규): 여자의 자태가 날씬함을 형용한다.

5 **勞心**(노심): 근심하는 마음이다.

　　**悄**(초): 근심하는 마음이 깊고 무거운 모양.

6 **皓**(호): 달빛이 밝고 환한 것을 형용한다.

7 **懰**(류): 자태가 예쁘고 사랑스럽다.

8 **慢受**(우수): 여자의 걸음걸이가 여유 있고, 아름다운 모양을 나타낸
　　것이다.

9 **慅**(초): 근심스럽고 불안한 모양.

10 **照**(조): 밝은 모양.

11 **燎**(료): 여자의 얼굴이 예쁜 것을 나타낸다.

12 **夭紹**(요소): 여자의 자태가 유연하고 나긋나긋한 것을 나타낸 것이다.

13 **慘**(참): **懆**(조)와 같다. 근심하고 초조하여 불안한 모양.


### 감상과 해설

〈월출月出〉은 달 아래에서 그리워하는 애정시다. 시인은 달빛 아래
에서 아름다운 처녀를 만나 아주 깊이 그녀를 사랑한다.

시는 모두 3장이다.

제 1장의 1구 "달이 떠서 밝고 하얀데, 월출교혜月出皎兮"는 밝은
달을 묘사한 것이다. 2, 3구 "미인은 아름답기도 하네 여유롭고 날씬
한 자태여, 교인료혜 서요규혜佼人僚兮 舒窈糾兮"는 달빛 아래의 처녀
를 묘사한 것이다. 밝은 달빛 아래에서 한 아름다운 처녀가 시인을
향하여 걸어오는데 그녀의 걸음걸이가 완만하고 자태가 날씬하다. 끝
구 "애타는 이 마음 깊기만 하구나, 노심초혜勞心悄兮"는 시인 스스로
의 심정을 썼다. 처녀가 멀리서 오는 것을 보고 자기의 마음이 동요되

어 더는 평정될 수가 없다.

　제 2장 1구는 역시 달빛의 아름다움을 묘사한 것이고, 2, 3구는 달
빛 아래의 아름다운 처녀를 쓴 것이다. 그 처녀가 시인을 향해 오는데
태연자약하고 자태가 아름답다. 끝구는 시인의 마음이 더욱 심하게
동요되어 몹시 초조하고 불안하게 됨을 말하고 있다.

　3장은 더 나아가 저 환한 달빛 아래서 그 처녀가 점점 더 가까이
시인에게 걸어오고 있다. 달빛이 처녀의 얼굴을 비추니 그녀의 아름
다운 모습이 분명하게 드러난다. 처녀가 천천히 발걸음을 옮기니 그
몸놀림이 가볍다. 시인은 마침내 자기에게 가까이 다가온 처녀를 보
고 상상의 불꽃이 마음속에 활활 타오르기 시작한다.

　이 시는 달빛 아래 미인의 모습을 힘써 묘사했는데, 바람이 날아가
듯이 몸매가 날씬하고 아름답다. 달빛 아래 미인의 얼굴을 마주보면
서, 시인은 자기의 흥분을 토로하고, 애모와 상사의 정을 품는다. 이
시를 읊조리면 독자는 틀림없이 마음을 즐겁게 하고 눈을 기쁘게 하
는 감동을 지니게 될 것이다. 송나라 시대 주희朱熹가 이 시를 두고
말했다. "남녀가 서로 기뻐하고 서로 그리워하는 가사다." 후대의 사
람들은 이 시를 추숭推崇하며 시경 3백편 가운데 애정시의 정수라고
했다.

## 역대 제가의 평설

《모시서毛詩序》: "〈월출月出〉은 호색을 풍자한 시다. 지위에 있는 자들이 덕을 좋아하지 않고 아름다운 여색을 기뻐한 것이다."

주희朱熹《시집전詩集傳》: "이것은 남녀가 서로 좋아하고 서로 그리워하는 가사다."

《시의구침詩義鉤沉》: "《독시기讀詩記》에서 왕안석王安石이 말했다. '시에서 말한 바는 미색을 기뻐한 것뿐이다. 그런데 〈서序〉에서는 덕을 좋아하지 않음을 안다고 했으니, 자하子夏가 말한 '어진 이를 어질게 대하고 여색을 가벼이 여겨야 된다'는 뜻이다. 이 시에서는 아마도 이처럼 색을 좋아하여 뜻을 상실했으므로 덕을 좋아할 수 있는 자가 아직 없었다는 뜻이리라.

요제항姚際恒《시경통론詩經通論》: "〈소서〉 이래 모두 남녀의 시라고 간주했으나, 아직 그것을 사실이라고 할 수는 없다. 주욱의朱郁儀는 영공靈公을 풍자한 시라고 여겼다. 하현자何玄子는 이 때문에 제 3구의 '서舒'를 하정서夏徵舒(역자 주: 진나라 대부인데 반란을 일으켰다가 살해 됨)라고 여겼으니 그 뜻이 더욱 오묘하여 그 말을 남겨둔다."

방옥윤方玉潤《시경원시詩經原始》: "이 시는 남녀 간의 가사이지만 깊게 생각하고 근심하는 뜻으로서 굳게 맺어져 풀 수 없다. 애정의 그리움이 비록 깊기는 하지만 마음은 음란하지 않다. 또 남자 마음의 허상으로부터 달빛 아래의 미인이 완연히 나타난 듯하다. 결코 실제로 만난 것은 아니므로 아마도 여신의 고사가 서린 무산巫山, 낙수洛水의 원조인 듯하다."

오개생吳闓生《시의회통詩義會通》: "살펴보니 지위에 있는 자가 덕을 좋아하지 않고 색을 좋아하는 것은 하희夏姬의 일에 가깝다. 그러

나 이것을 영공의 일에 곧 바로 결부시키지 않았으니, 이로써 〈서序〉
에서 함부로 억측하지 않았음을 알 수 있다. 그렇다면 사실 모공某公
모사某事를 지칭하여 지었다는 것은 당연히 근거가 있으므로 의심할
바가 없다."

진자전陳子展《시경직해詩經直解》: "〈월출月出〉은 시인이 달빛 아래
에서 미인을 만나기로 기약하고 사모하는 정성과 그리워하는 괴로움
을 스스로 지은 것이다."

원매袁梅《시경역주詩經譯注》: "이는 고대에 사랑하는 사람을 생각하
는 노래다. 달밤의 그윽한 생각 속에 그 교인佼人(미인)의 사랑스런
자태에 대한 영탄은 바로 회상의 언어다. 경물은 여전하건만 그 사람은
아득하다. 경물에 닿아 정서가 다쳤으므로 드러내어 노래를 지었다."

고형高亨《시경금주詩經今注》: "진 나라의 통치자가 뛰어난 인물을
살해하였다. 작자가 그 참극을 보고 이 짧은 노래를 불러서 살해당한
자를 애도한 것이다."

왕내양王迺揚《독고형선생讀高亨先生〈시경인론詩經引論〉》: "〈진풍
陳風・월출月出〉에 대해서 고형 선생은 '영주가 농민을 살해한 일을
반영한 시'라고 했다. 어째서 그런 설명을 했는가? '이 편은 달빛이
으스름한 사형장에서 서사된 것이다. 한 뛰어난 인물이 온몸을 오랏
줄에 묶인 채 영주에게 살해되고 시체는 영주에 의해 불태워진다. 이
때 가지와 줄기가 구부러진 늙은 상수리나무는 분노하여 울고 부들부
들 떤다. 작자의 마음은 조바심이 나고, 가슴이 뛰며, 비통하다. 이는
처참하고 장렬한 비극이다.'

그러나 실제로 이 시는 분명히 연가다. 형식에 있어서도 민간가요
에서 흔히 보이는 읊조리는 격식을 반복하고 있다. 3장이 거의 하나
의 뜻으로 되어있다. 우리는 여기서 '일종의 두루뭉실한 회념의 정서'

[파인巴人]의 《문학논고文學論稿》라는 것을 볼 수 있다. 근본적으로 '처참하고 장렬한' 비극이라고 느껴지지 않는다. 우리는 다만 한 연인이 밝고 맑은 달빛 아래 마음속에 둔 미인에게 연정을 품고 있는 것으로 이해하면 될 것이다."

정준영程俊英 《시경역주詩經譯注》: "이 시는 달빛 아래에서 그리워하는 시다. …… 달빛 아래 미인의 자태와 시인의 노심초사하고 그윽히 생각하는 모습을 은은하게 묘사하였다."

번수운樊樹雲 《시경전역주詩經全譯注》: "이 시는 사랑하는 사람을 달빛 아래에서 약속하여 만나는 시다. 밝은 달이 하늘에 떠있을 때 미인은 더욱 아름답게 드러난다. 그러나 작자는 오히려 더욱 우울한 상념이 그치지 않는다. 마음이 편치 않기 때문에 시를 지어 자기의 조급한 심정을 서술하였다."

원유안袁愈荌, 당막요唐莫堯 《시경전역詩經全譯》: "달 아래에서 한 아름다운 처녀를 그리워하는 것이다."

## 3. 〈산유부소山有扶蘇〉 [정풍鄭風]<sup>1</sup>

| | | |
|---|---|---|
| 山有扶蘇<sup>2</sup> | 산유부소 | 산에는 부소 나무가 있고 |
| 隰有荷華<sup>3</sup> | 습유하화 | 늪에는 연꽃이 있거늘 |
| 不見子都<sup>4</sup> | 불견자도 | 자도를 만나지 못하고 |
| 乃見狂且<sup>5</sup> | 내견광저 | 이내 미치광이만 보이네 |
| | | |
| 山有橋松<sup>6</sup> | 산유교송 | 산에는 우뚝 솟은 소나무가 있고 |
| 隰有游龍<sup>7</sup> | 습유유룡 | 늪에는 수홍초가 있거늘 |
| 不見子充<sup>8</sup> | 불견자충 | 자충을 만나지 못하고 |
| 乃見狡童<sup>9</sup> | 내견교동 | 이내 교활한 애만 보이네 |

···················

1 〈山有扶蘇(산유부소)〉: 이 시는 연인이 서로 만난 때를 묘사하였다.
鄭風(정풍): 춘추시대 정鄭 나라의 시가. 정나라는 지금의 하남성 중
부에 있었다.

2 扶蘇(부소): 작은 나무. 일설로는 곧 뽕나무이다. 화와이 산 무궁화라
고도 한다.

3 隰(습): 낮고 축축한 땅.
華(화): '花'의 옛 글자[古字]

4 子都(자도): 정鄭나라의 미남자 이름. 여기서는 연인을 지칭한다.

5 狂(광): 미치광이. 광인.
且(저): 어조사.

6 橋(교): 喬(교)와 같다. 크다. 높다.

7 游龍(유룡): 수초이름. 즉 붉은 풀. 龍은 蘢(룡)으로 된 것도 있다.

8 子充(자충): 미남자 이름. 여기서는 연인을 지칭한다.

9 狡童(교동): 교활한 아이.

### 감상과 해설

〈산유부소山有扶蘇〉 이 시는 연인이 서로 만났을 때 처녀와 남자가
희롱하며 말한 짧은 시다.

시는 모두 2장이다.

제 1장 첫 두구 "산에는 부소
나무가 있고 늪에는 연꽃이 있거
늘, 산유부소 습유하화 山有扶蘇
隰有荷華"는 산의 정상에 나무가
자라고, 연못에 연꽃이 핀 경물을
묘사하였다. 이는 자연계의 나무
와 꽃이 각각 제 자리를 얻은 것
으로써 흥興을 일으킨 것이다.
"자도를 만나지 못하고 이내 광인

만 보이네, 불견자도 내견광저不見子都 乃見狂且"는 곧 처녀가 마음에
드는 상대를 보고 나서 기대 밖의 기쁜 심리상태를 묘사한 것이다.

1, 2 두 구를 연계해서 제 1장의 뜻을 설명하면, 높은 산에 나무가
있고, 연못에 연꽃이 있는 모습처럼 처녀의 마음속에 품고 있는 한
사람이 있다. 그녀는 자신이 만난 사람이 자도子都와 같은 미남자이
기에 행복하게 여긴다. 그러나 그를 만나자 일부러 상대에게 "광인狂
人"이라고 웃으며 욕한다. 이는 후세 사람들이 사랑하는 이를 일러
"원수寃家(원가)"라고 하는 것과 같다. 이는 마음과 말을 같지 않게
하는 일종의 언어 방식이다. 이는 처녀가 마음에 두고 있는 사람을
보고 매우 기뻐하는 마음을 생동감 있게 표현한 것이다.

제 2장의 첫 두구는 높은 산에 소나무가 있고 낮은 곳(늪지)에는

수홍화가 피어 난 것으로써 흥을 일으켜서 처녀의 마음속에 사랑하는 사람이 있음을 비유한 것이다. 그녀는 사랑하는 사람과 서로 만날 때 마음속으로는 상대를 자충子充과 같은 미남자로 인정하지만 입으로는 도리어 웃으면서 그를 "교동狡童"이라 욕한다. 그러나 바로 그렇게 웃으며 욕하는 가운데 깊은 애정이 함축되어 있다.

이 시는 처녀의 입을 통해 남녀가 약속하여 만나는 즐거움을 묘사했고 생활의 활기가 넘친다. 이는 또한 연애시의 제재에서 특이한 서술법이다.

 **역대 제가의 평설**

《모시서毛詩序》: "〈산유부소山有扶蘇〉는 정나라 장공莊公의 세자 홀忽을 풍자한 시다. 홀이 아름답다고 한 여자는 아름답지 않기 때문이다."

주희朱熹《시서변설詩序辨說》: "이하 네 수의 시와 〈양지영楊之永〉은 모두 남녀가 희롱하는 가사다. 〈서序〉를 쓴 사람은 그 말을 체득하지 못하고 홀忽을 풍자한 것이라고 예시했으나 사리에 전혀 닿지 않는다."

위僞《노시설 魯詩說》: "〈부서扶胥〉는, 정鄭나라 영공靈公이 대대로 섬긴 신하를 버리고, 총애하던 광인을 임명하니 자량子良이 간언하여 이 시를 지은 것이다. 흥興이다."

요제항姚際恒《시경통론詩經通論》: "〈소서小序〉에 이르길, '홀忽을 풍자한 것이다.' 〈대서大序〉에 이르길 '아름답다고 한 여자는 아름답지 않다.'고 했는데 모두 근거 없는 말이다. 〈대서大序〉의 뜻이 만일 홀忽이 거절했던 혼사 같은 것이 아니어서 '아름답다고 한 여자는

아름답지 않다.所美非美' 고 말했다면 이 또한 인재를 등용하는 것과
도 통할 수 있으므로 후대 사람들이 대부분 인재를 등용하는 것으로
여겨서 해석하였다. 그렇다면 상편[역자 주: 유녀동거有女同車를 가
리킴]에 대해 혼인을 거절했다고 여기는 것은 정확하지 않음을 또한
알 수 있다."

오개생吳闓生《시의회통詩義會通》: "정현鄭玄의 〈전箋〉에서 이 시를
이렇게 해석하였다. '어떤 사람이 미색을 좋아하면서도 미남인 자도
子都를 보러가지 않고, 도리어 돌아가 미친 자를 보러간다. 이것으로
흥을 일으켜 홀忽이 현명한 자를 등용하지 않고, 소인을 등용한 것을
말한다.' 이는 〈서序〉의 뜻을 파악한 것이다."

여관영余冠英《시경선詩經選》: "이 시는 한 처녀가 사랑하는 사람에
게 욕하는 것을 쓴 것이다."

고형高亨《시경금주詩經今注》: "어느 처녀가 야외로 나갔으나, 자기
의 연인을 만나지 못하고, 오히려 어떤 못된 녀석이 나타나 그녀를
희롱하는 것이다. 또 다른 해석으로는 처녀가 그녀의 연인에게 희롱
하는 짧은 노래이다. 웃으며 욕하는 가운데 애정이 함축되어 있다."

원매袁梅《시경역주詩經譯注》: "노동 계층의 처녀가 본래 그녀의 애
인을 만나러 가려고 생각했다. 그러나 오히려 불행하게도 노예주 계
급의 악한과 마주치자 그녀가 바로 그 악한을 욕한 것이다."

원유안袁愈荌, 당막요唐莫堯《시경전역詩經全譯》: "처녀가 사귀는
연인과 약속이 틀어지자 이를 한탄한 것이다."

정준영程俊英《시경역주詩經譯注》: "이것은 한 처녀가 마음에 맞는
대상을 찾지 못해 불평을 토로하는 시다. 또 어떤 사람은 이 시를
두고 여자가 애인에게 욕하는 것이라고 한다."

양합명楊合鳴, 이중화李中華《시경주제변석 詩經主題辨析》: "이는

처녀가 정인에게 희롱하며 욕하는 가사다."

번수운樊樹雲《시경전역주詩經全譯注》: "이는 사랑 노래다. 하층의 어느 처녀에게 본래 사랑하는 남자가 있었다. 그러나 만난 뒤로부터 조금도 마음을 드러내지 않고 일관되게 희롱하여 욕했다. 이는 그녀의 사랑을 표현한 것이자 그녀의 쾌활한 성격을 표현한 것이기도 하다."

# 4. 〈정녀靜女〉[패풍邶風]¹

| | | |
|---|---|---|
| 靜女其姝² | 정녀기주 | 고상하고 우아한 그녀 아름다워라 |
| 俟我於城隅³ | 사아어성우 | 성 모퉁이에서 나를 기다린다 하고 |
| 愛而不見⁴ | 애이불견 | 숨어서 아니 보여 |
| 搔首踟躕⁵ | 소수지주 | 머리만 긁적이며 서성거렸네 |
| | | |
| 靜女其孌⁶ | 정녀기련 | 고상하고 우아한 그녀 아리따워라 |
| 貽我彤管⁷ | 이아동관 | 나에게 빨간 피리 선물 했네 |
| 彤管有煒⁸ | 동관유위 | 빨간 피리 반짝반짝 윤이 나서 |
| 說懌女美⁹ | 열역여미 | 아름다워 기쁘기만 하네 |
| | | |
| 自牧歸荑¹⁰ | 자목귀제 | 저 야외에서 뽑아 내게 준 띠싹 |
| 洵美且異¹¹ | 순미차이 | 참으로 곱고도 기이하네 |
| 匪女之爲美¹² | 비여지위미 | 그것이 아름답다기 보다는 |
| 美人之貽¹³ | 미인지이 | 미인이 선물로 준 것이라서 |

··················

1 〈靜女(정녀)〉: 남녀가 약속하여 만나는 상황을 묘사한 한 편의 시다.
  邶(패): 현재의 하남성 기현淇縣 이북에서 탕음현湯陰縣에 이르는 일
  대다.
2 靜(정): 고상하고 우아하며 얌전하다.
  其(기): 형용사. 접두사.
  姝(주): 아름다운 모습.
3 俟(사): 기다리다.
  城隅(성우): 성 위의 모퉁이에 있는 성루. 어둡고 후미진 곳으로, 남

녀 사이의 밀회하기에 편한 곳이다.

4 愛(애): 薆의 가차자로 숨다.

5 搔首(소수): 손으로 머리를 긁적이다.

  跼蹰(지주): 왔다갔다 머뭇거리는 모양. 안절부절 하며 주저하는 모양.

6 孌(련): 귀엽고 아름다움. 아리땁다.

7 貽(이): 선물을 보내다. 증정하다.

  彤(동): 붉은 색. 동관彤管이 어떤 것인지는 지금까지 설명이 일치하지 않는다. 어떤 사람은 그것을 붉은 원통형의 초년생 풀이라고 했으니, 바로 아래 장의 荑(제)다. 어떤 사람은 그것을 붉은 색의 붓이라고 했다. 어떤 사람은 그것을 피리와 비슷한 악기라고 했다. 고금의 학자들 사이에서 이것에 대해 논란이 분분하여 아직 정설이 없다.

8 煒(위): 붉은 색의 윤이 나듯이 반짝이는 모양.

  有(유): 형용사. 접두어.

  有煒: 煒煒로서 매우 붉음을 나타낸다.

9 說(열): 悅(열)과 같다. 기쁘다.

  懌(역): 기쁘다.

  女(여): 汝(여)와 같다. 두 가지 뜻을 포함하는 것으로 문자상으로 동관彤管을 가리키고, 실제로는 사랑하는 아가씨를 이른다.

10 牧(목): 들에서 소, 양을 방목하는 곳.

  歸(귀): 饋(궤)와 통한다. 증정하다. 선물하다.

  荑(제): 막 자라나 돋은 띠(풀이름). 띠싹.

11 洵(순): 정말로. 확실히. 진실로. 실재하다.

  異(이): 무리와 같지 않다. 특별하다.

12 匪(비): 非(비)와 같다. 아니다.

  女(여): 汝(여)와 같다. 너. 띠싹을 가리킨다.

13 美人之貽(미인지이): 미인이 준 것이기 때문이다.

### 🏛 감상과 해설

〈정녀靜女〉는 즐겁고 유쾌한 사랑을 노래한 것으로, 시 전체가 남자의 어조로서 남녀 간의 밀약의 즐거운 장면을 묘사하였다.

시는 3장으로 이루어졌다.

제 1장은 남자가 약속 시간에 이르러 기다리면서 초조하고 애태우는 심정을 묘사했다. 총각이 처녀와 약속한 시간에 당도했을 때 그녀 역시 그 약속에 따라 성 모퉁이에서 그를 기다렸다. 그러나 그녀는 일부러 몸을 숨겼다. 그 총각은 초조해서 귀를 긁기도 하고 턱을 쓰다듬기도 하면서 몹시 애가 타서 불안하게 왔다 갔다 한다.

제 2장은 그 아가씨가 그에게 빨간 색의 피리를 선물했다. 분명 제 1장과 제 2장 사이에는 많은 문장이 생략되었다. 독자가 상상해 낼 수 있듯이, 당연히 총각은 처녀가 약속한 시간보다 이르게 도착하여 그녀가 오는 것을 발견했을 때, 그는 얼마나 기뻤겠는가? 그 아가씨가 그에게 그 빨간 피리를 주었을 때 그는 매우 기뻤고, 그 빨간 피리의 광채가 빛날 때 지극히 아름답다고 생각했다.

제 3장은 그 처녀가 그에게 교외에서 캔 '띠싹'을 주었다. 그는 이 여리고 푸르른 띠싹이 비할 바가 없어 보통의 것과는 다르다고 생각했다. 사실 그 띠풀 자체가 정말 아름다운게 아니라, 단지 그것이 미인(그녀)이 선물한 것이기 때문이다,

이 시는 두 개의 선물을 두 장으로 나누어 썼다. 그 예술적 효과는 남자 주인공의 흥분된 감정을 한걸음 한걸음 고조시켜 이끌어가는

것이다. 그녀가 그에게 선물한 것은 단지 붉은 피리 한 자루와 띠싹이 아니라, 사랑하는 마음인 것이다. 상상하기 어렵지 않게, 그는 그녀가 약속대로 와서 그와 밀회를 할 뿐만 아니라, 또 그에게 애정의 정표를 선물했을 때, 그녀를 찾을 수 없어 초조했던 심정은 단숨에 행복한 마음(이해심)으로 넘쳐서 온데간데 없어졌음을 드러낸 것이다.

  전체적으로 시는 매우 짧으나, 한 쌍의 연인이 몰래 약속하고 만나는 과정을 그려냈다. 이 시는 남자 주인공이 연인을 기다릴 때의 절박함, 연인을 만나게 되었을 때의 희열, 그 처녀의 애정을 얻고 난 이후의 행복감이 모두 남김없이 새겨졌다. 이 시는 한편의 아름답고 감동적이며 재미있는 애정시다.

 **역대 제가의 평설**

  《모시서毛詩序》: "〈정녀靜女〉는 시대를 풍자한 것이다. 위衛 나라의 제후가 무도하고, 부인은 덕이 없었다."

  《설원說苑・변물편辨物篇》: "현자가 때를 만날 수 없고 도道의 실마리가 보이지 않자 이것에 상심하여 그의 이루고자 하는 것을 펴서 노래했다."

  공영달孔穎達: 《모시정의毛詩正義》: "세 장이 모두 정녀靜女의 아름다움을 진술함으로써 지금의 부인을 바꾸어서 제후를 도와 그로 하여금 도를 지니도록 하고자 한 것이다."

  주희朱熹 《시집전詩集傳》: "이것은 음분(사통)하여 만나는 시다". "동관이란 어떤 물건인지 확실하지 않으나, 아마도 서로 주면서 은근한 뜻을 맺는 것으로 보인다." "(마지막 장에서) 그 아리따운 아가씨가 띠싹을 또 나에게 선물했다. …… 특별히 미인이 선물한 것이기에 그 물건도 아름다운 것이다."

요제항姚際恒《시경통론詩經通論》: "이것은 음란함을 풍자한 시다. 《모시서》나 정현의 《전》에서는 이와는 아주 반대로 억지로 말을 붙여 만들어서 어떠한 뜻인지 알 수 없다."

방옥윤方玉潤《시경원시詩經原始》: "성 모퉁이는 즉 신대新臺(새로 만든 누각)이다. 정녀는 곧 선강宣姜(선공 宣公의 아내)을 이른다. …… 선강이 처음 시집 올 때는 일찍이 정숙하고도 아름다우며, 또한 사사로이 동관을 지니고 예법대로 하지 않음이 없었다. 그러나 뜻밖에도 사태가 변화되어 무례하게 되었다. 비록 동관形管의 훈계를 지키고자 하였으나 그렇게 하지 못했고, 설령 성 모퉁이에서 그를 기다리지 않으려고 했어도 역시 불가능했다. …… 처음 시집올 때는 성 모퉁이 신대에서 멈춰 기다렸다. 선공은 단지 그녀의 아름다움을 듣기만 하고, 아직 보지는 못하여 '머리를 긁적이고 왔다 갔다 하며' 그리움을 이기지 못하였다. 그녀를 보게 되자 과연 정숙하고도 아름다운데, 외모만 취할 만한 게 아니라 심성도 기뻐할만 하였다. 그러나 신부 쪽은 동관을 집어 상대에게 주면서도 예가 아닌 짓으로써 범할 수 없음을 분명히 밝혔으므로 이는 그 마음에서도 스스로 멈추었던 것이다. 그러나 선공은 세간의 진기한 물건을 스스로 버리는 것보다 더 어려운 일이 없듯이 "절세가인은 다시 얻기가 힘들다"는 생각에서 벗어나지 못하였다. 마침내 염치를 돌보지 않고 스스로 선강을 아내로 취하여 맞아 들였으니, 역시 '여인의 아름다움을 기뻐하는' 일념에 도취되었을 뿐이다."

개생吳闓生《시의회통詩義會通》: "《정전鄭箋》에서 말했다. '제후와 부인이 도를 갖추지 못했기 때문에 정녀가 나에게 동관의 법도로써 선물했다고 말했다.' 이는 옛 뜻이다. 구양공과 주자는 모두 음란하여 사통한 시로 여겼는데, 옛 뜻만큼 뛰어나지는 못하다."

진자전陳子展《시경직해詩經直解》: "〈정녀靜女〉는 시인이 위나라 궁궐의 여사女史(후궁을 섬기며 문서와 기록을 담당하던 여자 관리)를 열애한 작품이다."

여관영余冠英《시경선詩經選》: "이 시는 남자의 어조로써 밀회의 약속을 기다리는 즐거움을 묘사하고 있다."

고형高亨《시경금주詩經今注》: "시의 주인공은 남자이고 그와 한 처녀의 달콤한 애정을 묘사하고 있다."

원매袁梅《시경역주詩經譯注》: "한 쌍의 젊은 연인이 날이 저무는 황혼 무렵에 성 구석에서 밀회를 한다. 아름답고 요염하며, 총명하고 활발한 그 처녀는 일부러 숨어서 그 남자를 희롱한다. 그가 어쩔줄 모르고 이리저리 왔다 갔다 하며 귀를 긁고 턱을 쓰다듬게 만든다. 그녀가 준 것은 평범한 선물이지만, 그는 오히려 진귀한 것으로 여긴다."

정준영程俊英《시경역주詩經譯注》: "이 시는 남녀가 만나는 시다. …… 초조하게 기다림이 있을 뿐 아니라, 만남의 기쁨도 있고, 또 행복한 결말을 맺는다."

원유안袁愈娑, 당막요唐莫堯《시경전역詩經全譯》: "남녀 간의 밀회 약속이다."

김계화金啓華《시경전역詩經全譯》: "청춘 남녀 간의 밀회에서 여자가 요리조리 숨고 남자는 초조하여 갈팡질팡한다. 마침내 얼굴을 맞대고 나서 여자는 그에게 띠싹을 선물하고 남자는 이를 보배로 여긴다."

번수운樊樹雲《시경전역주詩經全譯注》: "이것은 젊은 남녀의 연정을 묘사한 시다. 그들이 성 모퉁이에서 밀회하는 열애와 정취, 서로 주는 선물에 담긴 애정을 서술했다. 묘사가 생동감 있고 섬세하며 매우 치밀하여 깊은 경지에 이르렀다."

# 5. 〈상중桑中〉 [용풍鄘風][1]

| 爰采唐矣[2] | 원채당의 | 새삼 캐러 어디로 가나 |
|---|---|---|
| 沫之鄉矣[3] | 매지향의 | 매 땅으로 가지 |
| 云誰之思[4] | 운수지사 | 누구를 그리워하나 |
| 美孟姜矣[5] | 미맹강의 | 어여쁜 강씨네 맏딸 |
| 期我乎桑中[6] | 기아호상중 | 뽕 밭에서 날 만나서 |
| 要我乎上宮[7] | 요아호상궁 | 상궁으로 맞아들이고 |
| 送我乎淇之上矣[8] | 송아호기지상의 | 기수 강변까지 배웅해 주네 |

| 爰采麥矣 | 원채맥의 | 보리 캐러 어디로 가나 |
|---|---|---|
| 沫之北矣[9] | 매지북의 | 매 마을 북쪽으로 가지 |
| 云誰之思 | 운수지사 | 누구를 그리워 하나 |
| 美孟弋矣[10] | 미맹익의 | 어여쁜 익씨네 맏딸 |
| 期我乎桑中 | 기아호상중 | 뽕 밭에서 날 만나서 |
| 要我乎上宮 | 요아호상궁 | 상궁으로 맞아들이고 |
| 送我乎淇之上矣 | 송아호기지상의 | 기수강변까지 배웅해 주네 |

| 爰采葑矣[11] | 원채봉의 | 순무를 뽑으러 어디로 가나 |
|---|---|---|
| 沫之東矣[12] | 매지동의 | 매 마을 동쪽으로 가지 |
| 云誰之思 | 운수지사 | 누구를 그리워하나 |
| 美孟庸矣[13] | 미맹용의 | 어여쁜 용씨네 맏딸 |
| 期我乎上中 | 기아호상중 | 뽕 밭에서 나를 만나서 |
| 要我乎上宮 | 요아호상궁 | 상궁으로 맞아들이고 |
| 送我乎淇之上矣 | 송아호기지상의 | 기수강변까지 배웅해 주네 |

..................

1 〈桑中(상중)〉: 남자가 연인과의 밀회 약속을 묘사한 시다.

鄘(용): 나라 이름. 주나라 무왕武王이 그의 동생 관숙管叔을 여기에 봉했다. 나중에는 위衛나라에 병합되었다. 옛 성이 지금의 하남河南 급현汲縣의 경내에 있다.

2 爰(원): 어느 곳. 어디.

唐(당): 새삼. 여라女蘿 라고도 한다. 덩굴 식물.

3 沫(매): 위나라의 수도 조가朝歌.

4 云誰之思(운수지사): 그대가 그리워하는 사람이 누구인가?

5 孟(맹): 항렬의 맏이.

姜(강): 성씨. 위나라에는 강씨 성이 없었으나, 여기서는 귀족 성씨를 사용하여 미인을 나타낸다. 이는 범칭이다.

6 期(기): 만날 약속을 하다.

桑中(상중): 일설에는 위나라 매 마을의 작은 지명이라고 하고, 일설에는 뽕나무밭을 가리키는 총칭이라고 함.

7 要(요): 邀와 통한다. 맞이하다.

上宮(상궁): 일설에는 누각의 이름이라고 하며, 일설에는 성 모퉁이 위의 망루로서 구석져 외진 곳이라고 한다. 일명 궁우宮隅라고도 한다.

8 淇(기): 기수淇水. 위나라 경내를 흐르는 강.(하남성 임현, 탕음현을 거쳐 기현에서 위수와 합쳐짐)

9 沫之北(매지북): 패국邶國의 옛 터.

10 弋(익): 성씨. 기杞 땅의 성으로서 하후夏后씨의 후손이다. 귀족 성씨를 이름.

11 葑(봉): 순무. 요즈음에는 무청이라 불림.

12 沫之東(매지동): 용국鄘國의 옛터.

13 庸(용): 성씨.

🏯 **감상과 해설**

〈상중桑中〉은 남자의 어조로서 남녀가 서로 사랑하여 밀회를 약속하고 만남을 묘사하는 민간의 사랑 노래다.

시는 전체 3장으로 이루어졌다

제 1장의 첫 시작인 두 구 '새삼 캐러 어디로 가나? 매 땅으로 가지, 원채당의 매지향의爰采唐矣 沫之鄕矣'는 일문 일답의 형식으로 이루어졌다. 먼저 구에서 '어디로 새삼을 캐러 가나?' 하고 묻자, 다음 구에서 '매 마을로 가지'라고 대답한다.

3, 4구의 '누구를 그리워하나? 어여쁜 강씨네 맏딸, 운수지사 미맹강의云誰之思 美孟姜矣' 역시 일문일답의 형식이다. 3구에서 '누굴 그리워하나?' 하고 물으니, 4구에서 '내가 그리워하는 이는 어여쁜 강씨네 큰딸이다' 고 대답한다.

마지막의 세 구 '뽕 밭에서 날 만나서 상궁으로 맞아들이고 기수 강변까지 배웅해 주네, 기아호상중 요아호상궁 송아호기지상의期我乎桑中 要我乎上宮 送我乎淇之上矣'는 뽕 밭에서 나를 만나서 성의 망루로 나를 맞아들이고, 헤어질 때는 나를 기수강변까지 배웅해 주었다는 의미이다.

제 1장의 내용을 전체적으로 살펴보면, 남녀가 서로 약속하고 초대된 곳으로 가서, 이별하는 장면을 묘사한 것이다. 시인이 사랑하는 강씨 성의 아름다운 처녀는 매 땅으로 새삼을 캐러 갔다. 다행스러운 것은 시인의 열렬한 사랑은 혼자만 그리워하는 게 아니라, 처녀 역시 그와 약속하고 만나며, 또 헤어지는 것을 아쉬워하는 것이다. 시인은 그녀의 '기아期我. 요아要我, 송아送我' 등의 애정 어린 달콤한 뜻을 받아들인다. 그는 사랑의 행복함에 완전히 도취되어 버렸다.

제 2장에서는 자기가 사랑하는 아가씨가 매 땅의 북쪽으로 보리를 캐러 가서, 뽕밭에서 나를 기다려 성의 누각위로 초대하고, 이별할 때에는 또 기수강변에서 나를 배웅해 주는 내용이다.

제 1장에서는 그 아가씨의 성이 강씨, 2장에서는 익씨, 3장에서는 용씨라고 했다. 강씨네 큰 딸, 익씨네 큰 딸, 용씨네 큰 딸, 이 세 성씨의 여성은 아마도 당시 미녀에 대한 범칭이었을 것이다. 마치 후세에 미녀를 서시西施, 왕장王嬙이라고 일컫는 것과 같을 것이다.

그러므로 시에서 세 성씨의 여자는 세 명의 다른 아가씨를 가리키는 것이 아니라 시인이 사랑하는 아름다운 여성을 가리키는 것이다.

제 3장에서는 자기가 사랑하는 그 아가씨가 매 땅의 동쪽으로 순무를 캐러 가서, 그녀가 나를 뽕나무 밭에서 기다릴 것을 약속하고, 나를 성위의 누각으로 불러낸다. 헤어질 때는 또 줄곧 기수강변에서 나를 배웅해 주었다.

이 시의 매 제 1장은 문답형식을 써서 시인의 아가씨에 대한 깊은 애정을 표현하였다. 이 시 전체에서는 그녀가 '나를 기다리고, 나를 초대하고 나를 배웅해주는' 잊지 못할 장면을 완곡하고 여운이 있도

록 세 차례나 묘사하였다.

완곡하고 여운이 있어서 남녀 간 만남의 끝없는 즐거움을 남김없이 다 드러내었고, 의미심장하게 표현하였다.

 **역대 제가의 평설**

《모시서毛詩序》: "〈상중桑中〉은 사통을 풍자한 것이다. 위나라 왕실이 음란해져 남녀가 서로 사통했다. 대대로 벼슬하며 높은 지위에 있는 자들 까지 서로 남의 처와 첩을 취하여 암울한 지경에 이르렀다. 정치는 흐트러지고 백성의 타락이 그치지 않았다."

주희朱熹《시집전詩集傳》: "위나라의 풍속이 음란했다. 대대로 벼슬하는 집안에 이르기까지 서로의 처와 첩을 훔쳤다. 그런 까닭에 시인 자신이 매 지방에 새삼을 캐러가, 마음에 품고 있는 사람과 약속하여 만나서 맞이하고 배웅하는 것이 이와 같았다."

또 말했다. "《악기樂記》에서 '정鄭과 위衛의 음악은 세상을 어지럽히는 것으로써 예를 잃었다. 〈상간桑澗〉, 〈복상濮上〉의 음악은 나라를 망하게 하는 음악이다. 그 정치는 흐트러지고 그 백성은 타락하며, 윗사람을 모함하고 간통을 자행하니 그치게 할 수가 없다.'고 했는데, 살펴보니 〈상간桑澗〉이 바로 그러한 시다."

최술崔述《독풍우식讀風偶識》: "단지 찬미의 뜻이 있을 뿐, 절대로 훈계의 말은 없다. 만약 이와 같은 것인데도 풍자라고 여길 수 있다면, 조식의 〈낙신부洛神賦〉, 이상은李商隱의 〈무제無題〉, 한우韓偓의 《향렴집香奩集》도 모두 음란함을 풍자하지 않음이 없다고 해야 할 것이다."

　오개생吳闓生《시의회통詩義會通》: "〈서〉에서는 근원을 헤아리고 근본을 치료하고자 하여 이렇게 여겼다. 즉 풍속이 방탕하게 되어 왕실부터 먼저 어지럽혀지자, 세족으로서 높은 지위에 있는 자들이 서로 더불어 그것을 본받았다. 마침내 정치가 흐트러지고, 백성들이 타락하여 망국에 이르러 구제할 수가 없었다. …… 〈신대新台〉, 〈분분奔〉의 어지러움이 마침내 〈상중桑中〉의 음란함으로 변화되었으니, 그 교훈이 매우 분명하다."

　문일다聞一多《풍시유초風詩類抄》: "만날 때를 그리워 한 것이다."

　방옥윤方玉潤《시경원시詩經原始》: "세 명의 사람, 세 곳의 땅, 세 가지 물건이 각 장마다 서로 다르게 노래를 부르면서도 기다리는 곳, 맞이하는 곳, 전송하는 곳은 같다. 그래서 곡조에 함축된 것이 유동적이다."

　황작黃焯《시소평의詩疏平義》: "고씨顧氏의《학시상설學詩詳說》에서 관씨管氏의 〈세명世命〉을 인용하여 말했다.

　'만약 정말로 음탕한 자가 스스로 말한 것이라고 간주한다면, 말할 것도 없이 남의 처첩을 훔친 사람이 절대로 그 사실을 스스로 말하려고 하지 않을 것이다. 또 이 시는 한 사람의 말인가? 세 사람의 말인가? 한 사람의 말이라면, 정말로 꼭 매향, 매북, 매동을 두루 돌아다니면서 세 성씨의 아낙과 몰래 하지는 않았을 것이다. 세 사람의 말이라고 하면, 또 어찌 순서대로 배열하고 시를 지어 음란한 자는 마침 모두 맏이만 되도록 할 수 있겠는가? 오직 시어에만 입각하여 실마리를 찾으려고 한다면 그 뜻은 이미 통하기 어렵다.'

　내가 살펴보니 관씨가 주자朱子의《집전集傳》의 설을 반박한 것은 아주 명쾌하다. 주자는 이 시를 음란한 자가 스스로 지은 것이라고 말했는데, 아마도《공소孔疏》의 잘못된 것을 그대로 답습한 것 같다.

진자전陳子展《시경직해詩經直解》: "〈상중桑中〉은 위나라 통치 계급의 귀족남녀가 음란한 풍속을 조성한 것에 대한 폭로 작품이다. …… 아마도 민간의 가수로부터 나온 것이리라. 《서序》에서 사통함을 풍자한 것이라고 했는데, 맞는 말이다. 시에서 '나'라고 일컬은 것은 결코 시인 자신이 아니라 음란한 세 사람 각자에게 가탁하여 남의 처첩을 훔치고도 저 잘났다고 뽐내는 것을 폭로하여 이를 깊이 풍자하였으니 그 풍자함이 지극히 교묘하다. …… 시에서 강씨네 큰딸, 익씨네 큰딸, 용씨네 큰딸은 바로 귀족 여자들이 시집가서 세족世族의 처첩이 된 것을 가리킨다. 상중·상궁·기수가 라는 것은 바로 색을 훔치고 정을 통한 곳(사통하는 곳)을 이른다. 새삼을 캐고, 보리를 캐며, 순무를 캔다고 한 것은 음란한 자들이 세상의 이목을 가리기 위해서 빙자한 말이거나, 아니면 민간의 가수가 사물에 감흥되어 실마리를 만들고 사물을 빌려 자신의 뜻을 일으키는 익숙한 기법일 것이다."

여관영余冠英《시경선역詩經選譯》: "이것은 밀회를 약속한 것을 노래한 시로서 남자의 어조다."

고형高亨《시경금주詩經今注》: "이것은 민요인데, 노동인민(남자들)의 집단어조로 창작된 것으로 그들의 연애생활을 노래한 것이다. 결코 한 남자와 세 여자 혹은 세 쌍의 남녀와 같은 연애 얘기가 아니다."

원매袁梅《시경역주詩經譯注》: "그것은 아마도 옛날 노래 부르는 사람이 들이나 밭에서 일하면서 입에서 나오는 대로 엮어서 불렀던 가사일 것이다. 시에서 어여쁜 강씨네 큰딸, 익씨네 큰딸, 용씨네 큰딸은 실제 한 사람이다. 어쩌면 실제 있는 이를 가리키거나, 아니면 단지 노래를 부른 사람의 상상속의 미녀일 뿐이리라."

남국손藍菊蓀《시경국풍금역詩經國風今譯》: "이것은 한 쌍의 젊은 남녀가 몰래 약속하여 만난 것을 묘사한 시다. …… 작자는 아마도 본 시편의 남자 주인공일 것이다. 시인은 실제 한 처녀를 사랑한 것이다. 시에서 세 처녀의 이름은 확실히 시운을 맞추기 위한 것이지, 결코 시인이 동시에 세 처녀를 사랑한 것은 아니다."

정준영程俊英《시경역주詩經譯注》: "이는 노동자가 자신과 상상속의 연인이 몰래 약속하여 만난 것을 묘사한 시다. 그가 보리를 캐면서 흥이 나서, 한편으로 일하고, 또 한편으로 입에서 나오는 대로 노래부른 것이다. 이런 형식은 후대에 '무제無題(제목 없는 것)' 시의 원조로 존중되었다. 시에서 문답형식을 쓴 것은 시인의 애틋한 심정을 표현한 것이다. 장의 끝을 반복형식으로 쓴 것은 상상을 나타내는 것이다. 그 음절이 곱고 낭랑하여 음미할수록 맛이 난다."

# 6. 〈동문지지東門之池〉[진풍陳風][1]

| 東門之池[2] | 동문지지 | 동문 밖 연못은 |
| 可以漚麻[3] | 가이구마 | 삼 담그기 알맞지 |
| 彼美淑姬[4] | 피미숙희 | 저 아름답고 착한 아가씨 |
| 可與晤歌[5] | 가여오가 | 함께 노래 부르게 되었네 |

| 東門之池 | 동문지지 | 동문 밖 연못은 |
| 可以漚紵[6] | 가이구저 | 모시 담그기 알맞지 |
| 彼美淑姬 | 피미숙희 | 저 아름답고 착한 아가씨 |
| 可與晤語[7] | 가여오어 | 더불어 얘기 나눌 수 있었네 |

| 東門之池 | 동문지지 | 동문 밖 연못은 |
| 可以漚菅[8] | 가이구관 | 왕골 담그기 알맞지 |
| 彼美淑姬 | 피미숙희 | 저 아름답고 착한 아가씨 |
| 可與晤言[9] | 가여오언 | 같이 속삭일 수 있었네 |

.................

1 〈東門之池(동문지지)〉: 남자가 여자를 사모하는 시다.
  陳風(진풍): 춘추시대의 진 나라(지금의 하남성 개봉 동쪽에서 안휘
  성 박현 일대)의 시가.
2 池(지): 연못. 혹은 성을 보호하는 해자를 가리킨다.
3 漚(구): 물에 담그는 것. 물에 오래 담가서 부드럽게 함.
  漚麻(구마): 마를 물속에 담그는 것을 가리키는 것으로, 삼의 부드러
  운 줄기로 실을 짜서 베를 짤 수 있다.
4 彼(피): 저.
  美淑(미숙): 아름답고 착함.

姬(희): 아리따운 여자를 가리킴. 《정의正義》에 보인다. "아리따운 여자를 희姬라고 하는 것은, 황제黃帝가 희姬씨의 성이고, 염제炎帝가 강姜씨의 성이었기 때문이다. 이 두 성씨 이후로 자손이 번창하였고, 집안에 아리따운 여자가 특히 많았다. 이후 점차 희姬. 강姜씨를 부인의 미칭으로 삼았다."

5 晤歌(오가): 함께 모여 노래를 부르는 것. 노래를 서로 주고받으며 부르는 것.

6 紵(저): 모시. 마와 비슷하나 마보다 길이가 길고, 줄기에 섬유질을 포함하고 있어 노끈을 만들고 여름 베를 짤 수 있다.

7 晤語(오어): 서로 마음을 터놓고 이야기 함.

8 菅(관): 왕골. 뿌리가 상당히 길며, 물에 담근 후에 굵은 것은 새끼를 꼴 수 있고, 가는 것은 실을 짜 베를 만들 수 있다.
역자 주: 왕골 – 띠와 같이 윤택하고 줄기가 백반처럼 희다. 부드러운 가죽과 같아 삿갓이나 도롱이를 만들 때 쓰임.

9 晤言(오언): 오어晤語와 같은 뜻. 서로 마음을 터놓고 이야기 함.
역자 주: 순임금의 후손 가운데 우알보虞閼父가 주나라 무왕의 질그릇을 구웠는데, 무왕이 그의 사람됨을 인정하여 그의 아들인 규만嬀滿을 진陳나라에 봉하였다. 완구宛丘 땅 곁에 도읍하게 하고, 자기의 맏딸 태희太姬를 아내로 삼았다. 이 규만이 바로 진나라 호공胡公이다. 태희는 자식이 없어 무당과 푸닥거리를 즐겼으므로, 백성들의 풍속도 또한 그러했다. 진나라는 민공閔公 24년에 초나라 혜왕惠王에게 망하였다. 하남성 회양현에 진나라 도읍의 옛터가 있다.

 **감상과 해설**

〈동문지지東門之池〉는 한 남자가 물가에서 일하는 아가씨를 사랑하게 된 것을 묘사하였다.

시는 모두 3장으로 나뉜다.

제 1장에서는 남자가 아가씨와
함께 강가에서 노래를 주고받는 것
을 썼다. 시에서 남자 주인공은 동
문 밖의 성을 보호하는 물가에서 한
아가씨를 보았다. 아가씨는 때마침
물가에서 마를 물에 담그고 있었다.
잠시도 손을 놓지 않고 마를 문지르

니, 마는 아주 깨끗이 씻겨졌다. 단 한번만 더 물에 담그고 나면 집에
돌아가 직물을 짤 수 있게 된다.

아가씨의 일하는 모습을 보고서 이 남자는 마음속으로 “저 아름답고
착한 아가씨, 피미숙희彼美淑姬”라고 감탄한다. 그것은 그 여자가 진실
로 아름답고 착하며 어진 아가씨라는 것을 의미한다. 이 남자는 여인을
보고만 있을 뿐 아니라, 적극적으로 그녀에게 사랑의 노래를 부르기 시
작한다. 다행히도 아가씨가 남자의 행동에 호응하여 곧 물가에서 그와
함께 노래를 부른다. 한 쌍의 청춘남녀는 이렇게 서로를 알게 되었다.

제 2장에서는 남자가 아가씨와 함께 물가에서 얘기를 주고받는다.
시에서 남자 주인공은 정말로 기회를 포착하는 데 능란하다. ‘쇠는
달구었을 때 두들겨야 한다’는 이치를 잘 알고 있는 것 같다. 그는
아가씨가 물가에서 모시 담그는 기회를 포착하여 또 한 번 그녀에게
접근한다. 그는 아가씨가 솜씨 좋게 모시를 문지르는 것을 보았다.
모시가 깨끗이 씻겨져 한 번만 더 담그고 나면, 곧 집에 돌아가 새끼
를 꼬고 여름 베를 짤 수 있다.

아가씨의 일하는 모습을 보고 있자니 남자는 마음을 가누지 못하고

또 한 번 감탄한다. "피미숙희彼美淑姬" 지난번에 아가씨와 함께 사랑
노래를 주고받은 적이 있으니, 이번에는 당연히 욕심을 더 부렸다得
寸進尺( = 得隴望蜀, 농 땅을 얻으면 촉 땅까지 갖고 싶어 한다. 욕망
은 한이 없다). 그는 아가씨의 곁으로 걸어갔다. 더 이상 노래를 부르
지는 않고, 익숙하게 잘 아는 친구사이처럼 친근하게 대화를 주고받
는다. 기뻐할 만한 것은 아가씨와 그가 말이 잘 통해서, 얘기를 나눠
본 성과가 아주 좋다는 것이다.

제 3장에서는 남자와 여자가 강가에서 속마음을 터놓고 얘기하는 것
을 썼다. 시에서 남자 주인공은 노래를 주고받고, 얘기를 주고받는 것을
거치면서 이미 마음속 깊이 그 아가씨를 사랑하게 되었다. 그는 아가씨
가 물가에서 왕골을 담그는 기회를 포착하여 세 번째로 그녀와 만나,
예전에 두 번 왕래에서 얻은 성과를 더욱 공고히 하고 확대하였다.

그는 아가씨가 물가에서 왕골을 문질러, 깨끗이 씻겨진 왕골을 다
시 한 번 물속에 담그는 것을 보았다. 왕골이 완전히 깨끗하게 씻겨지
고 나면, 곧 집으로 돌아가 직물을 짜고 새끼를 꼴 수 있게 된다. 성실
하게 일하고 또 재주가 좋은 이 아가씨를 보고, 남자는 마음을 어쩌지
못해 거듭 마음속으로 "피미숙희彼美淑姬"라고 감탄한다. 그는 더 이
상 마음속의 격정을 억누르지 못하고 아가씨에게로 달려가 용감하게
온 정성을 다해 애절한 마음을 얘기하며 아가씨에게 구애를 한다. 운
좋게도 그는 아가씨의 사랑을 얻게 되어 청춘남녀가 물가에서 마음을
같이하게 된 것이다.

주희朱熹는 이 시를 "남녀 만남의 노래 가사"라고 하였다. 한 남자
가 물가에서 일하는 아가씨를 사랑하게 되어, 그들의 사랑은 물가에
서 싹이 트고, 물가에서 키워 나가며, 물가에서 결실을 이룬 것이다.

### 역대 제가의 평설

《모시서毛詩序》: "〈동문지지東門之池〉는 시대를 풍자하는 시다. 임금의 음란함을 싫어하여 어진 여인을 임금의 배필로 삼으려고 생각한 것이다."

주희朱熹《시집전詩集傳》: "이 시 역시 남녀간의 만남의 노래다. 그 만남의 장소와 보이는 사물로써 흥興을 일으켰다."

요제항姚際恒《시경통론詩經通論》: "'가이可以'와 '가여可與'의 자법字法을 완미해 보면 거의 상편(역자 주: 〈형문衡門〉편을 말한다.)의 뜻과 일치한다. 아내를 구하는 데 있어서는 반드시 제나라 강씨姜氏나 송나라 자씨子氏일 필요는 없기 때문에 바로 이 아리따운 아가씨와 만나 얘기를 나누고, 노래를 읊조릴 뿐이다."

오개생吳闓生《시의회통詩義會通》: "소자유蘇子由가 말했다. '진나라 임금(유공幽公을 말함)의 방탕함이 이루 말할 수가 없어, 정숙한 여인을 얻어 임금을 변화시키면 임금의 포악하고 무도함을 점차 바꿔나갈 수 있을 것으로 생각했다. 연못에서 마를 담그는 것처럼 자신도 모르는 사이에 점차 적시게 될 것이기 때문이다. 그러나 이 시에서는 그렇게 애써 깊이 탐구할 필요는 없다. 다만 그 총애하는 대상이 그릇된 사람이었기 때문에 함께 거처할 만한 아름답고 착한 여자를 가설적으로 내세운 것이다.' 저 아름답고 착한 아가씨彼美淑姬라고 말한 것은 함께 거처하는 사람이 정숙하지도 아름답지도 않음을 알 수 있을 따름이다. 이것이 이른바 '언어 밖에 숨은 뜻이 있다意在言外'는 말이다. 만약 진실로 임금을 위해 착하고 아리따운 아가씨를 얻고자 하는 시라고 여긴다면 이것은 잘못된 것이다."

《시경육론詩經六論》: "〈동문지지東門之池〉는 남자가 마를 담그는 노래다. …… 제 1장에서 삼을 담그고, 2장에서 모시를 담그고, 3장에서 왕골을 담그는 것은 모두 한 가지 일이다. 이렇게 보면 틀림없이 삼을 담그는 노래임을 알 수 있다."

방옥윤方玉潤 《시경원시詩經原始》: "《모시서毛詩序》로부터 말하자면 임금이 포악하니 당연히 옆에서 정사를 보좌할 어진 신하를 생각한다고 했다. 그러나 도리어 정숙한 여인을 임금의 배필로 삼고자 했으니 이는 정말 이상한 생각이다.

주희朱熹의 설에 따르면 남녀가 만난 것이라고 했는데 어째서 '착하고 아름다운 여인'이란 말인가? 절대 그럴 리가 없다.

요제항姚際恒의 말에 따르면 더욱 어그러지게 된다. 형문衡門(누추한 곳)에 머무는 은둔자가 안빈낙도를 즐기면서도 힐끔힐끔 저 착하고 아리따운 여자들을 훔쳐보면서 더불어 얘기 나누고, 함께 노래하려고 생각했는데도 오히려 어질다고 할 수 있겠는가?"

진자전陳子展 《시경직해詩經直解》: "본래의 뜻으로만 보자면, 이 연못가에서 마를 담그는 일을 하는 아낙네가 저 놀고먹는 귀족 여인네들을 보고 자신은 근접할 수도 없어서, 그 시대 사회계급의 불평등에 대한 불만을 노래로 표현한 것이라 볼 수 있지 않겠는가?"

양합명楊合鳴, 이중화李中華 《시경주제변석詩經主題辨析》: "이것은 남자가 여자를 사모하는 노래다." "진자전陳子展이 말한 '마를 담그는 일을 하는 아낙네가 저 놀고먹는 귀족 아낙네들을 보고 근접할 수도 없어서'라는 해석은 이 시의 뜻과 같지 않은 것 같다."

고형高亨 《시경금주詩經今注》: "이것은 한 편의 사랑 노래로서 남자가 여자에 대해 사모하는 마음을 표현한 것이다."

원유안袁愈荌, 당막요唐莫堯 《시경금역詩經今譯》: "남녀의 연애시로서 두 사람이 만나 얘기를 나누고, 노래를 주고받은 것이다."

원매袁梅《시경역주詩經譯注》: "이것은 단지 노래로써 연인이 밀회를 하며 즐겁게 이야기하는 심정을 표현한 것이다."

정준영程俊英《시경역주詩經譯注》: "이것은 남녀가 만나는 사랑 노래다. 시는 남성적 어투로, 남자가 동문 밖 연못에서 마를 담가 베를 짜는 여자에게 구애하는 것을 묘사했다."

# 열연

**熱戀**: 뜨거운 사랑

달콤한 첫사랑을 경험하면서, 젊은 남녀의 감정은 급속도로 발전된다. 그래서 서로 강렬하게 빠져들게 됨을 느끼게 되고, 헤어지거나 포기하기 어렵게 된다. 청년은 아가씨를 그리워하여 사랑의 감정이 조급하여 참기 어려워지고, 아가씨는 청년을 그리워하여 마치 굶주린 듯이, 목마른 듯이 한다. 남녀 간에 서로 빠져들면 연인 사이의 사랑의 감정은 끊임없이 승화되어, 정열적인 사랑의 시기에 들어서게 된다.

〈채갈菜葛〉(왕풍王風) 시에서 남자는 한 아가씨를 열렬히 사랑하여 형상과 그림자처럼 뗄 수 없을 정도까지 이르렀다. 아가씨가 칡을 캐러 가서 하루만 보지 못해도 그는 석 달이나 헤어진 듯이 느껴지고, 아가씨가 쑥을 캐러 가서 하루만 보지 못해도 세 계절이나 헤어진 듯이 느껴지고, 아가씨가 약쑥을 캐러 가서 하루라도 못 보면 삼년처럼 길게 느껴진다.

〈택파澤陂〉(진풍陳風) 시에서 아가씨는 한 청년을 사랑하게 되었다. 그녀의 그리움의 정은 날로 커져서, 처음에는 눈물을 멈출 수 없을 만큼 그리웠고, 다음에는 우울함을 달랠 수 없을 만큼 그리웠으며, 마지막에는 침식을 잊을 만큼 그리웠다.

〈건상褰裳〉(정풍鄭風) 시에서 아가씨는 한 남자를 정열적으로 사랑하고 있지만, 그 남자는 전혀 적극적이지 않다. 오히려 아가씨가 대범하여 상대에게 솔직하게 말한다. "당신이 만약 마음속으로 나를 사랑한다면, 빨리 내 곁으로 오세요. 당신이 만약 벌써 마음을 바꾸었다면 (나를 사랑해 줄) 다른 사람이 설마 없겠습니까?"

〈유체지두有杕之杜〉(당풍唐風) 시에서 아가씨는 한 남자를 매우 사랑하고 있다. 그러나 어떤 이유에서인지, 그 남자는 며칠이 지나도록 그녀 곁으로 오지 않아 그녀를 조급하게 한다. 아가씨는 음식을 준비해 놓고, 그가 오기만을 간절히 기다리고 있다.

# 1. 〈채갈采葛〉 [왕풍王風]¹

| 彼采葛兮² | 피채갈혜 | 그 사람 칡 캐러 가서 |
| 一日不見 | 일일불견 | 하루라도 못보면 |
| 如三月兮 | 여삼월혜 | 석 달이나 된듯하네 |

| 彼采蕭兮³ | 피채소혜 | 그 사람 쑥 캐러 가서 |
| 一日不見 | 일일불견 | 하루라도 못보면 |
| 如三秋兮⁴ | 여삼추혜 | 아홉 달이나 된듯하네 |

| 彼采艾兮⁵ | 피채애혜 | 그 사람 약쑥 캐러 가서 |
| 一日不見 | 일일불견 | 하루라도 못보면 |
| 如三歲兮⁶ | 여삼세혜 | 삼 년이나 된듯하네 |

..................

1 〈采葛(채갈)〉: 한 남자가 님을 그리는 시다.

　王風(왕풍): 동주東周 국경 내의 시가이다.

2 葛(갈): 칡.

　혜(兮): 어조사.

3 蕭(소): 식물의 이름. 쑥갓과 비슷하며 향기가 있어 옛 사람들은 이것
을 캐어 제사에 바쳤다. *흰 잎에 줄기가 거칠고, 자라면 향기가 있으
며 제사 때 불사르는 향으로 쓰임.

4 三秋(삼추): 보통 일추一秋를 일 년이라 한다. 곡식은 가을이 되면
무르익는데, 곡류는 대체로 일 년에 일모작이다. 옛사람들이 금추今
秋, 내추來秋라고 하는 것은 곧 금년과 내년을 말한다. 이 시에서 三
秋는 마땅히 삼월三月보다는 길고, 삼세三歲보다는 짧으며 삼계三季

와 의미가 같은 것, 곧 9개월을 말한다. 또 삼추三秋를 가을 3개월로 보는 견해도 있으나 그것은 후대의 사용법이다.

5 艾(애): 국화과 식물. 쑥 잎을 태워 뜸을 뜰 수 있다. 역자 주: 엉거시과에 속하는 다년초 약쑥.

역자 주: 주나라 11대 천자인 유왕幽王이 신申나라 강씨姜氏에게 장가들어, 태자 의구宜臼를 낳았다. 그러나 그 뒤에 유왕은 포사褒姒에게 빠졌고, 포사는 백복伯服을 낳았다. 유왕이 강씨와 의구를 쫓아내자, 의구는 신나라로 도망하였다. 강씨의 친정아버지인 신나라 제후가 이를 알고 오랑캐 견융犬戎을 시켜 주나라 수도 호경鎬京을 공격하여, 유왕을 여산 기슭에서 죽였다. 진晉나라 문공文公과 정鄭나라 무공武公은 의구를 신나라로부터 데려와서 주나라 천자로 세우니, 이 사람이 바로 평왕平王이다. 평왕이 도읍을 낙읍洛邑으로 옮긴 이후를 동주東周라 하는데, 이 가운데 초기의 평왕, 환왕桓王, 장왕莊王 3대에 걸친 시대의 시를 채록한 것이 왕풍王風이다.

 ### 감상과 해설

〈채갈采葛〉은 한 남자가 홀로 그리워하는 시다. 시에서 남자 주인공은 그가 마음속으로 그리는 아가씨가 지금 칡을 캐고, 쑥을 뜯고, 약쑥을 뜯고 있다고 상상하고 있다. 옛날에는 이런 식물들을 채집하는 일이 보통 여자들의 일이었기 때문에 이 시는 한 남자가 식물을 뜯고 있는 한 여자에 대한 그리움을 쓴 것이다.

시는 모두 3장으로 나뉜다.

제 1장 첫머리의 제 1구 "그 사람 칡 캐러 가서, 피채갈혜彼采葛兮"에서 "피彼"는 칡을 캐는 아가씨를 가리킨다. "갈葛"은 일종의 만생식물(식물의 줄기가 넝쿨져 자라는 식물)로써, 그 섬유질로 옷을 짤 수

있다. 이 남자는 마음속에 담고 있는 사
람이 칡넝쿨을 캐러 갔다고 상상하고 있
다. "하루라도 보지 못하면 석 달이나 된
듯하네, 일일불견 여삼월혜一日不見 如
三月兮"는 과장적인 비유로, 남자의 아
가씨에 대한 사랑은 잠시도 떨어질 수
없는 데까지 이르렀음을 나타내고 있다.

　제 2장에서는 아가씨가 쑥을 캐러 가
버려, 하루라도 보지 못하면 아홉 달이나 된 듯하다고 썼고,

　제 3장에서는 아가씨가 약쑥을 뜯으러 가버려, 하루라도 보지 못하
면 삼 년이나 된 듯하다고 말하고 있다.

　이 시에서 칡을 캐고, 쑥을 캐고, 약쑥을 뜯는 사람은 세 명의 아가씨
가 아니라 동일한 한 아가씨다. 계절이 다르기 때문에 아가씨가 채집
하는 식물 또한 다른 것이다. 계절의 변화에 따라 아가씨가 식물을
채집하러 밖으로 나가 버리면, 이 남자가 하루하루조차 보내기 힘들어
한다는 말에서 아가씨에 대한 사랑을 늘 품고 있다고 여길 수 있다.

　하루를 보지 못하면 석 달이 된 듯하고, 아홉 달이나 된 듯하고,
삼 년이나 된 것처럼 이 세 개의 시간을 길이에 따라 배열하여 그
차례로 전진하는 관계를 보여준 것은, 남자의 아가씨에 대한 마음이
갈수록 강렬해짐을 나타내고 있다.

　그들의 관계는 형체와 그림자가 서로 떨어질 수 없을 정도까지 이
르렀기 때문에 그들은 단 하루의 이별도 견딜 수가 없는 것이다. 다시
말해서 하루라는 시간은 변함없는 수량이지만 단 하루라도 연인을
보지 못한 시간은 이 남자에게 오히려 석 달, 아홉 달, 삼 년과 같이
점점 증가하는 변수인 것이다. 만약 아가씨가 다른 어떤 식물을 채집

하러 다시 가버리면 그는 초조해서 어떤 모습으로 변할지 모른다.
아가씨에 대한 남자의 그리움은 한결같고도 끝이 없다.

 **역대 제가의 평설**

《모시서毛詩序》: "〈채갈采葛〉은 중상모략을 두려워한 것이다."

주희朱熹《시서변설詩序辨說》: "이것은 남녀가 야합하는 시다. 이
편은 〈대거大車〉와 같은 유형이다. 그 일이 새삼을 뜯고, 순무를 캐고,
보리를 뜯는 것과 비슷하다. 이 가사는 정풍鄭風의 〈자금子衿〉 편과
똑같으므로 《모시서毛詩序》에서 말한 내용은 틀렸다."

요제항姚際恒《시경통론詩經通論》: "《모시서毛詩序》에서 '중상모략
을 두려워한 것'이라고 한 것은 근거가 없다. 또 '하루라도 임금을 보
지 못하면 석 달, 삼 년과 같다'라고 한 것은, 임금은 멀리 궁궐 깊숙이
있고 신하는 또 각자의 일이 있어 매일같이 임금을 알현하지 못하는
자가 많기 때문이다. 반드시 매일 임금을 알현해야만 비로소 중상모
략을 면할 수 있다면, 신하들 중 모략을 당하지 않을 자가 얼마나 되
겠는가? 어떻게 이러한 논의가 통할 수 있겠는가?

《집전集傳》에서 '남녀가 야합하는 것'이라고 한 것은 정말 한심하
다. 아내가 남편을 그리워하는 내용이라고 한다면 어째서 안되고, 하
필 '남녀가 야합하는' 것이어야 한단 말인가?

결국 의미가 맞지 않으니 당연히 친구를 그리워하는 시라고 해야
옳다."

송대 엄찬嚴粲이 말했다. "신하가 성밖에서 일을 하게 되면 중상모
략을 당하기 쉬웠다. 하루라도 임금을 알현하지 못하면 자연히 뭇 잡

배들이 그 틈을 타서 그를 모략할까 두려웠으므로 마치 석 달이나 된 듯했다. 아마도 남을 모략하는 무리가 많아 임금이 걸핏하면 의심을 한 것 같다."

방옥윤方玉潤《시경원시詩經原始》: "친구를 그리워하는 시다."

오개생吳闓生《시의회통詩義會通》: "이 시는 칡을 캐는 것에서 흥興을 일으킨 것으로서, 임금과 신하간의 노래 유형과는 다르다. 어떤 사람은 〈채령采苓〉(정풍鄭風)에 비교하여 이 시가 다른 사람의 말을 믿지 못하는 것을 공개적으로 책망한 것이라고 했으나 아직 근거가 없다. 주희朱熹가 남녀가 야합한 내용이라고 한 것 역시 근거가 불충분하다. 단지 가사 내용만으로 보면 아득히 회상하는 작품일 뿐이다."

문일다聞一多《풍시유초風詩類抄》: "님을 그리워하는 것이다. 채집하는 일은 모두 여자의 일이므로, 그리움의 대상은 여자이고 그리워하는 사람은 남자다."

진자전陳子展《시경직해詩經直解》: "〈채갈采葛〉은 단지 극도로 상사의 절박함을 언급한 일종의 비유시다. 한낱 개념만 갖추었을 뿐 옛사실이 없다."

"시인과 그리워하는 사람이 무슨 관계가 있는지 알 수 없고, 그리워하는 사람이 어떤 사람을 가리키는지, 왜 그리워하는지 알 길이 없다. 또 어째서 하루라도 못 보면 그리움이 이처럼 절박한 상황에 이르렀는지 알 수가 없다. 다만 그리움의 대상이 만약 칡을 캐고, 쑥을 뜯고, 약쑥을 뜯는 농민이라면 시인도 자연히 같은 계급에 속한다고 말할 수 있을 뿐이다. …… 내가 보기에는 〈채갈采葛〉에 대해서 뜨거운 우정을 찬송하여 쓴 시라고 한다면, 그럭저럭 이 시의 주제에 대한 논쟁을 해결할 수 있을 것이다."

여관영余冠英《시경금역詩經今譯》: "시인은 그의 마음속에 둔 사람

이 지금 칡을 캐거나 쑥을 뜯고 있다고 상상하고 있는데 그와 떨어져
지낸 것은 겨우 하루일뿐이지만 이 하루는 오히려 석 달, 삼 년과도
같은 시간과 맞먹는다."

원매袁梅《시경역주詩經譯注》: "이것은 남자가 애인을 그리는 노래
다. 세 장의 시에서 반복되는 칡을 캐고, 쑥을 뜯고, 약쑥을 뜯는 것은
실제로 한 사람을 가리킨다. 하루를 보지 못하면 석 달, 아홉 달, 삼
년이나 된 듯한 것처럼 그 의미가 점점 전진하고 감정이 점점 발전하
여 더욱 심원한 의경을 이루고 있다."

정준영程俊英《시경역주詩經譯注》: "이것은 연인을 그리워하는 한
편의 시다. 한 남자가 칡을 캐서 여름옷을 만들고, 쑥을 뜯어 제사에
바치고, 약쑥을 뜯어 병을 치료하기 위해 부지런히 일을 하는 아가씨
에게 무한한 애모를 느껴, 곧 이 한편의 시를 노래로 불러 그의 깊은
마음을 표현한 것이다."

번수운樊樹雲《시경전역주詩經全譯注》: "이것은 남녀가 서로 사모
하는 짧은 노래로, 열렬히 사랑에 빠진 젊은이가 칡을 캐는 아가씨에
대해 깊은 사랑을 표현하고 있다."

고형高亨《시경전역詩經全譯》: "이것은 노동하는 백성의 사랑 노래
로서, 칡을 캐고, 쑥을 뜯고, 약쑥을 뜯는 여자에 대해 남자가 품고
있는 무한한 열애를 쓴 시다."

원유안袁愈荌, 당막요唐莫堯《시경전역詩經全譯》: "사랑하는 사람
을 그리워하는 시다."

김계화金啓華《시경전역詩經全譯》: "이별한 후에 그리워하는 고통
이다.

강음향江陰香《시경역주詩經譯注》: "친구를 그리워하는 시다."

## 2. 〈택파澤陂〉[진풍陳風]¹

| 彼澤之陂² | 피택지파 | 저 못가의 둑엔 |
|---|---|---|
| 有蒲與荷 | 유포여하 | 부들과 연꽃 있네 |
| 有美一人 | 유미일인 | 아름다운 한 사람이여 |
| 傷如之何³ | 상여지하 | 내 그를 어이할까 |
| 寤寐無爲⁴ | 오매무위 | 자나 깨나 아무 일 못하고 |
| 涕泗滂沱⁵ | 체사방타 | 눈물과 콧물만 쏟아지네 |

| 彼澤之陂 | 피택지파 | 저 못 가의 둑엔 |
|---|---|---|
| 有蒲與蕑 | 유포여간 | 부들과 들난초 있네 |
| 有美一人 | 유미일인 | 아름다운 한 사람이여 |
| 碩大且卷⁶ | 석대차권 | 훤칠하고도 건장하여라 |
| 寤寐無爲 | 오매무위 | 자나 깨나 아무 일 못 하고 |
| 中心悁悁⁷ | 중심연연 | 맘속엔 시름만 가득 |

| 彼澤之陂 | 피택지파 | 저 못 가의 둑엔 |
|---|---|---|
| 有蒲菡萏⁸ | 유포함담 | 부들과 연꽃 있네 |
| 有美一人 | 유미일인 | 아름다운 한 사람이여 |
| 碩大且儼⁹ | 석대차엄 | 훤칠하고도 장중하여라 |
| 寤寐無爲 | 오매무위 | 사나 깨나 아무 일 못하고 |
| 輾轉伏枕¹⁰ | 전전복침 | 뒤척이다 베개에 머리를 파묻네 |

··················

1 澤陂(택파): 편명. 〈택파〉는 한 수의 애정시로서 여자가 남자를 사모
하는 노래다.

陳(진): (周)나라 무왕武王이 순舜 임금의 후손을 이곳에 봉했는데, 지금의 하남성 개봉시開封市 동쪽인 안휘성 박현亳縣 일대에 이른다.

2 陂(파): 연못의 물을 막은 둑. 연못가의 언덕. 연못의 제방. 역자 주: 坡(파)와 통하여 택장澤障 즉 못가의 둑을 뜻한다.

蒲(포): (자리를 짤 수 있는) 부들.

荷(하): 연꽃.

3 傷(상): 즉 陽(양) 여성의 제 1인칭 대명사이다. 이 시구는 "내가 그를 어찌하리오"라는 말과 같다. 의미는 "내 저렇게 아름다운 남자에 대해 어떻게 해야 비로소 좋을지 모른다"란 뜻이다.

4 寤寐(오매): 寤는 잠이 깨는 것을 가리킨다. 寐는 잠이 드는 것을 가리킨다. 여기서 寤寐는 뜻이 편중된 합성어로 쓰여서 寐의 뜻으로 치우쳐 사용되었다. 오매무위寤寐無爲는 잠을 이루지 못함을 말한다.

5 涕泗滂沱(체사방타): 지독하게 통곡하여 흐르는 눈물이 많음을 형용함. 涕는 눈물, 泗는 콧물, 滂沱는 눈물과 콧물이 일시에 모두 흘러 내리는 모양.

6 碩大(석대): 훤칠하다.

卷(권): 拳(권)으로 읽는다. 용감하고 웅장함. 역자 주: 《경전석문經典釋文》에는 婘(권) 이라고 되었는데 어여쁘다라는 뜻이다.

7 悁悁(연연): 슬퍼서 편하지 않음. 《모전毛傳》에 悒悒(읍읍)과 같다고 함. 근심하여 답답한 모양.

8 菡萏(함담): 연꽃. 《모전毛傳》에 하화荷花라고 했다.

9 儼(엄): 장중하다. 《한시韓詩》에서는 "嚴(암)"이라고 됨. 얼굴의 양 볼과 아래턱 밑의 근육이 풍만함을 가리킨다. 《모전毛傳》에서는 자랑스럽고 장중한 모습[긍장모矜莊貌]이라고 함.

10 輾轉伏枕(전전복침): 이리 뒤척 저리 뒤척 잠 못 이루는 모양. 복침은 머리를 베개에 파묻음.

**감상과 해설**

〈택파〉는 물가에서 임을 그리워하는 애정시다. 여시인은 연꽃이 핀 연못에서 한 미남자를 만나, 깊이깊이 그를 사랑하게 된다.

시는 모두 3장이다.

제 1장 시작의 두 구 "저 못가의 둑엔 부들과 연꽃 있네, 피택지파 유포여하 彼澤之陂 有蒲與荷"로서 부들과 연꽃을 묘사하고 있다. 바로 이 연못가에서 여시인이 미남자를 만나게 된 것이다. 3, 4구는 "아름 다운 한 사람이여 내 그를 어이할까? 유미일인 상여지하有美一人 傷如 之何"로서 여시인이 자신의 심정을 표현한 것이다. 묵묵히 저 미남자 를 사랑하지만, 어떻게 해야 좋을지 잘 모른다. 5, 6구는 "자나 깨나 아무 일 못하고 눈물과 콧물만 쏟아지네, 오매무위 체사방타寤寐無爲 涕泗滂沱"로서 여시인이 한걸음 더 나아가 상대를 그리는 자신의 고 통을 밝힌다. 연못가에서 저 미남자를 만난 이후로 낮에는 어떤 일도 할 생각이 안 들고, 저녁에는 잠 못 이루며, 상대를 그리워하여 눈물 을 끊임없이 흘린다.

제 2장의 첫 두 구는 연못가의 부들과 연꽃을 묘사한다. 여시인이 바로 이곳에서 저 미남자와 마주친 것이다. 정확히 기억하고 있는 것

은, 그 당시 그녀는 바로 마음속으로 그를 열렬히 찬양했다는 점이다.

"훤칠하고도 건장하여라 자나 깨나 아무 일 못 하고, 유미일인 석대차엄有美一人 碩大且儼"은 상대방의 재능이 출중하고 멋스러우며, 위풍당당하고 훌륭한 인물임을 뜻한다. 여시인은 그를 사랑하게 되어, 낮엔 아무 일도 하지 못하며 저녁엔 잠을 이룰 수 없다. 마음 속 사랑의 매듭은 풀리지 않는다.

제 3장은 자기와 미남자가 뜻하지 않게 서로 만났던 장소, 부들과 연꽃이 있는 연못가를 묘사하고 있다. 그는 체격이 크고 얼굴 살이 풍만하여 정말 사람들로 하여금 사모하게끔 만든다. 집에 돌아온 이후, 그를 그리워하기에 낮엔 일을 못하고, 밤엔 잠을 못 이뤄 베개로 가슴만 억누른다.

이 시는 호수가의 한 미남자의 형상과 그의 영준함, 그리고 위풍당당함, 또 높고 큰 웅장함을 생동감 있게 잘 묘사하였다. 호수가에서 미남자를 대면하고 여시인은 조용히 그를 사랑하고, 열렬히 그를 구가하고, 애달프게 그를 그리워한다. 〈택파〉이 애정시에 관해서, 문일다 선생이 이렇게 평론하였다. "연꽃 핀 연못에서 만나게 되어 그를 사랑했지만 인연이 없으니 시를 지어 스스로 상심했다."

 **역대 제가의 평설**

《모시서毛詩序》: "〈택파〉는 시대를 풍자하였다. 영공靈公 때 임금과 신하가 그 나라에서 음탕한 짓을 하고, 남녀들이 서로 열락에 빠지자 이를 근심하고 슬퍼한 것이다."

《노시魯詩》: "설야泄冶가 간언하자 그를 죽였으니, 군자가 그것을 상심한 것이다."

주희朱熹《시집전詩集傳》: "이 시의 요지는 〈월출月出〉과 서로 유사하다."

요제항姚際恒《시경통론詩經通論》: "《서序》에서는 '당시의 남녀상열을 풍자하였다.'고 하고, 《집전集傳》에서는 '〈월출月出〉과 서로 유사하다'고 말한다. 그러나 시에서는 단지 '내 그를 어이할까?' '눈물 콧물이 비 오듯이 쏟아진다.'라고 읊었으니, 진실로 남녀가 서로 그리워했다면 어찌 이렇게까지 이르겠는가? 이는 반드시 죽은 사람을 애도하여 쓴 작품이다. 혹자는 말하기를 설야가 죽임을 당하는 것을 슬퍼한 시라고 하지만, 이것은 흥興의 뜻과 일치하지 않는다. 아직까지 이 시의 요지가 상세하지 않다."

방옥윤方玉潤《시경원시詩經原始》: "지극히 심원한 연정이 생겨 슬픈 감정에까지 이르렀으므로 그리워서 지은 것이지, 죽은 이를 애도하는 시가 아님을 알 수 있다."

오개생吳闓生《시의회통詩義會通》: "후대의 유학자 대부분은 근심과 슬픔을 이 시의 요지라고 생각한다. 영공 때 임금과 신하들이 음란하고, 남녀들도 서로 열락에 빠지자 이를 근심했기 때문이라고 했다. 이 주장은 가장 확실한 것으로서《모전毛傳》의 '상무례傷無禮(무례함을 상심함)'의 뜻에 가장 잘 들어맞는다. 고광예顧廣譽는 말했다. '유미일인有美一人'은 영공을 가리킨 것이므로, 석대차엄碩大且儼과 석대차권碩大且卷은 영공의 의용이 장중한 것이 마치 한漢나라 성제成帝가 신처럼 존엄하면서도 주색에 깊이 빠짐을 비유한 것과 같다.' 이러한 설명도 훌륭하다. 그러니 마땅히 상세하게 완미해야 한다."

진자전陳子展《시경직해詩經直解》: "왕선겸王先謙이 말했다. 《공소孔疏》에서는 모씨毛氏가 '내 그를 어이할까?'의 아래에서《傳》에 이르기를, '무례를 슬퍼한다'고 하였으니, 이는 군자가 이 아름다운 사람의 무례를 슬퍼한 것이다.

《전箋》에서는 《전傳》의 견해를 바꾸어 상傷은 사思라고 했다. 미인을 그리워하여도 그를 볼 수 없는 것을 근심하고 슬퍼하는 것이라 여긴 것이다.

진환陳奐이 말했다. '유미일인有美一人은 예의가 있는 사람을 일컫는다. 말하자면 어떤 한 미인이 진나라 군신간의 음담패설과 무례함이 심한 것을 보고 그것 때문에 슬프게 느낀 것이다. 세 가지 설은 모두 통한다.' 그러나 사실은 시험 삼아 세 가지 설로 분별하여 전체 시를 개괄해 봐도 결코 통하지 않는다. 내 생각에는 아마도 이 시는 하희夏姬를 가엾게 여긴 것으로 그녀의 하녀가 지은 것으로 보인다."

여관영余冠英 《시경선역詩經選譯》: "여시인이 연못가에서 풍채 있고 키가 큰 미남자를 우연히 만난다. 조용히 그를 사랑하며, 열렬히 그를 칭송하고 슬프게 그를 그리워한다."

번수운樊樹雲 《시경전역주詩經全譯注》: "호수가의 연애시다. 한 여자가 호수가에서 경물을 접촉하여 정감이 생겨나게 된다[촉경생정 觸景生情]. 한 남자를 사모하지만 이룰 수 없으니, 근심하고 슬퍼하며 마음이 고통스러워 침식조차 불안하다."

정준영程俊英 《시경역주詩經譯注》: "이것은 어느 여자가 님을 그리워하는 시다."

고형高亨 《시경금주詩經今注》: "한 남자가 남몰래 한 미녀를 사랑하지만 가까워지지 못한다. 그래서 이 시를 지어 근심스러운 마음을 서술하였다."

원매袁梅 《시경역주詩經譯注》: "이것은 남자가 애인에게 구애하는 가사다. 구애하지만 이루지 못해서, 그는 마음이 번거롭고 산란하여 마음 둘 곳을 모른다. 처음에는 통곡하고 눈물을 흘리다가, 그 다음엔 묵묵히 그리워한다. 나중에는 어찌 할 도리가 없는 심정이 되어 고심한다. 마침내 뒤척뒤척이다 베개에 파묻고, 완전히 잠을 설친다. 이 말 없는 깊은 생각과 밤잠을 못 이루는 고통이 비오듯 흘러내리는 콧물, 눈물로 더 한층 깊고 강렬해진다. 본 시는 차례로 전진하는 수법으로 인물의 감정변화를 표현하여 치밀하고도 생동적이다."

원유안袁愈荌, 당막요唐莫堯《시경전역詩經全譯》: "여자는 연못가에서 우연히 마주친 그 청년을 그리워한다."

김계화金啓華《시경전역詩經全譯》: "연꽃을 대하고, 연인을 그리워하며, 침상에 드러누우니, 한편으로는 눈물이 흐르고 한편으로는 근심을 한다."

강음향江陰香《시경역주詩經譯注》: "이것은 남녀가 서로 사랑하는 이를 그리워하지만 만나지 못해 이처럼 마음이 다치는 것이 있음을 말하고 있다."

## 3. 〈건상褰裳〉 [정풍鄭風]¹

| 子惠思我² | 자혜사아 | 그대 날 사랑하고 생각한다면 |
|---|---|---|
| 褰裳涉溱³ | 건상섭진 | 치마 걷고 진수라도 건너련만 |
| 子不我思 | 자불아사 | 그대 날 생각하지 않는다면 |
| 豈無他人 | 기무타인 | 어이 다른 사람 없으리오 |
| 狂童之狂也且⁴ | 광동지광야저 | 이 바보 우둔하기는 |

| 子惠思我 | 자혜사아 | 그대 날 사랑하고 생각한다면 |
|---|---|---|
| 褰裳涉洧⁵ | 건상섭유 | 치마 걷고 유수라도 건너련만 |
| 子不我思 | 자불아사 | 그대 날 생각하지 않는다면 |
| 豈無他士⁶ | 기무타사 | 어찌 다른 총각 없으리오 |
| 狂童之狂也且 | 광동지광야저 | 이 바보 우둔하기는 |

.................

1 褰裳(건상): 〈건상〉은 여자가 연인을 희롱하는 시다.
　鄭風(정풍): 정나라의 민간가요.
2 子(자): 남자를 가리킴.
　惠(혜): 사랑하다.
3 褰(건): 치마나 소매 자락 같은 것을 걷어 올림.
　裳(상): 치마.
　溱(진): 정나라 국경 안에 있는 강.
4 狂(광): 우둔하고 어리석음.
　狂童(광동): 미치거나 어리석은 놈.
　也且(야저): 어기사.
5 洧(유): 정나라 국경내의 강으로써 진수와 만난다.
6 士(사): 아직 장가를 안 간 남자.

**감상과 해설**

〈건상褰裳〉은 한 여자가 사랑하는 남자를 희롱하는 애정시다.

시 전체는 모두 2장이다.

제 1장의 첫째 구 "그대 날 사랑하고 생각한다면 치마 걷고 진수라도 건너련만, 자혜사아 건상섭진子惠思我 褰裳涉溱"은 여자가 단도직입적으로 그녀의 사랑하는 남자에게 말하는 것이다. "당신이 만약 나를 사랑하고 생각한다면, 당신은 즉시 진수를 건너 내가 있는 이곳으로 오라." 이것으로 미루어 보면, 그 남자가 조금이라도 적극적이기만 하면 아가씨는 곧 용감하게 그의 사랑을 받아들일 것이다.

3, 4구의 "그대 날 생각하지 않는다면 어이 다른 사람 없으리오, 자불아사 기무타인子不我思豈無他人" 역시 여자가 남자에게 하는 말이다. 의미는 '당신이 만약 나를 맘속에 두지 않는다면, 설마 나를 좋다고 하는 사람 없을라구?'라는 의미다. 이는 분명히 여자가 남자를 격하게 자극시키는 방법을 사용하여 저 남자가 빨리 맘을 정하여 행동을 취하라고 분발시킨다. 그렇지 않고 이 마을을 지나 버리면 여관도 없다!

마지막 시구 "이 바보 우둔하기는, 광동지광야저狂童之狂也且"는, 여자가 웃으며 상대를 욕하는 말이다. "이 바보멍텅구리야!" 이는 실제로 그녀가 일종의 농담하는 말투를 써서 상대를 일깨우는 말인데, 만약 그가 아가씨의 마음을 이해한다면 바보멍청이가 되지 말라는 것이다.

제 2장의 내용은 제 1장과 유사하다.

첫 두 구는 적극적으로 상대방에게 알리는 것이다. "당신이 만약 나를 사랑하고 생각한다면, 당신은 유수를 건너 내가 있는 이곳으로 오라"

　3, 4구는 소극적으로 상대방을 자극하는 것이다. "당신이 만약에 나를 마음에 두지 않는다면, 설마 나를 좇아오는 다른 사내가 없을라구?" 첫머리의 이 네 구의 시는 매우 깔끔하여, 조금도 산만하거나 너더분하지 않다. 심술궂은 한 여자의 음성과 웃음 띤 모습을 읽으면서 마치 보는 것처럼 완연하게 나타난다. 마지막 구는 돌연히 성조를 늦춰, 농담 섞인 어투로 상대방을 "이 바보 멍텅구리야"라고 부른다. 이 욕하는 말속에는 부드럽고 상냥한 애정이 가득 차 있다. 이는 '때리는 것도 꾸짖는 것도 모두 사랑하기 때문이다. 타시친 매시애打是親 罵是愛' 라는 속담과 같다.

🏛 **역대 제가의 평설**

　《모시서毛詩序》: "〈건상褰裳〉은 바르게 되기를 생각한 것이다. 광동이 제멋대로 행동하므로 이것을 보고 백성들이 큰 나라에서 자기들을 바로잡아 주기를 바란 것이다."

　주희朱熹《시집전詩集傳》: "음란한 여자가 그 사통한 바를 말한 것이다. …… 또한 희롱하는 말이다."

요제항姚際恒《시경통론詩經通論》: "옛 해석에서는 모두 홀忽과 돌
突이 나라를 두고 싸우자 백성들은 큰 나라가 자신들을 바로 잡아
주리라고 생각했다. 광동狂童은 돌突을 가리킨다. 홀忽을 가리키는
것이 아님은 홀이 세자를 계승하였기 때문이다. 그 나라를 세움이 정
대하여 백성들은 초기에 그를 원망하지 않았다. 더욱이 돌보다 나이
가 많아서 '동童'이라 할 수 없다. 또 백성들이 군주를 '광동'이라고
일컬을 수는 없는 것이다. 후대 사람들이《집전集傳》에서 '음란한 시
로서 망령된 것'이라고 평가했기 때문에 많은 사람이 이를 따랐으나,
사실은 그렇지 않다.

《춘추春秋》에서 환공桓公 15년에 돌이 채蔡 나라로 도망하였다. 그
해 겨울에 송공宋公, 위후衛侯, 진후陳侯, 채후蔡侯가 공식적으로 회
합하여 정鄭 나라를 쳤다.《좌전左傳》에 이르길 '정나라를 정벌하자고
도모하면서 장차 여공厲公(돌突)을 받아들이겠다'고 했다. 이는 제후
들 모두 돌突이 홀忽을 치는 것을 도운 것인데, 지금에 와서 백성들은,
돌이 나라를 찬탈한 것을 원망하며 다른 나라가 와서 이를 바로 잡아
주기를 바란다고 해석하니, 이 어찌 헛된 말이 아니겠는가?"

진자전陳子展《시경직해詩經直解》: "〈건상〉은 민간으로부터 채집된
남녀간의 시시덕거리며 장난치는 한 유형의 가요가 아닌가 한다.《주
전朱傳》에서 '이 시를 일컬어 음란한 여자가 그 사통한 사람을 희롱한
가사다' 라고 말한 것은 옳은 것 같다. 그러나 여자가 장차 치마를
걷고 진수, 유수를 건너 남자를 따라간다는 것은 틀렸다."

여관영余冠英《시경금주詩經今注》: "이 시는 여자가 애인을 놀리는
시다."

고형高亨《시경금주詩經今注》: "이 여자는 그의 애인에게 당신이 날

사랑하지 않으면, 나는 곧 다른 사람을 사랑할 것이라고 경고한 것이다. 이는 애인 사이에 농담하는 가사다."

원매袁梅《시경역주詩經譯注》: "한 아가씨가 애인과 즐겁게 만나면서, 새침하게 조롱하는 말로써 애인과 농담하는 것이다. 실은 그녀는 애인에게 결코 두 마음을 품고 있지 않다."

김계화金啓華《시경금역詩經今譯》: "여자가 애인에게 하는 농지거리로서 그녀는 애인이 빨리 와야 한다고 여긴다. 그렇지 않으면 다른 사람이 곧 와서 그녀에게 구애 할 것이라고 놀리고 있다."

번수운樊樹雲《시경전역주詩經全譯注》: "남녀가 농담하는 사랑의 노래다. 한 소녀의 애인에 대한 조소를 거쳐서 사랑하는 남자가 소녀에게 애정을 기울이는 것을 표현하고 있다. 그리고 소녀는 더욱 사랑에 충실하여, 명랑하고 밝은 분위기로 풍부한 흥취를 지니고 있다."

원유안袁愈荌《시경전역詩經全譯》: "남녀간 조롱하는 가사다. 민간 남녀의 애정을 표현한다."

정준영程俊英《시경역주詩經譯注》: "이는 한 여자가 애인의 변심을 꾸짖는 시다. 이 여자의 성격은 쾌활하고 시원시원하면서도 아주 투쟁적이다."

# 4. 〈유체지두有杕之杜〉[당풍唐風]<sup>1</sup>

| | | |
|---|---|---|
| 有杕之杜<sup>2</sup> | 유체지두 | 한 그루 팥배나무 |
| 生于道左<sup>3</sup> | 생우도좌 | 길가 동쪽에 자랐네 |
| 彼君子兮<sup>4</sup> | 피군자혜 | 저 낭군님은 |
| 噬肯適我<sup>5</sup> | 서긍적아 | 왜 내 곁에 오시지 않는 것일까 |
| 中心好之<sup>6</sup> | 중심호지 | 마음속으로 임을 좋아하건만 |
| 曷飲食之<sup>7</sup> | 갈음식지 | 어찌하면 함께 먹고 마실 수 있을까 |
| | | |
| 有杕之杜 | 유체지두 | 한 그루 팥배나무 |
| 生于道周<sup>8</sup> | 생우도주 | 길가 모퉁이에 자랐네 |
| 彼君子兮 | 피군자혜 | 저 군자님은 |
| 噬肯來游<sup>9</sup> | 서긍내유 | 왜 우리 집에 오시지 않는 것일까 |
| 中心好之 | 중심호지 | 마음속으로 임을 좋아하건만 |
| 曷飲食之 | 갈음식지 | 어찌하면 함께 먹고 마실 수 있을까 |

..................

1 有杕之杜(유체지두): 여자가 노래한 사랑 노래이다.

唐風(당풍): 춘추시대 당나라[뒤에 진晉나라로 바뀜. 옛터는 지금의 산서성山西省 익성翼城 일대]의 시가.

역자 주: 주나라 성왕이 자기 아우 숙우叔虞를 당唐에 봉하였다. 당나라는 지금의 산서성 태원太原 일대에 걸쳐 있었으며, 진양晉陽에 도읍하였다. 《사기》의 〈진세가晉世家〉를 보면 "당숙자섭唐叔子燮이 진후晉侯가 되었다."는 기록이 있어, 당나라를 진晉나라로 고쳐서 부르게 되었다. 헌공 때에 위나라를 병합하면서, 진나라의 세력은 커졌다. 당풍은 진나라의 시다.

2 杕(체): 홀로 자라다.

  杜(두): 팥배나무, 붉은 아가위나무, 산사나무. 옛날 사람들은 수나무
  를 당棠이라 불렀고, 암나무를 두杜라 불렀는데, 남녀 또한 그렇게
  불렀다.

3 道左(도좌): 도로의 동쪽. 또는 일반적으로 도로가를 가리킨다.

4 君子(군자): 여기서는 남자에 대한 미칭(지은이가 흠모하고 있는 사
  람)이다. 노예주 귀족이 자칭 '군자'라 하는 것과는 다르다.

5 噬(서): 발어사. 일설에는 왜, 어찌.

  適(적): 가다. 향하다. 이르다.

6 中心(중심): 마음속.

  好(호): 사랑하다. 불쌍히 여기다. 동정하다.

7 曷(갈): 어찌, 어찌~하지 않으리요.

  飮食(음식): 먹고 마심. 일설에는 음식의 욕구로써 애정의 욕구를 비유
  해 말한 것이라고 한다. 飮食之는 바로 애정의 욕구만족을 가리킨다.

8 道周(도주): 도로의 서쪽. 길 오른쪽. 일설에는 도곡道曲을 말하는
  것으로서 즉, 도로의 우회하는 곳(길모퉁이)을 가리킨다.

9 來游(내유): 여기에 들른다.

 감상과 해설

〈유체지두有杕之杜〉는 사랑 노래로서, 여시인은 그녀의 마음에 든
님에 대해 깊은 정을 나타내고 있다.

시는 모두 2장이다.

제 1장의 첫 두구 "한그루 팥배나무 길가 동쪽에 자랐네, 유체지두
생우도좌有杕之杜 生于道左"는 비比, 흥興 시구로서, 길가에서 자라는
한 그루 외로운 팥배나무로 흥을 일으키고, 아직 출가하지 않은 처녀

에 비유했다. 옛사람들은 팥배나무(杜)를 일컬어 암나무라고 했다. 시인은 자신을 길가의 외로운 팥배나무로 비유한 것으로 보아 그녀가 아직 미혼녀임을 알 수 있다.

"저 낭군님은 왜 내 곁에 오시지 않는 것일까, 피군자혜 서긍적아彼君子兮 噬肯適我"는 "내 마음속의 님이여, 당신은 어찌하여 내가 있는 이곳에 오지 않으려 하십니까?"라는 뜻이다. 알고보니 이 여시인이 비록 미혼일지라도 마음에 두고 있는 사람이 있고, 게다가 상대는 미남이다. 그러나 무슨 이유인지는 모르지만, 그는 며칠 동안이나 만나러 오지 않아서, 그 처녀를 조급하게 만들었다. 그러나 그녀는 상대가 꼭 올 거라 믿어서, 그가 오면 먹을 음식을 준비해 놓고 기다렸다.

그리하여 "마음속으로 임을 좋아하건만 어떻게 함께 먹고 마실 수 있을까, 중심호지 갈음식지中心好之 曷飮食之"는 "내가 이렇게 진심으로 그를 사랑하여, 음식을 마련해 놓고 그를 기다리는데, 그는 언제쯤 오시려나?"라는 뜻이다. 여기서 여시인은 사랑하는 사람을 기다릴 때, 그가 꼭 올 것이라고 믿지만 늦게 올까 걱정되어 빨리 왔으면 하는 복잡한 심정을 나타내고 있다.

제 2장의 두 구, "한 그루 팥배나무 길가 모퉁이에 자랐네, 유체지두 생우도주有杕之杜 生于道周"에서 여전히 시인을 길가에서 자라는 한

그루의 팥배나무로써 시흥을 일으켜, 자기는 아직 출가하지 않는 아
가씨라는 것을 비유한다. 그녀는 마음에 두고 있는 멋진 사람이 있는
데, 왜 그가 몇일 동안이나 만나러 오지 않는지 모르고 있다. 처녀는
마음속으로 그를 너무 사랑하고 있어 그를 위해 음식을 준비해 놓고
기다린다.

　문일다는 《시경》에서 음식은 자주 남녀 간 정욕의 만족을 상징하
는 것으로 여겨지는데 여기서도 마찬가지다'고 했다. 일설을 갖춘 것
같다.

　여시인은 몸과 마음을 다해 그 미남자를 사랑하고 있고, 그들의 감
정으로부터 보건대 이미 열애의 정도까지 이른 것이다. 그러나 왜 그
런지는 모르지만 남자 쪽에서 갑자기 왕래를 뚝 끊었다. 이것은 남자
의 마음이 변했거나, 아니면 남자 쪽 집안의 반대에 부딪쳤거나 또는
다른 장애를 만난 것일까? 당연히 한바탕 놀랄 일이었겠지만, 이 시로
부터는 알 길이 없다. 그러나 독자는 분명히 이해할 수 있을 것이다.
여시인은 나쁜 쪽으로 생각하지 않고, 오직 매우 깊은 정으로 그를
사랑한다. 심지어 괴롭도록 그를 기다리며, 자기의 모든 것을 그에게
주려고 했으니, 참으로 사랑에 눈이 먼 여자인 것이다.

 **역대 제가의 평설**

　《모시서毛詩序》: "〈유체지두有杕之杜〉는 진무공晉武公을 풍자한 시
다. 무공은 홀로 특출하여 그 종족을 병합하였지만 어진 이를 구하여
자신을 보좌하도록 하지 않았다."

　주희朱熹 《시집전詩集傳》: "이 사람은 어진 이를 좋아하면서도 그

어진 이를 이르게 할 수 없음을 걱정한다. 그래서 길가에서 자라는
외로운 팥배나무의 그늘이 쉬기에 부족하고, 자기와 같이 나약한 자
에게 의지하기에 부족하다면, 저 군자라는 사람이 어찌 기꺼이 나를
찾아서 오겠는가? 라고 말한다. 그러나 그 마음속으로 그를 좋아하는
것을 그만두지 못하고 있다. 단지 스스로 그에게 음식을 해먹이지 못
할 뿐이다. 무릇 어진이를 좋아하는 마음이 이러하다면 어진 자가 어
찌 이르지 않겠는가? 그렇다면 어찌 나약함이 근심거리가 되겠는가?”

　요제항姚際恒《시경통론詩經通論》: “어진 이는 처음부터 남의 음식
을 바라지 않았지만, 어진 이를 좋아하는 자는 오직 음식으로 그 정성
스런 뜻을 펴려고 생각한다. 〈치의緇衣〉편에서 ‘국인들이 어진 이를
위해 옷이 해지면 다시 지어주고, 퇴근하면 맛있는 음식을 만들어 대
접하겠다.’ 라고 노래한 내용도 역시 그러하다. 이것은 진실로 인간의
정을 잘 체험해서 한 말이다.”

　진자전陳子展《시경직해詩經直解》: “〈유체지두有杕之杜〉는 거지를
위한 노래이다. 〈체두杕杜〉로부터 분화된 것으로 생각하면, 모체가
같은 노래라는 것을 알 수 있다. 《서序》에서 말한 것은 시교詩敎에
사로잡혀 있다. …… 또한《집전集傳》에서 ‘이 사람은 어진 이를 좋아
하나, 이르게 할 수 없음을 두려워한다. 다만 스스로 그에게 음식을
스스로 해먹이지 못하는 것일 뿐이다.’라고 말했으니 주자 역시 완전
히 시의 뜻을 알지 못했다. …… 내 생각으로는 고독하게 홀로 자라는
팥배나무로써 시를 지어, 홀로 외롭고 의지할 곳 없는 거지를 비유한
것이다.《한설韓說》에서 ‘굶주린 자는 먹는 것을 노래한다’라는 뜻으
로 이 시를 해석했는데 제대로 이해한 것이다.”

　남국손藍菊蓀《시경국풍금역詩經國風今譯》: “내가 자세히 원시의
내용을 헤아려 보건대, 정말로 부인이 정부征夫(원정나간 남편)를 그

리워 지은 것이다."

원매袁梅《시경역주詩經譯注》: "이것은 여자가 부른 사랑의 노래로서, 이를 바탕으로 마음속의 사람을 향하여 진실한 마음을 다 털어놓은 말이다."

정준영程俊英《시경역주詩經譯注》: "이것은 사랑 노래로서, 상대가 맘에 들자 한 여자가 자기 곁으로 와주기를 바라며, 그가 먹고 마시도록 초대한 것이다."

양합명楊合鳴, 이중화李中華: 《시경주제변석 詩經主題辨析》"오늘날 많은 학자들이 그것을 사랑 노래라고 여긴다."

원유안袁愈荌, 당막요唐莫堯《시경전역詩經全譯》: "시인은 사랑을 하고 있는 사람의 감정을 표현했다."

번수운樊樹雲《시경전역주詩經全譯注》: "이 편은 사랑하는 사람이 좀더 빨리 와서 자기를 아내로 맞아주기를 간절히 바라는 사랑의 시다. 시에서 팥배나무가 혼자 서있는 것으로써 자신의 생활이 외롭다는 것을 비유하고, 사랑하는 사람이 좀 더 일찍 자기를 아내로 맞이하여 함께 식사를 하고 싶다는 것을 바라고 있다."

김계화金啓華《시경전역詩經全譯》: "사랑하는 사람에 대한 그리움으로 그가 오기를 바라고 그를 잘 대접하려는 것이다."

고형高亨《시경금주詩經今注》: "이것은 통치계급이 손님을 환영한다는 짧은 노래다."

강음향江陰香《시경역주詩經譯注》: "이것은 진무공이 종족을 통일했지만, 어질고 능숙한 인재를 구해 자신을 보좌하도록 하지 않은 것을 풍자한 시다."

# 고연

苦戀: 괴로운 사랑

사랑의 신은 항상 사랑을 하고 있는 남녀에게 한잔 또 한잔 고통의 술을 내려준다. 대개 절실한 사랑은 연인들에게 고통을 준다. 고통이 만들어지는 원인은 다양하여 사회적 원인, 가정적 원인, 개인적 원인 등이 있다.

〈장중자將仲子〉(정풍鄭風) 시에서 유약한 성격의 한 아가씨는 사랑하면서도 감히 사랑할 수 없는 모순의 고통 속에 빠져있다. 그녀는 한 청년을 사랑하지만 감히 그와 몰래 만나지도 못한다. 부모님이 허락하지 않을 것이고, 이웃들이 험담할까 봐 두렵기 때문이다.

〈백주柏舟〉(용풍鄘風) 시에서 강인한 성격의 한 아가씨가 "담피양모髧彼兩髦(두갈래 다팔머리)" 총각에게 반해서, 그에게 시집가기로 다짐한다. 그러나 그녀의 어머니가 온 힘을 다해 반대하여 아가씨를 고통스러운 지경에 빠지게 만든다.

〈동문지선東門之墠〉(정풍鄭風) 시에서 한 아가씨는 그녀의 집 근처에 사는 청년을 사랑하게 된다. 그러나 그녀는 매일 그 집의 방, 방 앞의 나무, 방 옆의 풀들만 멍청하게 바라볼 수밖에 없다. 청년이 가까이 다가오지 않기 때문에 아가씨는 비록 그와 아주 가까운 거리에 있어도, 바라보기만 할 뿐 이를 수 없는 것이다.

〈자금子衿〉(정풍鄭風) 시에서 아가씨는 한 청년과 함께 자주 "성궐城闕"에서 사랑을 나누지만, 무슨 이유에서인지 청년이 갑자기 아가씨를 거들떠보지도 않는다. 아가씨는 비록 그에게 얽매이려 하지는 않지만, 혼자서 또 "성궐城闕"에 와서 그를 기다린다. 그녀는 초조하게 그를 기다리면서 이리저리 걷는다. 하루를 못 보았을 뿐인데도 3개월을 보지 못한 듯 길게 느껴진다.

# 1. 〈장중자將仲子〉 [정풍鄭風]¹

| 將仲子兮² | 장중자혜 | 제발 중자님이여 |
|---|---|---|
| 無逾我里³ | 무유아리 | 우리 마을 담장 넘어오지 마세요 |
| 無折我樹杞⁴ | 무절아수기 | 우리 집 버들가지 꺾지 마세요 |
| 豈敢愛之⁵ | 기감애지 | 어찌 그게 아깝겠어요 |
| 畏我父母 | 외아부모 | 내 부모님이 두려워서죠 |
| 仲可懷也 | 중가회야 | 중자님이 그립기는 하지만 |
| 父母之言 | 부모지언 | 부모님 말씀 |
| 亦可畏也 | 역가외야 | 또한 두렵습니다 |

| 將仲子兮 | 장중자혜 | 제발 중자님이여 |
|---|---|---|
| 無逾我牆⁶ | 무유아장 | 우리 집 담장 넘어오지 마세요 |
| 無折我樹桑⁷ | 무절아수상 | 우리 집 뽕나무가지 꺾지 마세요 |
| 豈敢愛之⁸ | 기감애지 | 어찌 그게 아깝겠어요 |
| 畏我諸兄 | 외아제형 | 나의 오빠들이 두려워서죠 |
| 仲可懷也 | 중가회야 | 중자님이 그립기는 하지만 |
| 諸兄之言 | 제형지언 | 여러 오빠들의 말이 |
| 亦可畏也 | 역가외야 | 또한 두렵습니다. |

| 將仲子兮 | 장중자혜 | 제발 중자님이여 |
|---|---|---|
| 無逾我園⁹ | 무유아원 | 우리 집 뜰 넘어오지 마세요 |
| 無折我樹檀 | 무절아수단 | 우리 집 박달나무가지 꺾지 마세요 |
| 豈敢愛之 | 기감애지 | 어찌 박달나무가 아깝겠어요 |
| 畏人之多言 | 외인지다언 | 남의 말 많은 것이 두려워서죠 |

| 仲可懷也 | 중가회야 | 중자님이 그립기는 하지만 |
| 人之多言 | 인지다언 | 남의 말 많은 것 |
| 亦可畏也 | 역가외야 | 또한 두렵습니다 |

..................

1 〈將仲子(장중자)〉: 한 수의 남녀의 사사로운 정을 묘사한 시다.

　鄭風(정풍): 정나라의 민간가요.

　역자 주: 정풍 21편은 모두 주나라가 동쪽으로 옮겨 간 이후의 작품
이다. 연애시가 대부분이어서 예로부터 음풍淫風이라고 불렀다. 공
자는 이렇게 평했다. "자주빛이 붉은 빛의 자리를 빼앗는 것을 미워
한다. 정나라의 소리가 아악을 어지럽히는 것을 미워한다. 날카로운
입이 나라와 입안을 뒤엎는 것을 미워한다"고 했다. 이것은 정풍 즉
곡조를 두고 한 말이지 가사를 두고 비판한 것이 아니다. 당시 아악
은 단조롭고 느리며 흥미가 없었는데 새롭게 등장한 민요인 정풍은
속악으로서 쉽고 재미가 있었다. 공자는 이 점을 염려한 것이다.

2 將(장): 청하다.

　중자(仲子): 백伯, 중仲, 숙叔, 계季는 형제자매 간의 장유의 순서이
다. 당시 여자들은 이러한 것으로 사랑하는 남자를 호칭했다.

3 逾(유): 뛰어넘다.

　里(리): 고대 25가구가 리가 되고, 리의 밖에는 담장이 있었다. 여기
서의 里란 마을의 담장을 가리킨다.

4 樹杞(수기): 산버들이다.

5 之(지): 여기서는 개버들 나무를 말한다.

6 墙(장): 여기서는 여자가 살고 있는 곳의 뜰 담장이다.

7 樹桑(수상): 뽕나무. 고대에는 담장 가에 뽕나무를 심었다.

8 之(지): 여기서는 뽕나무를 말한다.

9 園(원): 과수나무와 채소를 심은 곳의 둘레에 담장을 치는 것을 園이

라 한다. 유원逾園은 바로 담장을 넘는다는 뜻이다.

**10** 檀(단): 박달나무. 고대에는 園 안에 박달나무를 심었다.

**11** 之(지): 여기서는 박달나무를 말한다.

 **감상과 해설**

〈장중자將仲子〉는 여자가 남자에게 주는 애정시다. 어떤 처녀를 사랑하는 남자가 밀회를 하러 왔는데, 그녀가 본의 아니게 거절한 것이다.

시는 3장으로 구분된다.

제 1장은 처녀가 사랑하는 남자로 하여금 그녀 마을의 울타리를 넘지 말고, 그녀 집의 버들나무를 꺾지 말라고 막는 것이다. 그녀는 말한다. 결코 버드나무가 아까운 것이 아니라, 다만 담을 넘고 나무를 기어오르다보면 흔적을 남길 수밖에 없기 때문이라고. 만약 부모에게 발각 당한다면, 훗날이 매우 두려운 것이라고.

처녀의 이와 같은 표현으로부터 알 수 있는 것은, 그들의 애정은 부모의 동의를 얻지 않았고, 이 때문에 처녀와 중자仲子는 자유롭게 연애할 수 없었으므로 중자가 담과 나무를 기어올라 몰래 처녀와 만나고 있다는 것이다. '중자님이 그립기는 하지만, 중가회야仲可懷也'는 처녀의 중자에 대한 순진한 애정을 표현한 것이다. '부모님 말씀 또한 두렵습니다, 부모지언 역가외야父母之言 亦可畏也'는 처녀가 집안의 막중한 부담을 안고 있는 것을 설명한다. 사랑하는 사람을 그리워하면서도 부모를 두려워하는 감정적 모순은 처녀의 내심으로 하여금 커다란 고통으로 받아들여져서 벗어날 길이 없는 것이다.

제 2장에서는 처녀는, 중자가 담장을 넘어 만나기로 약속한 일을

오빠가 알게 되면 후환을 상상조차 할 수 없다고 쓴 것이다.

제 3장에서는 그녀의 사랑하는 이가 담장을 넘어 만나기로 한 일이 외부사람에게 알려질까 걱정되어 쓴 것이다. 그녀는 그에게 사람들의 뒷말도 무섭다고 말한다.

청춘남녀의 애정은 만약 부모의 승인을 얻지 못하면, 그 밖의 가족에게도 동의를 얻을 수 없는 것이고, 심지어 외부사람의 지지도 얻을 수 없는 것이다. 그렇게 상반 된다면 여러 곳의 반대에 부딪치게 될 뿐이다. 이런 상황은 당시 사회가 남녀의 자유연애에 대한 압제를 반영하고 있다. '중가회야仲可懷也'는 처녀가 중자에게 자신의 마음을 맡겼기 때문에 절대 변심할 수 없음을 나타낸다. 부모, 형제, 그 밖의 사람들에게 '역가외야亦可畏也'라고 한 것은 바로 그녀가 여러 곳의 압력에 대해 저항하는 것이다. 이 처녀와 중자의 사랑은 어떠한 결과로 되든지 간에 확실한 것은 사람들에게 걱정을 끼친다는 것이다.

이 시는 자유연애가 봉건적 예교에 의해 제한을 받는 사회적 상황을 잘 반영하고 있다. 불합리한 예교와 종법 세력은 청춘남녀가 자유연애를 할 수 없도록 억압한다. 그래서 할 수 없이 담을 넘고 나무를 기어올라 몰래 만나야 하고, 그러다 일단 사람들에게 발각되면 책망과 꾸짖음을 받아야 하는 것이다. 후대에 봉건 예교의 질곡이 더욱 강화됨에 따라 청춘남녀의 연애와 혼인의 비극은 점점 많아지고, 점점 커지게 되었다.

### 역대 제가의 평설

《모시서毛詩序》: "〈장중자將仲子〉는 장공莊公을 풍자한 것이다. 장공은 그의 어머니에게 못 이겨 그의 아우를 해치게 되었다. 그의 아우 공숙단共叔段이 도리에 어긋나는 짓을 했지만 장공은 제지하지 않았다. 제중祭仲이 간언했으나 장공은 들으려 하지 않았다. 사소한 짓에 차마 어찌하지 못한 결과 대란을 초래하고 말았다."

정현鄭玄《모시전전毛詩傳箋》: "장공의 어머니는 무강武姜인데, 장공과 아우 숙단을 낳았다. 숙단은 거드름 피우기를 너무 좋아했고 예의가 없었다. 장공은 일찍이 그에 대한 적절한 조처를 취하지 않아서 그를 교만하게 만들었다." "제중이 급박하게 간언하였지만, 장공은 그 말을 듣지 않았다. 그래서 간청할 때 마다 으레 거절하였다고 말한 것이다. '무아유리無我逾里'는 우리친척을 범하지 말라고 비유하는 말이고, '무절아수기無折我樹杞'는 우리 형제를 해치지 말라고 비유한 말이다."

주희朱熹《시서변설詩序辨說》: "이 사실이 《춘추전 春秋傳》에 보인다. 그러나 보전정씨甫田鄭氏는 이것을 두고 사실은 음분의 시라고 했으며, 장공 숙단의 일과는 무관하다고 했다. 〈서序〉에서는 아마도 이 점을 놓치고 있는 것 같다. 그러나 설명하는 자들이 또 이를 따라 교묘하게 설을 만들어 그 일을 사실이라고 했으니 잘못이 더욱 심하다."

요제항姚際恒《시경통론詩經通論》: "여자는 그런 완곡한 말로써 남자를 거절했다. 그리고 부모와 형제, 다른 사람들의 말을 두려워 하였으니 꽤 염치가 있는 것이다. 어찌 또한 음란한 사람이라고 할 수 있겠는가?"

오개생吳闓生《시의회통詩義會通》: "《시서》에서는 장공을 풍자한 것이라고 했다. …… 주자는 반대로 남녀가 주고받는 말이 맞다고 했다. 오직 시의 뜻은 강포함을 거절하는 말이기 때문에 바로 음분이라고 지목할 수는 없다."

진자전陳子展《시경직해詩經直解》: "〈장중자〉는 한 여자가 한 남자의 유혹을 받고 완곡한 말이지만 단호히 거절하는 내용을 썼다. 당시 거리에서 채집한 노래이므로 당연히 깊은 뜻은 없다."

강음향江陰香《시경역주詩經譯注》: "이 시는 사람들에게 스스로 예절을 지키라고 권유하기 위해 쓴 시다. 보전정씨는 음탕한 사람의 말이라고 했고,《소서》에서는 정나라 장공이, 아우 숙단이 불법적인 일을 제멋대로 저지르도록 방조한 것에 대해 풍자한 것이라 했다."

여관영余冠英《시경선詩經選》: "이것은 남녀의 사사로운 정을 쓴 시다. 여자는 남자가 담을 넘어 자기 집에 오지 못하도록 하는데, 그 이유는 부모형제들이 알면 가만두지 않을까 두렵기도 하고, 또 다른 사람들이 뒷말을 할까 두렵기 때문이다."

원매袁梅《시경역주詩經譯注》: "열정적이고 단순한 처녀가 사랑하는 사람과 마음속 깊이 정을 맺고자 간절히 바라면서도, 한편으로는 다른 사람이 알까 봐 두려워 하는 모순된 심리가 엇갈리고 있다."

정준영程俊英《시경역주詩經譯注》: "이것은 여자가 사랑하는 사람을 거절하는 시다. 그녀가 애인을 거절한 이유는 가정의 반대와 여론의 지탄이 두려워서다. 그러나 그녀는 내심 그를 지극히 사랑하고 있는 것이다. 이러한 사랑과 예교의 모순은 그녀를 괴롭히고 불편하게 한다. 어쩔 수 없이 애인에게 다시는 오지 못하도록 신신당부를 한다. 시의 가사는 당시 혼인을 자유롭게 하지 못했던 사회현상을 반영한다."

고형高亨《시경금주詩經今注》: "이것은 연가로서, 한 여자가 그녀의 연인에게 밤에 담을 넘어 자기를 보러 오지 말라고 권고하는 시다. 그녀의 부모형제가 질책할까봐 두렵고, 이웃들이 그녀를 험담할까봐 두려워서다"

번수운樊樹雲《시경전역주詩經全譯注》: "이것은 남녀의 연애시로서, 한 처녀가 그의 정인을 매우 그리워하나, 봉건 예교 사회 여론이 두려워 감히 그를 오지 못하게 한다. 그녀는 바로 이와 같이 모순된 심리에 처해 있을 때, 이 노래를 부른 것이다. 이렇게 정도 많고 겁도 많은 처녀의 성격을 잘 나타내고 있다."

김계화金啓華《시경전역詩經全譯》: "처녀가 정인에게 낮추어 하소연하는 것은 그를 거절하는 듯하나, 사실은 그를 부르고 있는 것이다. 다만 두려운 것은 가족의 뒷말인 것이다."

원유안袁愈荌, 당막요唐莫堯《시경전역詩經全譯》: "처녀는 정인에게 그녀의 집에 오지 말라고 당부 하는데, 이는 부모 형제 및 이웃의 질책을 면하기 위해서인 것이다."

## 2. 〈백주柏舟〉 [용풍鄘風][1]

| 泛彼柏舟[2] | 범피백주 | 저 측백나무 배 흘러가네 |
|---|---|---|
| 在彼中河[3] | 재피중하 | 저 강의 가운데에 |
| 髧彼兩髦[4] | 담피양모 | 두 다팔머리 내려뜨린 저 님 |
| 實維我儀[5] | 실유아의 | 바로 나의 짝 될 사람 |
| 之死矢靡它[6] | 지사시미타 | 맹세코 죽어도 다른 마음 없으리 |
| 母也天只[7] | 모야천지 | 어머니도 하느님도 |
| 不諒人只[8] | 불량인지 | 이 마음 헤아려주지 못하네 |

| 泛彼柏舟 | 범피백주 | 저 측백나무 배 흘러가네 |
|---|---|---|
| 在彼河側 | 재피하측 | 저 강의 가장자리에 |
| 髧彼兩髦 | 담피양모 | 두 다팔머리 내려뜨린 저 님 |
| 實維我特[9] | 실유아특 | 바로 나의 짝 될 사람 |
| 之死矢靡慝[10] | 지사시미특 | 맹세코 죽어도 마음 바꾸지 않으리 |
| 母也天只 | 모야천지 | 어머니도 하느님도 |
| 不諒人只 | 불량인지 | 이 마음 헤아려주지 못하네 |

..................

1 〈柏舟(백주)〉: 한 처녀가 결혼의 자유를 요구하며 차라리 죽을지언정 그 뜻을 바꾸지 않겠다는 시다.

鄘(용): 지금의 하남성河南省 급현汲縣 지역.

2 泛彼(범피): 물위에 떠서 빠른 속도로 흘러가는 모양.

柏舟(백주): 측백나무로 만든 배.

3 中河(중하): 물 가운데.

4 髧(담): 머리카락을 아래로 길게 내린 모양.

兩髦(양모): 髦는 다팔머리. 고대 미성년 남자가 앞이마의 머리카락을 양쪽으로 나누어서 짧게 내려뜨려 길이를 미간에 맞추고, 이마 뒤쪽은 묶어서 두 가닥으로 만드는 것을 양모兩髦라고 불렀다.

5 實(실): 이. 이 사람. 바로.

 維(유): ~이다. ~되다.

 儀(의): 배우자.

6 之(지): 이르다.(至)

 矢(시): 맹세하다.

 靡他(미타): 다른 마음이 없다.

7 只(지): 어기사. 감탄의 의미를 지니고 있다.

8 諒(량): 이해하다. 알아주다.

 人(인): 다른 사람. 남. 실제로는 자기를 가리킨다.

9 特(특): 배우자.

10 慝(특): 바꾸다.

 **감상과 해설**

〈백주柏舟〉이 시는 한 처녀가 스스로 결혼 대상을 찾았으나 그녀의 사랑은 부모님의 동의를 얻을 수 없었다. 처녀는 차라리 죽을지언정 자기의 주장을 바꾸지 않겠다고 맹세했다. 아울러 자유롭게 결혼할 수 없는 결혼제도에 대해 강렬한 원망과 항의를 표시하였다.

이 시는 2장으로 나뉜다.

제 1장에서는 이 처녀가 강 가운데 떠 있는 배를 바라보고 있다. 세차게 굽이쳐 흘러가는 강물은 그녀의 마음을 울렁이게 하였고, 떠 있는 작은 배는 그녀 가슴속의 불만을 상기시키는 것을 묘사했다. 그

녀가 넓은 강, 작은 배를 보는데 눈앞에 사랑하는 사람의 모습이 나타
난다.

즉, "두 다팔머리 내려뜨린 저 님 나의 짝 될 사람, 담피양모 실유아
의髧彼兩髦 實維我儀" 고대의 남자가 어른이 되기 전에는 머리카락을
늘어뜨려 눈썹에 길이를 일치시켰고, 두 방향으로 나누어 빗었는데,
이를 '양모兩髦'라고 불렀다.

"피彼"는 어떤 한 사람을 특별히 지칭하는 것이다. 처녀는 그 머리
카락을 양쪽으로 나누어 빗질한 남자가 바로 자기가 찾는 결혼 상대
라는 것을 솔직히 말한다. 이것은 본래 기쁜 일이지만 불행하게도 그
들의 사랑이 심각한 장애에 이르렀다는 것이다. 처녀는 자신의 태도
를 대담하게 표시한다. 즉, "맹세코 죽어도 다른 마음 없으리, 지사시
미타之死矢靡他" 바로 죽어도 변심하지 않겠다고 맹세한 것이다.

처녀의 사랑은 누구 때문에 지장을 받고 있나? "어머니도 하느님도
내 마음을 헤아려주지 못하네, 모야천지 불량인지母也天只 不諒人只"
이 두 구절은 우리에게 답안을 알려준다. 알고 보니 그녀의 어머니가
그들의 결혼이 성사되지 못하게 한다. 가장家長의 간섭에 직면하여

용감하고 굳건하게 사랑을 추구하던 처녀는 어쩔 수 없이 하느님과 어머니를 부르며 자기의 울분을 표시하고, 부모와 하느님이 이해해 주지 않는 것을 원망한다. 이것으로 보건대, 부모가 독단적으로 상대를 정해 주는 혼인제도가 일찍이 봉건사회 초기에 이미 남녀 청년의 자유연애의 심각한 위협이 되었음을 알 수 있다.

제 2장의 내용은 제 1장과 비슷하다. 결혼 문제 때문에 마음이 심란해진 처녀가 강물 위의 작은 배가 자기에게로 점점 다가오는 것을 보고 있다. 그녀의 눈앞에는 사랑하는 사람의 모습이 나타난다. 사실은 배가 강을 항해함으로써 생기는 환상이다. 어머니의 반대에 직면하여, 그녀는 죽을지언정 자신의 주장을 바꾸지 않겠다고 맹세한다. 만약 봉건 혼인제도가 시작할 때부터 냉혹하고 무정한 것이라고 말한다면, 청춘 남녀가 봉건 혼인제도에 반대하며 자유 결혼을 추구하는 투쟁정신 역시 시작부터 용감하고 굳건했다고 할 수 있다.

이 시의 각 장 첫 부분은 모두 흥興을 일으키는 방법을 썼다. 강물의 출렁거림과 작은 배의 오르내림이 처녀 마음에 동요를 일으켰다. 그녀의 행복한 사랑이 어머니의 반대로 인해 물거품이 될 것 같은 예감이 들었을 때 원망의 정서가 고조되었다.

 **역대 제가의 평설**

《모시서毛詩序》: "〈백주柏舟〉는 공강共姜이 스스로 맹세한 것이다. 위衛나라 세자가 일찍 죽었는데, 그 아내가 수절하였다. 그녀의 부모는 억지로 개가를 시키려 하였다. 그러나 그녀는 맹세코 허락하지 않았기 때문에 이 시를 지어 거절했다."

요제항姚際恒《시경통론詩經通論》: "《모시서毛詩序》는 모두 틀렸다. 공씨孔氏가 말했다. '〈세가世家〉에 무공武公 화和가 공백共伯의 왕위를 찬탈하고 왕이 되어 5년 후에 죽었다.《초어楚語》에서는 옛날 위나라 무공武公이 아흔 다섯 살이었으나 여전히 국정에 힘썼다.'고 했다. 그렇다고 해도 무공武公이 반드시 아흔 다섯 살 이후에 죽었다고 할 수는 없다. 따라서 무공武公이 즉위할 때 마흔 한두 살 이상이었고, 공백共伯은 그의 형이었으므로 당연히 나이가 더 많았다.'

여씨呂氏가 이 소疏를 보고 말했다. '공백共伯이 시해 당할 때, 그 나이가 무공武公보다 많았는데, 어찌 일찍 죽었다고 할 수 있겠는가? 모髦라는 것은 (결혼하기 전의) 자식이 부모를 모시고 살 때의 머리 모양이다. …… 이때 공백共伯은 모髦를 풀었는데 이 시에서 어찌 이 것을 "담피양모髧彼兩髦"라고 할 수 있는가? 이는 공백共伯이 일찍이 시해를 당한 일이 없고 무공武公도 일찍이 임금을 죽여서 그 자리를 빼앗은 일도 없었다.

내가 살펴 보건대 …… 어찌 《시서詩序》는 믿으면서 《사기 史記》를 의심할 수 있는가? …… 《시서詩序》에 '공강共姜이 스스로 맹세한 것이 다.'라고 말했는데 공백共伯은 이미 마흔 대여섯이었고, 공강共姜은 그 아내가 되었는데, 어찌 그 부모가 개가시킬 이유가 있겠는가? …… 공백共伯이 '세자世子가 되었다는 것'과 '일찍 죽었다'는 말은 더욱 이 치에 어긋난다. 그런 까닭에 이 시가 사실일 수 없다. 이 시는 정조있 는 아내의 남편이 일찍 죽게 되자 그 어머니가 그녀를 개가시키고자 하였으나 맹세코 죽어도 그것을 바라지 않는다는 작품이다."

진자전陳子展《시경직해詩經直解》: "〈백주柏舟〉는 정조 있는 과부가 개가하지 않겠다고 맹세한 시다."

강음향江陰香《시경역주詩經譯注》: "이 시는 위衛나라의 세자 공백

共伯이 일찍 죽자 그의 아내 공강共姜이 절개를 지키겠다는 뜻을 세웠
으나, 부모가 억지로 그녀를 개가시키려고 했다. 그래서 공강共姜은
이 시를 지어 자기의 절조를 표명한 것이다."

여관영余冠英《시경선詩經選》: "한 처녀가 스스로 결혼 대상을 찾아
서 죽어도 마음을 바꾸지 않겠다고 맹세하며 자기의 마음을 헤아려
주지 않는 어머니를 원망한 것이다."

정준영程俊英《시경역주詩經譯注》: "이 시는 한 처녀가 결혼의 자유
를 요구하며, '부모의 명령'에 대해 거역함을 밝히는 시로서 사랑의
진지함과 한결같음을 노래하고 있다."

양합명楊合鳴·이중화李中華《시경주제분석詩經主題辨析》: "이 시
는 여자가 자신의 사랑에 충실하여 목숨을 걸고 맹세하며 그 마음을
바꾸지 않겠다는 시다."

번수운樊樹雲《시경전역주詩經全譯注》: "이 시는 처녀의 연가戀歌
다. 한 처녀가 결혼과 연애의 자유를 쟁취하기 위해 자유롭게 배우자
를 선택하였으나 부모가 딸의 마음을 알아주지 않는 것에 대해 원망
의 소리를 내고 있다."

원매袁梅《시경역주詩經譯注》: "두 청춘 남녀가 진심으로 서로 사랑
하지만, 그들의 사랑은 도리어 부모의 반대에 부딪혔다. 한 여자의
몸으로서는 아무리 해도 어쩔 수가 없었다. 그러나 오히려 그녀는 노
예제 사회의 악습에 대해 굴복하려고 하지 않는다. 그녀는 그 청년과
사랑을 맹세하며 죽어도 마음을 바꾸지 않겠다고 강력하게 표명하였
으며, 또한 혼인의 자유를 쟁취하려는 투쟁의지와 노예제 사회의 불
합리한 제도에 반대하는 굳센 정신을 표현하였다."

고형高亨《시경금주詩經今注》: "이 시는 한 여자가 어떤 청년을 사
랑하게 되었으나 그녀의 부모가 그녀를 다른 사람에게 시집보내려

하자 그녀는 죽음을 걸고 맹세하며 받아들일 수 없음을 묘사했다."

김계화金啓華《시경전역詩經全譯》: "여자는 굳은 지조로 애정을 표현하고 어머니가 자기를 이해해 주지 않는 것을 원망한다."

원유안袁愈婺·당막요唐莫堯《시경전역詩經全譯》: "처녀는 결혼의 자유를 얻지 못하자 어머니에게 자신의 굳건한 사랑을 모두 털어놓고 있다."

# 3. 〈동문지선東門之墠〉 [정풍鄭風][1]

| | | |
|---|---|---|
| 東門之墠[2] | 동문지선 | 동문 밖 평평한 땅 |
| 茹藘在阪[3] | 여려재판 | 꼭두서니 무성한 비탈진 언덕 |
| 其室則邇[4] | 기실즉이 | 그의 집은 가깝기만 한데 |
| 其人甚遠 | 기인심원 | 그 사람은 너무나 멀어라 |
| | | |
| 東門之栗 | 동문지율 | 동문 밖 밤나무 숲 아래 |
| 有踐家室[5] | 유천가실 | 좋은 사람의 집이 있지 |
| 豈不爾思[6] | 기불이사 | 어찌 그대를 생각하지 않으랴만 |
| 子不我卽[7] | 자불아즉 | 그대가 나를 찾아오지 않았어라 |

......................

1 〈東門之墠(동문지선)〉: 여자가 짝사랑하는 것을 그린 민간 연가다.
  鄭風(정풍): 춘추시대 정鄭나라[지금의 하남河南 중부 지역]의 민간
  가요.

2 墠(선): 평평한 광장. 제사를 지내는 평지. 제사터.

3 茹藘(여려): 꼭두서니. 붉은 색을 염색하는 데 쓴다.
  阪(판): 비탈. 경사지. 산언덕.

4 室(실): 집.
  邇(이): 가깝다.

5 有踐(유천): 즉 踐踐. 좋은. 착한.

6 爾思(이사): 그대를 그리워하다. 思爾.

7 卽(즉): 접근하다. 가까이 하다. "我卽"은 "卽我"가 도치된 것이다.

감상과 해설

〈동문지선東門之墠〉이 시의 여주인공은 그녀의 이웃에 사는 한 남자를 사랑하게 되었다. 어떤 이유인지는 알 수 없으나 그 남자는 그녀를 가까이하지 않았다. 이것이 그녀에게 지척咫尺에 있지만 하늘 저쪽에 있는 것 같은 짝사랑의 고뇌를 일으키게 하였다.

이 시는 2장으로 나뉜다.

제 1장의 처음 두 구절은 그녀의 마음속으로부터 상대방이 사는 곳의 주변 환경을 묘사한다. 즉 그곳은 동문 외곽의 평탄한 곳이며 비탈에는 꼭두서니가 자라서 가득하다. 그녀가 고요하고 그윽한 곳을 대단히 동경하는 것은 자기가 사랑하는 사람이 그곳에 살기 때문이다.

게다가 "그의 집은 가깝기만 한데, 기실즉이其室則邇", 즉 그의 집이 그녀의 집으로부터 매우 가깝다. 이것이 그녀로 하여금 '집은 가까우나 사람은 멀고, 바라볼 수 있으나 다가 설 수 없는' 슬픔이 일어나도록 하였다. 이 처녀는 그와 가까워지길 바라지 않는가? 아래 장에 답이 있다.

제 2장의 처음 두 구절 역시 여자의 마음속으로부터 상대방이 사는 곳의 주변 환경을 묘사한다. 만약 제 1장에서 묘사한 것이 원경遠景이라면 제 2장에서 묘사한 것은 근경近景이다. "동문 밖 밤나무 숲 아래 좋은 사람의 집이 있지, 동문지율 유천가실東門之栗 有踐家室"은 그의 집이 동문 외곽의 밤나무 숲 아래에 있다는 것이다.

이 시의 여주인공은 그 남자의 집에 대해 무척 잘 알고 있다. 먼 곳의 비탈에 꼭두서니가 자라는 것을 알고 있을 뿐만 아니라 그의 집 앞에 밤나무 숲 까지도 알고 있다. 그녀는 이렇듯 먼 곳으로부터 가까운 곳까지 그 익숙한 집을 떠올리고 있다. 어쩌면 그녀는 눈이

뚫어지게 그 남자의 집을 바라보며 짝사랑하는 사람이 나타나기를 기다리고 있는 것일 지도 모른다. 안타까운 것은 비록 그녀가 이렇게 깊이 사랑하게 되었지만 여전히 집을 바라볼 수 있을 뿐 사람이 보이지 않는다는 것이다.

"어찌 그대를 생각하지 않으랴만, 기불이사豈不爾思"는 "설마 내가 당신을 그리워하지 않는단 말인가?" 라고 말하는 것이다. 이것은 일종의 대담한 애정 고백으로서, 처녀는 확실히 그를 가슴 깊이 사랑하여 자나 깨나 그를 잊지 않고 생각하고 있으며 언제라도 그를 만나보고 싶어 한다는 것을 말하고 있다. 처녀가 그와 가까워지길 바라지 않는 것이 아니고 "그대가 나를 찾아오지 않았어라, 자불아즉子不我卽", 곧 그 남자가 자기에게로 접근하지 않는다는 것이다. 그 남자는 처녀의 한 조각 짝사랑하는 심정을 저버린 것이다.

이 시의 전체에서 마음에 담고 있는 사람의 주거 환경을 묘사하여 급해서 참을 수 없을 정도로 상대방을 만나보고 싶어 하는 여주인공의 갈망渴望을 표현했다. 또한 "실이인원室邇人遠"의 극명한 대비로써 상대방을 만나 볼 수 없는 실망을 드러냈다. 또한 "기불아사豈不我思"와 "자불아즉子不我卽"의 강렬한 대비로서 가슴아픈 감정을 토로했다. 짝사랑하는 어떤 여자가 벗어날 방법이 없는 고뇌에 빠져든 것이다.

**역대 제가의 평설**

《모시서毛詩序》: "〈동문지선東門之墠〉은 난잡함을 풍자한 것이다. 남녀들 가운데 예禮를 치르지 않고 달아나서 함께 사는 사람들이 있었다."

주희朱熹《시집전詩集傳》: "동문의 곁에 광장이 있고, 광장의 밖에 비탈이 있고, 비탈의 위에 풀이 있다고 했으니 음란한 자들이 함께 있는 곳임을 알 수 있다. "실이인원室邇人遠"이라고 한 것은 그리워하나 만나 볼 수 없다는 말이다."

요제항姚際恒《시경통론詩經通論》: "이 시는 《모시서毛詩序》와 《시집전詩集傳》 이래로 음란한 시라고 여기지 않은 사람이 없었다. 그러나 나는 정조시[貞詩]라고 생각하는데 어찌 옳지 않겠는가? 남자가 이 여자에게 요구하지만 이 여자는 정조를 지키며 순종하지 않는다. 이러한 까닭에 남자에 대한 "실이인원室邇人遠"이란 탄식이 있는 것이다. 다음 장의 "불아즉不我卽"은 그 사람이 멀다고 묘사한 것이다. 여자는 정숙했다. 그래서 남자가 그 여자의 마음을 모르고 그의 뜻을 이루려고 했지만 음란한 짓을 할 수가 없었다."

《시의회통詩義會通》: "이 시는 아마도 시속時俗의 음란함을 미워한 시일 것이다. 남녀들 가운데 예를 기다리지 않고 결혼하여 사는 사람들이 있어서 동문東門으로 흥興을 일으킨 것이다.

"동문지선東門之墠"은 쉽게 갈 수 있는 지점을 말한다. "기실즉이기인심원 其室則邇 其人甚遠"은 예禮로서 하지 않으면 쉽게 행하는 일 가운데 어려운 일이 있게 된다는 것이다. "동문지율東門之栗"은 사물을 쉽게 얻는 것을 말한다. "기불이사 자불아즉豈不爾思 子不我卽"은 예禮로서 하지 않는다면 쉽게 얻는 가운데서 얻기 어려움이 있게 된

다는 것이다. 이로써 남녀 모두 마땅히 예를 필요로 한다는 것을 보였
을 따름이다.

　…… 지금 살피건대 이 시를 두고 만약 은둔하여 뜻을 구하는 노래
라 여기고, 남녀의 일을 다룬 작품이 아니라고 여긴다면 그 의미는
더욱 아름다울 것이다."

　진자전陳子展 《시경직해詩經直解》: "〈동문지선東門之墠〉은 아마도
남녀가 사랑을 구하며 주고받는 노래일 것이다. 이 노래는 2장으로
되어 있다. 하나는 "기실즉이 기인심원其室則邇 其人甚遠"이다. 그 의
미는 지척이 천리인 양 서로 가까이 갈 수 없어서 그리워하는 마음의
깊이를 극단적으로 말하는 것으로 볼 수 있는데, 이는 남자가 여자에
게 구애하며 건넨 말이 분명하다. 또 하나는 "기불이사 자불아즉豈不
爾思 子不我卽"이다. 그 의미는 그대가 예禮를 갖추어 나에게 다가오
면 된다는 것인데, 이는 여자가 남자를 그리워하여 대답한 말이 분명
하다. 이 노래는 남녀가 한번씩 주고받으며 부르고 화답하는 노래가
분명하다."

　전종서錢鍾書 《관추편管錐編》: "〈교동狡童〉·〈건상褰裳〉·〈풍豐〉·
〈동문지선東門之墠〉 등의 시는 자못 함께 감상할 만하다. 〈동문지선東
門之墠〉에서 "기불이사 자불아즉豈不爾思 子不我卽"이라고 하고, 〈건
상褰裳〉에서는 "자불아사 기무타인子不我思 豈無他人"이라고 했으며
〈왕풍王風·대거大車〉에는 "기불이사豈不爾思, 외자불분畏子不奔"이
라고 했다. 이 셋을 비교해 보면 재미가 있다."

　여관영余冠英 《시경선詩經選》: "이 시는 애정시이며, 여자가 노래한
것이다. 그녀는 사모하는 사람과 아주 가까이 살지만 두 사람의 관계
는 매우 소원疏遠하다. 그녀는 그를 그리며 그가 오지 않는 것을 원망
한다."

원매袁梅《시경역주詩經譯注》: "이 처녀와 애인은 아주 가까이 살고 있다. 그러나 고대 예속禮俗의 구속을 받아, 바라 볼 수 있지만 다가 갈 수 없어 지척咫尺이 천리인 양 깊은 탄식을 한다. 간절한 사모의 정이 시어의 표현에 넘쳐 난다."

원유안袁愈荌·당막요唐莫堯《시경전역詩經全譯》: "사랑하는 사람이 자기와 결혼하지 않는 것을 원망한 것이다."

김계화金啓華《시경전역詩經全譯》: "사랑하는 사람이 가까운 곳에 있지만 만나볼 수 없는 것이 너무나 고통스럽다."

고형高亨《시경금주詩經今注》: "여자와 남자가 사는 곳은 매우 가깝지만 자주 볼 수 없어서 여자는 남자가 자기 집에 와 주길 바란다."

번수운樊樹雲《시경전역주詩經全譯注》: "이 시는 한 쌍의 청춘 남녀가 문을 사이에 두고 대창對唱(대화의 문답 형식으로 노래를 부르는 창법)으로 부르는 정가情歌로서 그들 사이의 사랑의 정을 섬세하게 표현했다."

강음향江陰香《시경역주詩經譯注》: "이 시는 자기의 마음에 두고 있는 사람을 만나 볼 수 없다는 내용이다."

정준영程俊英《시경역주詩經譯注》: "이 시는 남녀가 서로 부르고 화답和答하는 민간 연가다. 시는 모두 2장인데 윗 장은 남자가 읊은 것이고, 아래 장은 여자가 읊은 것이다. 이 시는 대가對歌(민간의 주고받는 노래)의 한 형식이다. 옛 설에는 여자의 음란한 짓을 풍자한 것이라고 하였으나 결코 이 시의 본뜻에 어울리지 않는다."

# 4. 〈자금子衿〉 [정풍鄭風][1]

| 青青子衿[2] | 청청자금 | 푸르고 푸른 님의 옷깃 |
|---|---|---|
| 悠悠我心[3] | 유유아심 | 내 마음에 시름 안기네 |
| 縱我不往 | 종아불왕 | 나는 비록 못 간다 해도 |
| 子寧不嗣音[4] | 자녕불사음 | 님은 어찌 소식이 없는지 |

| 青青子佩[5] | 청청자패 | 푸르고 푸른 님의 패옥 끈 |
|---|---|---|
| 悠悠我思 | 유유아사 | 내 가슴에 시름 안기네 |
| 縱我不往 | 종아불왕 | 나는 비록 못 간다 해도 |
| 子寧不來 | 자녕불래 | 님은 어찌하여 오지 않는가 |

| 挑兮達兮[6] | 도혜달혜 | 한 곳을 왔다 갔다 하며 |
|---|---|---|
| 在城闕兮[7] | 재성궐혜 | 성루에도 올라가 보네 |
| 一日不見 | 일일불견 | 하루만 못 보아도 |
| 如三月兮 | 여삼월혜 | 석 달을 안 본 듯 하네 |

....................

1 〈子衿(자금)〉: 이 시는 한 여자가 성루에서 사랑하는 사람을 기다리
  는 초조한 마음을 표현하고 있다.
  鄭風(정풍): 정국鄭國의 민간가요.
2 子(자): 시에서 아가씨의 연인을 가리킨다.
  衿(금): 襟(금)과 같으며, 옷깃을 뜻한다. 어떤 사람은 紟(금)의 가차
  자假借字라고 본다. 紟(금)은 패옥을 묶는 끈이다.
3 悠悠(유유): 근심하는 모양.
4 寧不(녕불): 어찌~하지 않는가.

嗣(사): 《한시韓詩》에서는 '詒(이)'로 되어 있는데, 보낸다는 의미이다.

音(음): 소식.

5 佩(패): 패옥을 매는 끈을 가리킨다.

6 挑達(도달): 한 곳을 왔다 갔다 하다.

7 城闕(성궐): 성문 양쪽의 망루로서, 남녀가 항상 밀회하던 곳이다.

 감상과 해설

〈자금子衿〉 이 시는 사람을 감동케 하는 광경을 묘사하고 있다. 한 아가씨가 성루에서 애인을 기다리는데 기다리고 기다려도 그의 모습은 보이지 않는다. 마음속의 초조함을 참을 수 없어 성루에서 끊임없이 왔다 갔다 한다.

이 시는 3장으로 구분된다.

제 1장에서 아가씨는 연인과 만나기를 간절히 바라면서 그의 푸른 옷깃을 생각하고 머리 속으로 그의 뚜렷한 형상을 떠올린다. 절실하게 기다리기 때문에 근심과 원망으로 확대된다.

아가씨가 말한다. 나는 여자라서 당신을 찾아가서 만나는 것이 불편하다. 당신은 사내로서 왜 이렇게 소식을 끊고 있는가? 원래 아가씨와 그 사랑하는 남자는 일찍이 이곳에서 만났고, 게다가 감정까지 싹텄는데 무엇 때문에 나중에 만날 기회를 잃게 되었는지 모른다. 이번에 아가씨는 만날 약속도 하지 않은 채, 이전에 만났던 곳에서 그를 계속 기다리는데, 어떻게 그가 올 때까지 기다릴 수 있겠는가?

제 2장에서 아가씨는 초조하게 애인과 만나기를 기다리면서 또한 그가 패옥을 묶었던 푸른 끈을 생각하고 있다. 그녀는 마음속의 그 사람이 자신의 눈앞에 나타나길 얼마나 바랬던가! 하지만 그는 끝내

얼굴을 나타내지 않는다. 아가씨가 원망하며 말한다. 설사 내가 아직 당신과 약속을 하지 않았더라도 설마 당신이 나를 만나러 이곳으로 올 수 없는 것은 아니겠지요?

제 3장은 아가씨가 성루에서 왔다 갔다 하며 애타게 연인을 기다리는 정경을 묘사하고 있다. 그녀는 약속조차 하지 않은 이러한 만남이 한 가닥의 희망조차 없다는 것을 분명히 알고 있지만, 일부러 간절히 바라면서 기다리고 있다. 그녀는 하루 동안 그를 보지 못한 것이 마치 석 달이나 된 것처럼 길게 느껴진다. 이는 매우 열렬하고 솔직한 애정을 표현한 것이다. 그 남자에게도 이런 뼈에 사무치는 그리움이 있는지 없는지 모르지만, 그가 이 같은 다정한 아가씨를 저버리지 않기 바란다.

### 🏛 역대 제가의 평설

《모시서毛詩序》: "〈자금子衿〉은 학교가 피폐함을 풍자한 것이다. 난세에는 학교에서 수업을 할 수 없었다."

공영달孔穎達 《모시정의毛詩正義》: "정鄭 나라가 쇠퇴하고 혼란하여 학교에서 수업이 되지 않자, 배우는 사람들이 서로 흩어져서 떠나간 사람도 있고 남아서 머무른 사람도 있었다. 그러므로 남아 있는 자가 떠난 자를 원망하고 질책하는 말을 진술함으로써 학교의 피폐함을 풍자한 것이다."

주희朱熹 《시집전詩集傳》: "이 또한 사통의 시다."

《시의구침詩義鉤沈》: "왕씨王氏가 말하였다. 세상이 혼란하여 상류 계급에서 태어난 사람조차 배우지 못해 근본으로 되돌아가서 추구할 줄 모른다. 단지 말류에 휘말려 눈앞의 근심에 얽매이고 온갖 세상사와 부합하지 않은 것을 배웠다. 이것이 학교가 피폐한 까닭이다.'" "'사음嗣音'에 대해서는 왕씨도 현악에 맞추어 노래 부르는 소리'라고 했다. ……'재성궐在城闕'이란 학교가 고을에서 피폐하게 된 것이다. '일일불견 여삼월혜,一日不見 如三月兮'에 대해서는 모씨毛氏가 말하였다. '예악禮樂은 하루라도 그만두어서는 안 된다는 말이다.'"

요제항姚際恒 《시경통론詩經通論》: "〈소서小序〉에서 '학교가 피폐함을 풍자한 것이다'라고 말한 것은 근거가 없다. 이 또한 벗을 그리워하는 시가 아닌가 한다. '종아불왕 縱我不往'이란 말을 완미해 보면, 당연히 스승이 제자에게 한 말이다."

오개생吳闓生 《시의회통詩義會通》: "《전箋》에서 말했다. '학생들이 함께 학교에 있었다가, 자기는 남고 그들은 떠났으므로 그들을 그리워하는 것이다.' 정자程子는 '세상이 혼란하여 학업을 버리자, 현자賢者가 그것을 생각하니 슬프고 마음이 아프다'라고 평가하였으니, 바로 스승 유자儒者가 학생을 그리워하는 말이라고 생각된다. 가지 못한다는 것은 가르치러 가지 못한다는 뜻이다. 고광예顧廣譽가 말하였다. '소疏에서는 이렇게 말하였다. 학교가 피폐했다고 말한 것은 나라 사

람들이 학문을 그만두었다는 것이지, 학교가 못쓰게 훼손된 것을 말
하는 것이 아니다.' 과연 옳은 말이다. 학교를 세우고서도 강의하지
않는 것은 세우지 않은 것과 같다. 이때는 오히려 선왕이 선비를 가르
치던 유법을 계승하기 위해서 스승이 된 자가 학교가 피폐함을 보고
곧 근심이 야기된 것이다.' 옛날에는 다음과 같이 비평하였다. 즉 시
의 앞 두 장은 에돌고 절묘하며 구성지고 완곡하다."

강음향江陰香《시경역주詩經譯注》: "학교가 황폐해진 것을 풍자한
시다."

진자전陳子展《시경직해詩經直解》: "〈자금子衿〉은 아마도 엄한 스
승, 유익한 벗이 서로 격려하는 시일 것이다. 학교가 피폐하자, 스승
과 붕우의 도가 궁핍해졌다."《모시서毛詩序》에서 학교가 피폐함을
풍자했다고 평가한 것은 근본을 미루어 말한 것으로서, 시의 뜻을 손
상하지 않았다. 게다가 그것을 역사에서 증명할 수 있다. …… 또한
《변설辨說》에서 말하였다. '사의辭意가 경박하여 학교에 그런 언어를
사용하기에는 더욱 유사하지 않다.' 위원魏源의《시서집설詩序集說》
에서는《모서毛序》,《주전朱傳》두 설의 사이에서 중재하여 말하였다.
'도달성궐 挑達城闕은 말하자면 푸른 옷깃의 선비들이 유흥가에 드나
드는 것이라고 여겼으므로, 학교가 피폐함을 풍자한 것은 곧 음란함
을 풍자한 것이다.' 이 말은 더욱 오류가 있다."

여관영余冠英《시경선詩經選》: "이 시는 한 여자가 성궐에서 그녀의
애인을 기다리고 있는 것을 묘사하고 있다."

고형高亨《시경금주詩經今注》: "이것은 여자가 연인을 그리워하는
짧은 노래다."

양공기楊公驥《중국문학中國文學》: "시에서 보면, 한 쌍의 연인 사
이에 오해가 발생한 것 같다. 처녀의 긍지와 수줍음은 그녀로 하여금

먼저 그에게 가는 것을 부끄럽게 하지만, 그녀는 또한 남몰래 그를 그리워하고 있다."

원매袁梅《시경역주詩經譯注》: "한 여자가 애인과 이별할 때, 사모하고 근심하며 눈이 빠지도록 기다리면서 애인이 소식을 전해오거나 훌쩍 와주기를 바라고 있다. 자기도 모르게 옛날에 밀회할 때 정이 깊어서 헤어지기 어려웠던 것을 회상하니, 생각나는 이별의 슬픔이 유달리 심하다. 하루만 못 보아도 석 달이나 못 본 듯이 길기만 하다"

양합명揚合鳴, 이중화李中華《시경주제변석詩經主題辨析》: "열애하고 있는 청춘남녀는 항상 매우 사소한 이유로 여러 겹의 심리적 파란을 야기시킨다. 이 시의 여자도 바로 이러한 심리 상태에 처해 있다."

번수운樊樹雲《시경전역주詩經全譯注》: "이는 옛일을 생각하는 시다. 한 다정한 처녀는 푸른 옷깃의 공부하는 사람을 깊이 사랑하고 있다. 그녀는 공부하는 사람이 만날 약속을 하지 않는 것을 원망할 뿐만 아니라, 그가 편지조차 전하지 않음을 더욱 원망하고 있다. 처녀가 옛일을 회고하며 초조히 여기는 심정을 표현하고 있다."

김계화金啓華《시경전역詩經全譯》: "여자가 몹시 초조하게 애인을 기다리면서 성루 위에서 왔다 갔다 하는데, 하루만 못 보아도 마치 석 달은 못 본 듯하다."

정준영程俊英《시경역주詩經譯注》: "이는 한 여자가 애인을 그리워하는 시다. 《모시서毛詩序》에서 이 시는 난세에 학교가 피폐함을 풍자한 것이라고 말했다. 그러나 우리는 이 시에서 학교가 피폐한 어떤 흔적도 찾을 수 없다."

# 실연

**失戀**: 잃어버린 사랑

　실연은 고통이다. 어떤 사람은 실연을 당한 뒤에 먹지도 못하고 자지도 못하며, 스스로 헤어나지 못할 만큼 고통스러워한다. 어떤 사람은 실연을 당한 뒤에 마음을 저버린 사람을 몹시 원망하면서도 애정의 끈을 끊어버리지 못한다. 어떤 실연자는 이성으로 감정을 통제하면서 스스로 위로하며 고통을 줄여나간다. 실연한 사람이 강한 사람이 될 수 있을까? 그 관건은 사랑을 잃었지만 의지를 잃지 않는데에 있다.

　〈교동狡童〉(정풍鄭風) 시에서 한 쌍의 연인은, 원래 감정이 잘 맞았고 또한 항상 함께 밥을 먹었다. 후에 둘 사이에 갈등이 생기자, 청년이 아가씨를 거들떠보지도 않고, 그녀와 밥도 함께 먹지 않는다. 이는 아가씨로 하여금 마음을 조급하게 만들어 밥도 먹지 못하고, 잠도 자지 못하여 실연의 고통 속에 빠지게 하였다.

　〈고구羔裘〉(당풍唐風) 시에서 아가씨는 한 젊고 깔끔한 청년을 사랑하게 되고, 또한 열정적인 사랑의 시절을 보낸다. 나중에 청년은 점점 아가씨에게 냉담하고, 그녀를 거들떠보지도 않으며, 매우 오만한 태도를 보인다. 이 때문에 아가씨는 너무나 괴로워서, 변심한 이 남자와 단호하게 관계를 끊으려 하지만, 여전히 옛사랑을 그리워하고, 헤어짐을 견디지 못한다.

〈강유사江有汜〉(소남召南) 시에서 한 청년은 실연의 고통에 부딪히게 된다. 그는 일찍이 사랑을 나누었던 아가씨가 다른 사람에게 시집가는 것을 뻔히 눈 뜬 채로 보고 있다. 아가씨가 시집가던 바로 그 날, 그는 노랫소리로 마음 속 고통을 스스로 위로한다. 노랫말의 대강의 뜻을 말하자면, 아가씨는 이후에 반드시 후회하고 슬퍼할 것이며, 그녀는 나의 곁으로 돌아올 것이라는 내용이다.

# 1. 〈교동狡童〉 [정풍鄭風][1]

| 彼狡童兮[2] | 피교동혜 | 저 교활한 녀석은 |
| 不與我言兮[3] | 불여아언혜 | 나와 말도 하지 않네 |
| 維子之故[4] | 유자지고 | 그대 때문에 |
| 使我不能餐兮 | 사아불능찬혜 | 나는 밥도 못 먹게 되었네 |

| 彼狡童兮 | 피교동혜 | 저 교활한 녀석은 |
| 不與我食兮[5] | 불여아식혜 | 나와 밥도 먹지 않네 |
| 維子之故 | 유자지고 | 그대 때문에 |
| 使我不能息兮[6] | 사아불능식혜 | 나는 잠도 못 자게 되었다네 |

..................

1 〈狡童(교동)〉: 여자가 실연당한 것을 쓴 시다.

　鄭風(정풍): 춘추시대 정국鄭國(지금의 하남성河南省 중부 지역)의
　민간가요.

2 彼(피): 저.

　狡(교): 교활하다.

　童(동): 소년 남자에 대한 친근하고 허물없는 호칭.

　狡童(교동): 오늘날의 교활한 녀석이란 말과 같다.

3 言(언): 여기에서는 서로 이야기하는 것을 가리킨다.

4 維(유): 以(이), ~때문에.

　子(자): 그대.

5 食(식): 여기에서는 함께 먹는 것을 가리킨다.

6 息(식): 편히 자다.

### 감상과 해설

〈교동狡童〉이 시가 묘사하고 있는 것
은 이렇다. 한 쌍의 젊은 연인이 갑자기
틈이 생겨서 남자가 이미 여자를 상대조
차 하지 않는다. 이는 여자로 하여금 끝없
는 고통 속으로 빠져들게 한다.

시는 2장으로 구분되는데, 여자의 어
조로써 실연의 고민을 묘사하고 있다.

제 1장에서 그 "교동狡童"은 자기와 말
하려고 하지 않는다. 이 때문에 자기는
밥조차 먹지 못할 정도로 초조함을 묘사하고 있다. 하지만 밥을 먹지
않으니 어떻게 해야 되겠는가? 양쪽 가정의 도움으로 화해하고 "교동
狡童"을 설득하여 여자와 함께 밥을 먹도록 했다면, 아마도 그들의
갈라진 틈을 없애고 관계를 회복했을 것이다. 그러면 그 결과는 어떠
했을까?

제 2장은 그 "교동狡童"이 여자와 함께 밥을 먹으려고 하지 않음을
말하고 있다. 이렇게 되자, 그들의 틈은 없어지지 않을 뿐 아니라 더
욱 깊어진다. 여자는 밥을 먹지 못할 뿐만 아니라 잠조차 제대로 자지
못할 정도로 초조해지고, 온종일 실연의 고통 속에 빠져 있다.

시 전체를 자세히 읽어보면, 여자의 복잡한 감정을 포착하고 그녀
의 독특한 개성을 파악할 수 있다. 그녀는 실연한 후에 물론 끝없는
고통을 겪지만 결코 비관적으로 절망하지 않는다. 그녀는 상대방을
"교동狡童"이라고 부르는데, "교狡"는 교활하다는 의미로 질책하는 말
이다. "동童"은 친근하고 허물없는 호칭이다. 말할 때마다 "교동狡童"

이라 외치면서, 여자는 사랑하는 사람이 자기를 상대조차 하지 않는 것에 대해 비록 매우 분노하지만 마음속 깊은 곳에서 여전히 상대방을 사랑하고 있다.

그녀는 솔직하게 자기가 밥을 먹지 못하고 잠조차 이루지 못하는 고통을 전부 숨김없이 털어놓고 있다. 자기 고통의 원인을 "유자지고維子之故"라고 귀결시키며 조금도 꺼려하거나 숨기지 않으며, 솔직하고 명랑한 성격을 표현하고 있다. 다만 여자와 "교동狡童" 사이의 애정 풍파가 잠시뿐이길 바란다!

 **역대 제가의 평설**

《모시서毛詩序》: "〈교동狡童〉은 태자 홀忽을 비난한 것이다. 현인賢人과 더불어 일을 도모하지 않아서 권신權臣이 명령을 듣지 않고 제멋대로 행동하게 되었다."

주희朱熹《시집전詩集傳》: "이 또한 음녀가 절교를 당하여 그 남자를 희롱하는 말이다. 자기를 좋아하는 사람이 많아서, 그대가 비록 만나주지 않더라도 나로 하여금 밥을 먹지 못할 정도까지 이르게 할 수는 없다고 말한다."

요제항姚際恒《시경통론詩經通論》: "〈소서小序〉에서는 태자 홀忽을 비난한 것이라 말하고, 군君을 '교동狡童'이라 부르며 만족하게 여기지 않는 것처럼 보인다. 어떤 사람은 제중祭仲을 비난한 것이라 말하는데, 제중祭仲이 이때 아이[童]가 아니었다는 것을 옛 사람들은 이미 판별하였다. 이 편과 앞 편(역자 주: 《시경》의 원래 순서에 의한 탁혜蘀兮 편을 말함)에는 모두 깊게 시대를 근심하는 뜻이 담겨 있으니,

대체로 어지러운 정鄭 나라 조정의 일이다. 그 가리키는 바가 어떤 사람 어떤 일인지 알 수 없다."

오개생吳闓生《시의회통詩義會通》: "주자朱子가 말하였다. '소공昭公은 불행히도 나라를 잃었지만, 악행이 있는 것은 아니었는데 어찌 서둘러 교활한 사람으로 보려는가? 게다가 소공의 사람됨은 교활하다고 말할 수 없다. 나이도 이미 장성했으므로 동童이라 말할 수 없다. 이것으로써 그를 부르는 것은 전혀 어울리지 않는다. 살펴 보건대 기자箕子의〈맥수지가麥秀之歌〉에서 또한 '피교동혜 불여아호혜彼狡童兮 不與我好兮'라고 했으니 이는 아마 옛 사람에게도 이러한 호칭이 있었던 같다. 이 시의 근거가 된다."

강음향江陰香《시경역주詩經譯注》: "간악한 권력자가 국왕을 우롱하는 것을 한탄한 시다. 일설에서는 음녀가 버림당한 말이라고 한다."

진자전陳子展《시경직해詩經直解》: "〈교동狡童〉은 정나라 어진 신하가 소공昭公 홀忽을 풍자한 것으로서, 깊이 신임하여 맡기지 못하자 이 시를 지은 것이다."

손작운孫作雲《시경여주대사회연구詩經與周代社會硏究》: "이는 여자가 남자에게 희롱하는 말로서 역시 농지거리 가사다."

여관영余冠英《시경선역詩經選譯》: "한 쌍의 연인이 중도에 감정의 변화가 발생하였고, 여자는 실연의 고통 속으로 빠져들었다."

고형高亨《시경금주詩經今注》: "한 쌍의 연인은 우연히 모순이 생겼고, 여자는 근심이 생겨 마음이 불안해졌다."

정준영程俊英《시경역주詩經譯注》: "이는 여자가 실연당한 시가다. ……꽤 구성지는데, 옛 정을 그리워하여 결국 잠도 못자고 식사조차 잊을 지경에 이르게 된다."

남국손藍菊蓀《시경국풍금역詩經國風今譯》: "첫 사랑에 빠진 한 쌍의 젊은 남녀간의 애정이 중간에 어떤 변화가 발생하였는지 모른다. 여자는 끝내 실연의 역경에 처하게 되었는데, 이 시는 바로 이 여자의 실연 속의 고통을 묘사하고 있다."

원매袁梅《시경역주詩經譯注》: "한 여자와 그의 애인 사이에 모순이 발생하였고, 애인이 그녀를 상대하지 않자, 그녀는 말로 표현할 수 없는 고통을 겪으며 자고 먹는 일이 불안하다."

원유안袁愈荌, 당막요唐莫堯《시경전역詩經全譯》: "여자의 애인에 대한 원망이다."

김계화金啓華《시경전역詩經全譯》: "여자가 애정 때문에 고민하고 있다."

번수운樊樹雲《시경전역주詩經全譯注》: "이는 연시戀詩로서, 소녀가 청년에 대해 원망을 토로하면서 그녀의 깊은 사모의 정을 표현하고 있다."

## 2. 〈고구羔裘〉 [당풍唐風]<sup>1</sup>

| 羔裘豹袪<sup>2</sup> | 고구표거 | 양피 저고리에 표피 소매 |
|---|---|---|
| 自我人居居<sup>3</sup> | 자아인거거 | 나의 님은 너무 거만하네 |
| 豈無他人 | 기무타인 | 설마 다른 사람이 없을까마는 |
| 維子之故<sup>4</sup> | 유자지고 | 당신과의 옛 정 때문에 |

| 羔裘豹袖<sup>5</sup> | 고구표수 | 양피 저고리에 표피 소매 |
|---|---|---|
| 自我人究究 | 자아인구구 | 나의 님은 너무 오만하네 |
| 豈無他人 | 기무타인 | 설마 다른 사람이 없을까마는 |
| 維子之好<sup>6</sup> | 유자지호 | 당신과 잘 지냈기 때문에 |

..................

1 〈羔裘(고구)〉: 어떤 실연당한 여자가 사랑하는 이에게 속마음을 나타
  낸 노래다.
  唐風(당풍): 춘추시대 당나라(나중에 진晉나라로 바뀌었고, 옛 땅은
  지금의 산서성 익성翼城 일대)의 시가.
2 羔裘(고구): 양피 저고리.
  豹袪(표거): 표범 가죽을 박은 소맷부리.
3 自我人(자아인): 나의 사람(나의 사랑하는 사람).
  居居(거거): 곧 倨倨(거거)다. 오만하고 예의가 없으며, 다른 사람을
  미워하는 모양.
4 維(유): 왜냐하면.
  故(고): 오래 사귄 친구.
5 袖(수): 袖(수)와 같다. 소맷부리.
6 好(호): 사랑하다. 好와 故는 서로 그 뜻을 만족시킨다. 합쳐서故好
  [옛부터 좋아함]가 된다.

## 감상과 해설

〈고구羔裘〉 이 시는 한 실연한 여자가 속마음을 독백하는 것이다. 전체 시는 모두 2장이다.

제 1장 첫 구 "양피 저고리에 표피 소매, 고구표거羔裘豹袪"는 마음에 두고 있는 사람의 옷차림을 묘사하고 있다. 그는 양피 저고리를 입고 있으며, 양피 저고리의 소맷부리에는 표범가죽 테두리가 박혀져 있다. 입고 있  는 것으로 보면, 이 사람은 매우 멋있는 사람이다. 시에서 의미를 추측해보면, 시의 여주인공은 그를 아주 깊게 사랑하고 있고, 그들 둘은 일찍이 사랑했던 시절이 있었다.

그러나 나중에, "나의 님은 너무 거만하네, 자아인거거自我人居居"라 하여, 그는 그녀에게 소원하게 대했고, 결국 거들떠보지도 않으면서 오만무례한 모습을 드러내게 되었다. 시의 여주인공이 실연하고 나서, 그녀가 사랑을 저버린 사람과 단호하게 관계를 끊으려고 일찍이 생각했지만, 다시 옛 정을 잊지 못하여 헤어지는 것을 견디지 못한다.

"설마 다른 사람이 없을까마는 당신과의 옛 정 때문에, 기무타인유자지고豈無他人 維子之故."의 뜻은 이렇다. "내가 설마 다른 짝을 찾을 수 없겠는가? 단지 당신과의 옛정 때문인 것이네!" 이것이 바로 여주인공의 마음의 갈등을 스스로 서술한 것이다.

제 2장 첫 두 구 "양피 저고리에 표피 소매 나의 님은 너무 오만하

네, 고구표수 자아인구구羔裘豹袖 自我人究究"는 다시 한 번 청년의
그 멋진 옷차림과 오만한 표정을 묘사하고 있다. 그는 양피로 된 긴
옷을 입고 있어서, 높아 보이기에 올라가지 못할 것처럼 보인다. 옛날
의 연인은 그의 눈에 낯선 사람이 되어 버렸다. 보아하니, 이 남자가
아가씨를 상대하지 않는 것이다.

"설마 다른 사람이 없을까마는, 기무타인豈無他人" 새로운 짝을 찾
을 수 있다면 아가씨는 마땅히 사랑을 저버린 사람과 헤어져야 한다.

"당신과 잘 지냈기 때문에, 유자지호維子之好" 그녀는 또 여전히 상
대방을 사랑하고 있고, 떠나는 것을 견디지 못한다. 한 사람은 간절히
사랑하고 있지만, 한 사람은 상대조차 하지 않으니 치정녀癡情女(애
정에 미친 여자)와 배신남背信男(사랑을 저버린 남자)은 선명한 대비
를 이룬다. "유지지고維子之故"와 "유자지호維子之好"는 한 실연한 여
자가 사랑을 저버린 남자에게 마음을 돌려 다시 옛 정으로 되돌아가
고자 하는 기대를 나타내고 있다. 아가씨의 어리석은 마음이 상대방
을 감화시킬 수 있을지 모르겠다.

 **역대 제가의 평설**

《모시서毛詩序》: "〈고구羔裘〉는 시대를 풍자한 것이다. 진晉 나라
사람들이, 높은 자리에 있으면서 그 백성을 구휼하지 않는 자를 두고
풍자한 것이다."

정현鄭玄《모시전전毛詩傳箋》: "양피 저고리, 표피 소매는 경, 대부
의 자리에 있을 때의 복장이다. 그 담당하는 일은 우리 백성들을 부려
먹는 것이고, 그 뜻은 오만 무례하여 게으르며, 악한 마음이 있어서

백성의 어려움을 구휼하지 않는다." "이 백성은 경, 대부가 관할하는
영지의 백성이다. 그리하여 말하기를, 어찌 다른 사람에게 돌아가지
못하겠는가? 내가 가지 않는 것은 바로 당신이 오래 사귄 친구임을
생각했기 때문이다."

주희朱熹《시서변설詩序辨說》: "시에서 아직 이러한 의미가 보이지
않는다."

요제항姚際恒《시경통론詩經通論》: "《모시서毛詩序》에서 높은 자리
에 있는 자를 풍자한 시라고 하였다. 《모전毛傳》에서는 '거거居居'를
해석하여 '마음속으로 미워하여 서로 사이가 좋지 않은 것 같은 모습'
이라고 번역했다. '구구究究'는 '거거居居'와 같다고 번역했다. 《이아爾
雅》에 이르기를 '거거居居, 구구究究는 미워하는 것'이라고 했다. 두
말을 합해보면 《모시서》에서 말한 것이 아마 옳을 것이다."

문일다聞一多《풍시유초風詩類抄》: "양피저고리에 표범가죽 소매의
당신은 당연한 것처럼 우리에게 오만하시군요. 설마 다른 사람이 없
다고 당신과 잘 지내지 않으면 안되는 것입니까?'

진자전陳子展《시경직해詩經直解》: "〈고구羔裘〉는, 아마도 노예가
노예주인 귀족의 흉악함을 풍자한 시인 것 같다." "《서序》의 설은 어
찌 잘못 말한 것이 아니겠는가? 3가三家에서도 다른 이의가 없다."

주자朱子의《변설辨說》에 이르기를, '시에서 아직 이러한 의미가 보
이지 않는다.'고 했다. 또 《주전朱傳》에 이르길, '기기居居는 미상이
다.' '구구究究 역시 미상이다.' '이 시에서 말하는 바를 알 수 없으니
억지로 해석해서는 안 된다.'고 했다.

호승공胡承珙이 이르길, '살펴보니 《여기呂記》에서 주씨朱氏를 인
용해 말하기를, 높은 자리에 있는 자가 그 백성을 구휼하지 않았기
때문에 아래 있는 자들이 이를 일컬어 저 복장은 양피가죽에 표범가

죽 소매를 두른 사람이라고 했는데', 이는 주자가 《모시서》에 근본하여 처음으로 말한 것이다.

또 그의 저서인 《집전集傳》에서도 '거거居居'와 '구구究究'의 의미는 미상이므로 억지로 해석해서는 안 된다고 했다. 대저 《이아爾雅》는 《시경詩經》을 해석한 원조로서 중고 시대에 흥행했으며, 또 모전毛傳, 정전鄭箋 이전에 존재하였다. 이것을 믿지 않으면 고서 가운데 증거할 수 있는 자료가 없다.

《모시사관기毛詩寫官記》에서는 오히려 '거거居居'. '구구究究'를 두고, 대부를 찬미하는 것으로 여겼다. 진실로 《이아爾雅》의 훈고는 멸시하여 버리고, 한낱 억측으로 해결했으니, 또 다시 어느 곳에서야 낮게 멈출 것인가?

김리상金履祥은 곧 '이것은 아내가 남긴 사랑의 가사'라고 여겼다. ⋯⋯"

원매袁梅 《시경역주詩經譯注》: "이것은 한 실연한 여자가 애인에게 속마음을 나타내는 노래다. 비록 그녀의 애인은 오만무례하지만 그녀는 여전히 진심으로 그에게 슬픈 마음을 다 털어 놓는다."

양합명楊合鳴, 이중화李中華 《시경주제변석詩經主題辨析》: "이것은 한 여자가 옛 정을 생각하지 않는 귀족 남자를 꾸짖는 시다."

번수운樊樹雲 《시경전역주詩經全譯注》: "애인에게 정을 끊지 말라고 사정하는 연애시다."

정준영程俊英 《시경역주詩經譯注》: "일설에 진나라 사람이, 높은 자리에 있는 자가 그 백성을 구휼하지 않음을 풍자한 것이라고도 하고, 또 일설에는 한 아가씨가 과거에 서로 사랑했던 귀족을 견책하는 것이라고도 한다."

김계화金啓華 《시경전역詩經全譯》: "통치자가 가엾은 백성들을 사랑하지 않음을 질책하는 것이다."

고형高亨《시경금주詩經今注》: "이것은 통치계급의 작품이다. 작자와 한 귀족이 원래 좋은 친구였다. 그러나 그의 지위가 비천하고 처지가 빈곤해지자 귀족이 그를 깔보았다. 그는 이 시를 지어 귀족을 풍자했다."

강음향江陰香《시경역주詩經譯注》: "이는 당시 관직에 있는 사람이 백성을 아낄 줄 모름을 말한 것이다."

## 3. 〈강유사江有汜〉 [소남召南]<sup>1</sup>

| | | |
|---|---|---|
| 江有汜<sup>2</sup> | 강유사 | 강에 지류가 있거늘 |
| 之子歸<sup>3</sup> | 지자귀 | 그녀는 시집 가네 |
| 不我以<sup>4</sup> | 불아이 | 나를 마다하고 |
| 不我以 | 불아이 | 나를 마다하였으니 |
| 其後也悔<sup>5</sup> | 기후야회 | 뒷날 뉘우칠꺼야 |
| | | |
| 江有渚<sup>6</sup> | 강유저 | 강에 모래톱이 있으니 |
| 之子歸 | 지자귀 | 그녀는 시집 가네 |
| 不我與<sup>7</sup> | 불아여 | 나를 싫다하고 |
| 不我與 | 불아여 | 나를 싫다하였으니 |
| 其後也處<sup>8</sup> | 기후야처 | 훗날 근심할꺼야 |
| | | |
| 江有沱<sup>9</sup> | 강유타 | 강에 갈라진 물이 있기에 |
| 之子歸 | 지자귀 | 그녀는 시집 가네 |
| 不我過<sup>10</sup> | 불아과 | 내게 오지 않고 |
| 不我過 | 불아과 | 내게 오지 않았으니 |
| 其嘯也歌<sup>11</sup> | 기소야가 | 울부짖고 슬피 노래하겠지 |

..................

1 〈江有汜(강유사)〉: 이 시는 한 남자가 사랑에 실패한 후 스스로 원망하고 스스로 해명하는 가사다.

　召南(소남): 서주시대 소남(지금의 하남성과 호북성 사이에 있다) 지역의 시가.

2 汜(사): 주류로부터 갈라져 나와 다시 주류로 돌아가는 강.

**3** 之子歸(지자귀): 마땅히 之子于歸가 되어야 한다. 즉 이 여자는 시집
가네라는 뜻이다.

**4** 不我以(불아이): 즉 不以我. 나를 필요로 하지 않다. 以는 필요하다.

**5** 其後也悔(기후야회): 나중에 너는 스스로 후회할 것이다.

**6** 渚(저): 물 가운데의 육지. 작은 모래톱(흙이나 모래가 수중에 퇴적하
여 수면에 드러낸 땅)

**7** 不我與(불아여): 나를 사랑하지 않다. 與는 사랑하다.

**8** 處(처): 즉 瘋(서: 근심으로 병이 나다)와 같은 뜻으로 쓰였다. 근심하다.

**9** 沱(타): 강물의 지류.

**10** 不我過(불아과): 즉 不過我. 내게 이르지 않다. 過는 이르다.

**11** 其嘯也歌(기소야가): 이후에 너는 후회하며 괴로워서, 한편으로는 울
부짖고, 한편으로 고뇌하는 노래를 부를 것이다.

其(기): 장차.

嘯(소): 울부짖다.

문일다聞一多《통의通義》: "嘯歌는 곧 號歌(호가)이다. 통곡하면서
말하는 것인데, 그 말에는 또 음률과 어조가 있다."

 **감상과 해설**

한 젊은 남자가 연애를 하다 실패를 했는데, 그 아가씨가 다른 사람
에게 시집가는 것을 지켜보며, 그는 고통 속에서 이 〈강유사江有汜〉
시를 쓰기 시작했다.

전체 시는 3장으로 되어 있다.

제 1장 첫 구절 "강에 지류가 있거늘, 강유사江有汜"는 비흥구比興
句로, 숨은 뜻은 이렇다. 나는 흡사 강물과 같고 너는 마치 지류와
같아서 우리는 본래 네 속에 내가 있고, 내 안에 네가 있다. 그러나

지금 우리는 헤어져서 너는 나를 떠났구나.

"그녀는 시집 가네 나를 마다하고, 지자귀 불아이之子歸 不我以", 이것은 시에서 실연한 젊은 남자가 자신의 처지를 하소연하는 것이다. 일찍이 그와 서로 사랑했던 여자가 마음이 변해서 다른 사람과 서로 좋아하게 되고, 게다가 시집까지 갔으므로 다시는 그를 필요로 하지 않을 것이다. 한 남자가 사랑을 하다가 이러한 상황을 만난다면 확실히 매우 견디기 힘들 것이다.

어떻게 할 것인가? 슬프고 걱정스러운 심연에 빠져 스스로 벗어날 수 없을 것인가? 아니면 자신으로 하여금 즉시 벗어날 수 있도록 노력하겠는가? 시에서 실연한 남자는 후자의 길을 선택하였다. 곧 여자가 시집가는 그날, 그는 매우 자신있게 말했다.

"나를 마다하였으니 뒷날 뉘우칠꺼야, 불아이 기후야회不我以 其後也悔" 이 뜻은 네가 나를 사랑하지 않았으니 이후에 반드시 후회할 것이다. 이러한 표명에 대해서 마땅히 자기 자신을 위로하는 것으로 보아서는 안되고, 마음속에서 우러나오는 참된 말로 이해해야 한다. 왜냐하면 시의 남자 주인공은 진심으로 그 여자를 사랑했기에, 나중에 그 여자가 깨닫게 되면 당연히 진심으로 그녀를 사랑해준 연인을 잃은 것을 스스로 후회할 것이기 때문이다.

제 2장 첫 구 "강에 모래톱이 있으니, 강유저江有渚"는 흥을 일으키는 시구로서 세차게 흐르는 강물이 강 가운데의 모래톱에 부딪쳐 마치 두 방향으로 나뉘어 흘러가는 것처럼 남녀도 연애 도중에 감정의 변화 때문에 중도에서 헤어질 수 있다. 시의 남자 주인공은 바로 이러한 상황에 직면해 있다.

"그녀는 시집 가네 나를 싫다하고, 지자귀 불아여之子歸 不我與"는 일찍이 그를 사랑했던 여자가 마음이 변해서 다른 사람에게 시집갔다는

것이다. 이러한 인생의 불행을 만났으
나 그는 부정적인 비관이 없을 뿐만
아니라, 오히려 여자 측의 앞날을 위
해 걱정하고 있다.

"나를 싫다하였으니 훗날 근심할꺼
야, 불어여 기후야처不我與 其後也
處", 이것은 마치 그가 상대방을 각성
시키는 것 같다. "당신이 내게 시집오
지 않았으니 훗날 후회할 것이다."

이 청년은 이처럼 깊은 정에 빠졌
는데, 아가씨는 왜 그에게 시집가지

않았을까? 시에서 비록 설명이 없으나 원인을 보면 절대로 남자가
여자를 사랑하지 않았기 때문이 아니다. 아마 헤어진 후에도 이 남자
는 아직도 그 아가씨를 사랑하고 있는 것 같다. 그 원인은 또한 남녀
쌍방 관계의 불화 때문이 아닌 것 같다. 그들은 일찍이 한 줄기 강안
의 물과 같이 함께 융합되었다. 진정한 원인은 "강유저江有渚"로서 강
물이 사주를 만나서 두 방향으로 나뉘어 흘러가게 된 것이다.

이러한 모래톱과 같은 장애물은 무엇인가? 아마도 시의 남자 주인
공이 너무 빈곤하여 아가씨는 집안의 핍박에 시달리고, 또한 신분이
높은 다른 사람과 맺어져 부유한 남자에게 시집긴 것 같다. 만약 이렇
다면 훗날 그녀는 당연히 양심의 가책을 받아 스스로 변심한 사람이
되어버린 것을 평생토록 후회할 것이다.

제 3장 첫 구절은 "강에 갈라진 물이 있기에, 강유타江有沱"로써 흥
을 일으켰다. 지류가 본래의 길을 떠나 도중에 막혀서 뒤집혀진 물보
라처럼, 아가씨는 진정으로 그녀를 사랑하는 사람을 떠나 그녀를 사

랑하지 않는 사람에게 시집갔다.

남자 주인공은 훗날 아가씨가 반드시 "내게 오지 않았으니 울부짖고 슬피 노래하겠지, 불아과 기소야가不我過 其嘯也歌", 곧 후회할 뿐만 아니라 소리를 길게 내서 읊조리고 슬픔과 울분의 마음을 나타낼 것이라고 단정한다. 이것은 일부러 격한 말을 통해 놀라게 하려는 것 같지는 않고, 오히려 속사정을 깊이 알고 있는 것 같다. 그는, 아가씨가 그 남자에게 시집간 후 행복을 얻을 수 없을 것이고, 오직 한 평생 괴로울 것이며, 눈물로 얼굴을 씻는 나날들을 보낼 것이라고 예상한다. 그녀는 그 박정한 남자에게 시집가서는 안되는 것이다.

시에서 이 젊은 남자는 사랑하는 아가씨가 다른 사람에게 시집간 이후에 마음은 비록 괴로웠으나 의기소침하지 않고, 더욱이 아가씨를 원수로 여기지도 않는다. 아가씨가 시집가던 그날, 그는 아가씨가 오늘 이후 반드시 후회할 것이라고 예측하고, 게다가 그녀의 오늘 이후의 앞날을 위해 걱정한다. 시에서 "강유사江有汜", "강유저江有渚", "강유타 江有沱"가 가리키는 것은 한 줄기 강물이 잠시 본래의 길을 떠났지만, 그것은 결국 본래의 길로 흘러 돌아와 본래의 길 안에 있는 강물과 다시 한번 함께 융합하는 것이다. 시에서 젊은 남자는 이미 이렇게 흥을 일으킨 이상, 그는 곧 치정 속에서 아가씨가 때가 되면 후회하여 자신의 '본래의 길'로 돌아오기를 기다리고 있다.

 **역대 제가의 평설**

《모시서毛詩序》: "〈강유사江有汜〉는 잉첩을 찬미하는 것이다. 잉첩이 수고로워도 원망하지 아니하므로 본처를 후회할 수 있게 하였다.

문왕 때 양자강과 타강(역자 주: 사천성에 있는 양자강의 지류) 사이
에서 첩의 인원수를 제대로 채워 놓지 않은 본처가 있었다. 첩이 수고
로움을 당하면서도 원망하지 않자 본처도 역시 스스로 후회하였다."

주희朱熹《시서변설詩序辨說》: "시에서 열심히 일하면서 원망함이
없다는 의미를 찾아볼 수 없다."

문일다聞一多《시경신의詩經新義》: "이 시는 본래 강에 다른 흐름이
있다는 것으로써 남편의 애정도 한결같지 않음을 비유한 것이다."

강음향江陰香《시경역주詩經譯注》: "본처가 질투하는 마음이 있어
첩을 버리고 돌보지 않음을 말하는 것이다. 이후에 황후와 왕비들이
감화를 받아 스스로 마음속으로 뉘우치고 첩을 맞아 돌아왔다. 첩 또
한 원망하는 마음이 없었다. 일설에는 남자가 고향으로 돌아가면서,
여인을 외지에 버려두었기 때문에 이 시를 썼다고 한다."

진자전陳子展《시경직해詩經直解》: "〈강유사江有汜〉에 대해 금문파
·고문파 학자들이 대체로 다음과 같이 여긴다. 즉 이것은 본처와 첩
간의 관계를 이야기하는 시다. 첩은 질투를 받았으나 원망하지 않고,
본처 역시 스스로 뉘우침을 말한 것이다. 이것은 또 규방가사로 쓰여
서 맹목적으로 암송되었다.

시의 뜻을 자세히 감상하면, 사실 남녀간의 관계를 이야기하는 시
다. 양자강, 사수, 타강 사이를 왕래하는 상인이 있는데 새로 혼인하
는 것만을 좋아하고, 옛 혼인을 잊어버리자, 그 처가 원한을 품고 스
스로 슬퍼하며 지은 것이라 한다.

방옥윤方玉潤은 이 시가 '상인의 아내가 아마도 남편에게 버림을
받은 가사일 것' 이라고 했다. 꽤 타당한 점이 있다."

남국손藍菊蓀《시경국풍금역詩經國風今譯》: "시의 의미를 추측해
보면, 본 편은 마땅히 혼인 방면의 시에 속한다. 작자는 아마도 가난

한 집의 아들로서, 혼인이 좌절되고, 상대방은 다른 남자에게 시집가려는 것을 지켜보다가, 그로 인해 드러낸 슬픈 노래다."

양합명楊合鳴, 이중화李中華《시경주제변석詩經主題辨析》: "이 시는 한 남자가 사랑하다 실패하여 스스로 원망하고 스스로 변명하는 가사다."

원매袁梅《시경역주詩經譯注》: "한 여자가 버려지고, 그녀가 사랑했던 사람은 이미 다른 새 애인이 있고, 게다가 이미 결혼했다. 그녀는 마음속으로 원망하고 슬프고 분하여 억제하기가 힘들어서 이 노래를 부른 것이다."

고형高亨《시경금주詩經今注》: "어떤 관리 또는 상인이 나그네로 머물렀던 곳에서 아내를 얻었다. 그는 고향으로 돌아갈 때 그녀를 버렸다. 그녀는 이 노래를 불러서 스스로 위로했다."

정준영程俊英《시경역주詩經譯注》: " 이 시는 버려진 여자가 슬퍼하고 원망하여 스스로 위안하는 시다. 일부다처제도 아래에서 그녀는 장강 또한 지류가 있음을 언급하여 남편이 다른 새 애인이 있음을 용서하고, 장래에 그가 마음을 돌릴 것을 환상한다."

김계화金啓華《시경전역詩經全譯》: "이 시는 아내가 버림을 당한 뒤에 슬프게 하소연하는 것이다."

원유안袁愈荌, 당막요唐莫堯《시경전역詩經全譯》: "잉첩이 시집갈 때 신부의 여자 몸종을 데려가지 못함을 원망하는 가사다."

번수운樊樹雲《시경전역주詩經全譯注》: "이것은 시집보내는 노래다. 잉첩이 시집갈 때 신부의 여자 몸종을 얻지 못해 원망을 나타내는 가사다. 일설에는 버림받은 여인의 원망하는 가사라고도 한다."

# 야합

**野合: 열린 결합**

《시경詩經》 시대에 통치자들은 인구를 늘리기 위해서, 매년 봄 2월을 개방 월로 정하여, 미혼의 청춘남녀가 자유로이 상대를 선택하고, 자유로이 함께 살 수 있도록 했다. 남녀 간의 이러한 결합은 어떠한 의식도 행하지 않았기 때문에, "야합野合"이라고 불렸다. 통치자들이 규정한 개방 월에는 미혼의 청년들이 길거리에서 평소 모르는 여자를 우연히 만나더라도, 마음에 든다고 느껴지면 바로 함께 살 수 있었다.

〈야유만초野有蔓草〉(정풍鄭風) 시에서는 남자가 봄날 들판을 걷다가, 한 낯선 아가씨를 만나게 된다. 그는 아가씨의 외모에 매혹되어 마음 속으로 생각한다. "이 아가씨는 내 마음에 꼭 드는구나!" 그래서 그는 대담하게 아가씨에게 구애하고, 아가씨와 부부의 인연을 맺는다.

〈야유사균野有死麕〉(소남召南) 시에서 젊은 사냥꾼은 숲 속에서 사냥 할 때 공교롭게도 한 아가씨와 마주친다. 그는 사냥한 짐승을 아가씨에게 주며 드러내놓고 구애한다. 아가씨는 선물을 받고, 사랑을 받아들인다. 이 한 쌍의 청춘남녀는 첫눈에 반해서 야외의 숲 속에서 사랑을 나눈다.

# 1. 〈야유만초野有蔓草〉 [정풍鄭風]¹

| 野有蔓草² | 야유만초 | 들에 뻗은 덩굴 풀에 |
| 零露溥兮³ | 영로단혜 | 떨어진 이슬 방울지네 |
| 有美一人 | 유미일인 | 어여쁜 한사람 있어 |
| 淸揚婉兮⁴ | 청양완혜 | 맑은 눈 매끄러운 이마 아름다워라 |
| 邂逅相遇⁵ | 해후상우 | 우연히 만나게 되니 |
| 適我願兮⁶ | 적아원혜 | 나의 소원대로 되었네 |

| 野有蔓草 | 야유만초 | 들에 뻗은 덩굴 풀에 |
| 零露瀼瀼⁷ | 영로양양 | 떨어진 이슬 흥건하네 |
| 有美一人 | 유미일인 | 어여쁜 한사람 있어 |
| 婉如淸揚⁸ | 완여청양 | 아름다워라 맑은 눈 매끄러운 이마 |
| 邂逅相遇 | 해후상우 | 우연히 만나게 되니 |
| 與子偕臧⁹ | 여자해장 | 그대와 함께 얼마나 좋은가 |

..................

1 〈野有蔓草야유만초〉: 연애시다.

　鄭風(정풍): 정나라의 민간가요.

2 蔓(만): 덩굴이 뻗어있다.

3 零(영): 떨어지다.

　溥(단): 이슬이 많이 맺힌 모양.

4 淸揚(청양): 용모가 깔끔하고 빼어나다. 미목이 수려함을 나타낸 말.

　婉(완): 어여쁘다. 곱다.

5 邂逅(해후): 우연히 서로 만나다. 약속하지 않고 우연히 만나다.

6 適(적): 부합하다. 적합하다.

7 瀼瀼(양양): 이슬이 진한 모양

8 如(여): "而"자와 같다. "婉如(완여)"는 곧 婉而(완이)다.

9 臧(장): 일설에는 "善(선: 좋다)"으로 해석하여 偕臧(해장)은 함께 좋
다는 것이다. 또 다른 일설에는 藏(장: 숨다)으로 해석하여 외진 곳에
숨는 것을 가리킨다.

 감상과 해설

〈야유만초野有蔓草〉 이 시는 한쌍의 연인이 기약 없이 우연히 만난
기쁨의 정경을 묘사하였다.

이 시는 2장으로 나누어 반복적으로 부르면서 시인의 아가씨에 대
한 애모를 표현하였다.

제 1장은 "들에 뻗은 덩굴 풀에 떨어진 이슬 방울지네, 야유만초
영로단혜 野有蔓草 零露溥兮" 두 구로 시작되어, 한 무더기의 봄풀이
푸릇푸릇하고, 이슬방울이 반짝반짝 빛나는 좋은 시절의 아름다운 경
치를 묘사하고 있다.

중간의 두 구 "어여쁜 한사람 있어 맑은 눈 매끄러운 이마 아름다워
라, 유미일인 청양완혜有美一人 清揚婉兮"는 한 아름다운 아가씨의 요
염한 눈이 한번 돌아보며 미소짓는 것을 묘사했다.

마지막 두 구 "우연히 만나게 되니 나의 소원대로 되었네, 해후상우
적아원혜邂逅相遇, 適我願兮"는 시인이 스스로 약속도 하지 않았는데
운이 좋게 이 아름다운 아가씨를 우연히 만나는 것을 말하고, 하늘이
내린 좋은 인연이라 느낀다.

제 2장은 내용과 구조상으로 볼 때 제 1장과 서로 같지만 변화와
발전이 있다. 1장의 "나의 소원대로 되었네, 적아원혜適我願兮"가 단

지 시인과 아가씨가 서로 우연히 만났을 때 한쪽의 기쁨을 말한 것이라면, 2장 끝의 "그대와 함께 얼마나 좋은가, 여자해장與子偕臧"은 남녀 양쪽 모두의 만족함을 말한다. 이것 역시 시인과 아가씨가 서로 사랑하는 공동의 기쁨을 표현한 것이다.

이 시에서 매 장마다 처음 두 구는 모두 부賦를 겸한 흥구興句이다. 시인은 경물을 보고 흥을 일으키는 수법으로 새벽녘의 신선한 주위의 상황을 묘사했다. 야외에 봄 초록의 기운이 짙고, 이슬방울은 반짝반짝거린다. 이슬방울을 머금은 들풀의 상쾌한 향기를 여전히 맡을 수 있는 듯하다.

이러한 삶의 흥취를 풍부하게 지니고 있는 아름다운 정경은 한가로이 걸어오는 아름다운 여인과 함께 눈부시게 비치는 것 같다. 그래서 아름다운 정경이 미인을 두드러지게 하여 우아하고 아름다운 정취를 형성한다. 아름다운 여인과 아름다운 정경은 또 남녀가 서로 우연히 만난 이후의 즐거운 분위기를 두드러지게 한다. 아름다운 정경, 아름다운 여인, 아름다운 인연, 그 두 사람의 애정 생활은 마치 봄날 새벽 풍경 속에 활기 있는 삶의 모습처럼 한없이 아름답다.

### 역대 제가의 평설

《모시서毛詩序》: "〈야유만초野有蔓草〉는 우연히 만났을 때를 그리워 한 것이다. 군자의 은혜가 아래로 흐르지 않고, 백성은 전쟁으로 궁핍해진다. 남녀는 때를 놓쳤다가 기약하지 않고서도 만나게 된 것을 생각한 것이다."

공영달孔穎達《모시정의毛詩正義》"《모시서》에서는 이렇게 여기고 있다. 즉 교외의 들판에 덩굴풀이 있고, 그 풀이 길게 뻗을 수 있는 것은 하늘에서 떨어지는 이슬 덕분이다. 촉촉한 이슬이 덩굴풀을 적셔준다는 것으로써 흥을 일으켜 백성들이 자녀를 많이 둘 수 있는 까닭도 바로 임금의 은택의 교화로 말미암아 그들이 양육되었기 때문이다. 그러나 지금에 이르러서는 군주의 은택이 아래로 미치지 않아 남녀가 때를 잃어 혼인할 수가 없다. 그런 까닭에 이 시기의 백성들은 아름다운 한 사람을 그리워했으니 바로 그 용모가 뛰어나게 맑고 아름다운 사람이었다.

약속을 하지 않고도 서로 우연히 만나서 사귀었는데 바로 내 마음속으로 바라던 대상이었다. 일찍이 혼인을 하지 못했기 때문에 상대를 그리다가 우연히 만난 것이다. 이는 군주의 정치가 그렇게 만든 것이므로 군주를 풍자한 것이다."

주희朱熹《시서변설詩序辨說》: "이슬에 젖은 들판의 풀 사이에서 남녀는 우연히 만나, 마음속으로 허락한 것으로 간주하고 사통하며 함께 좋아하였다."

주희朱熹《시집전詩集傳》: "남녀가 이슬이 촉촉히 젖은 들에서 우연히 만났다. 그러므로 그 장소를 서술하여 흥을 일으켰다."

요제항姚際恒《시경통론詩經通論》: "〈소서〉에서 이르기를 '우연히 만났을 때를 그리워한 시'라고 했으나 절대로 그러한 의미가 아니다.
또 혹자는 어진이를 우연히 만나서 지은 것이라고 주장한다. 그렇다
면 '청양완혜淸揚婉兮'의 아름다움도 어질다고 여길 것인가?"

　오개생吳闓生《시의회통詩義會通》: "이 〈서序〉 또한 단지 앞 구절만
타당하다. 그 아래는 불필요한 말로서 모두 그 뜻을 상실했다. ……
소자유蘇子由가 말했다. "정鄭 나라 백성들은 군자를 그리워했다. 그
에게서 은택을 입고자 한 것이다. 그를 우연히 만나길 바라는 것은
자신들의 소원과 일치되기 때문이다.《회찬滙纂》에서 이것을 풀어서
이렇게 말했다. 이 시는《좌전左傳》의 연회에서 중간에 두 번 보인다.
한 번은《한시외전韓詩外傳》에서 보이는데, 공자가 정자程子를 담郯
나라에서 만났으므로 모두 선비 군자가 서로 우연히 만난다는 의미를
취했다. 또,《설원說苑》에서 이 시를 인용하기를 '유미일인有美一人'으
로써 천하의 어진 이라고 여겼으니 음탕한 시가 아님이 분명하다. 만
약 주자 및《모시서》의 언급을 계승했다면 이 시를 지은 본뜻을 어찌
옛 어진 선비들이 확대해석했겠는가?"

　진자전陳子展《시경직해詩經直解》: "〈야유만초野有蔓草〉를《서序》
에서는 남녀가 때를 잃어 약속 없이 만난 것을 그리워한다고 했다.
…… 만약, 현자에 대한 그리움을 남녀지간의 가사에 가탁한 것이라고
말한다면, 시경의 '유미일인, 청양완혜有美一人, 淸揚婉兮'는 현자에게
적용하기에는 실제로 장중함이 부족하고, 용양군龍陽君, 안릉군安陵
君, 동현董賢 등과 같은 인물에게나 적용이 가능할 것이다.

　《좌전左傳》,《설원說苑》,《한시외전韓詩外傳》에 근거해서, 노시魯詩
・한시韓詩의 설이 모두 현인을 우연히 만난 것을 그리워한 시라고
여겼다. 모르긴 하지만, 시를 인용하여 자신의 설에 갖다 붙이는 의미
는 믿기에 부족하다."

　고형高亨《시경금주詩經今注》: "한 남자가 오랫동안 사모한 아가씨를 야외에서 만나 이 노래를 부른 것이다."

　정준영程俊英《시경역주詩經譯注》: "이 시는 연애시다. 춘추시대에 전쟁이 빈번해서 인구가 줄었다. 통치자들은 인구를 늘리기 위해 혼인할 나이가 지나고도 아직 결혼하지 않은 남녀들을 중춘 때 자유롭게 만나 동거하도록 규정했다. 이 시는 한 남녀가 들판에서 우연히 만나 자유롭게 결합하는 정경을 묘사한 것이다."

　번수운樊樹雲《시경전역주詩經全譯注》: "이 시는 한 쌍의 청춘남녀가 야외에서 약속없이 만나 서로 애모의 정이 싹트자 결혼하여 동반자가 되기를 원하는 시다."

　강음향江陰香《시경역주詩經譯注》: "이것은 남녀가 들판의 이슬 젖은 풀 사이에서 두 사람이 서로 회합하는 시라고 말할 수 있다."

　김계화金啓華《시경전역詩經全譯》: "연인이 언뜻 만났지만 환락은 끝이 없다."

　원유안袁愈荌, 당막요唐莫堯《시경전역詩經全譯》: "연인이 약속하지 않고 우연히 만난 희열이다."

　원매袁梅《시경역주詩經譯注》: "이 노래는 한 남자와 애인이 우연히 서로 만나 사모하고 환희하는 애정을 표현한 것이다. 그 말투가 자연스럽다. 이것이 바로 시인의 취지다."

## 2. 〈야유사균野有死麕〉 [소남召南]¹

| 野有死麕² | 야유사균 | 들에서 잡은 노루 있어 |
|---|---|---|
| 白茅包之³ | 백모포지 | 흰 띠풀로 싸 주었네 |
| 有女懷春⁴ | 유녀회춘 | 춘정을 품은 아가씨 |
| 吉士誘之⁵ | 길사유지 | 멋진 사내가 유혹하네 |
| | | |
| 林有樸樕⁶ | 임유박속 | 숲속에 떡갈나무 있고 |
| 野有死鹿 | 야유사록 | 들에서 잡은 사슴 있어 |
| 白茅純束⁷ | 백모돈속 | 흰 띠풀로 묶어 주었네 |
| 有女如玉 | 유녀여옥 | 그 아가씨 옥 같아서 |
| | | |
| 舒而脫脫兮⁸ | 서이태태혜 | 천천히 살살해요 |
| 無感我帨兮⁹ | 무감아세혜 | 나의 앞치마를 흔들지 마세요 |
| 無使尨也吠¹⁰ | 무사방야폐 | 개를 짖게 해서는 안 되니까요 |

....................

1 〈野有死麕(야유사균)〉: 애정시다. 한 쌍의 젊은 남녀의 연애과정을 묘사하였다.

召南(소남): 서주시대 소남 지역(지금의 호북성, 하남성의 사이)의 시가.

2 野(야): 교외.

균(麕): 작은 노루. 사슴과 유사한 종류다.

3 白茅(백모): 풀이름. 음력 삼사월 사이에 피는 흰 꽃.

4 懷春(회춘): 春(춘)은 남녀의 정욕을 가리킨다.

5 吉士(길사): 남자에 대한 아름다운 호칭이다. 여기서는 노루를 잡은

사람을 가리킨다.

6 樸樕(복속): 일종의 낙엽교목. 상수리나무와 비슷하다.

7 純(돈): 屯(둔)과 통한다. 단단히 묶다. 돈속純束은 모아서 함께 묶는 것을 가리킨다.

8 舒而(서이): 천천히. 而는 "然(연)"과 같다.

　脫脫(태태): 느릿느릿한 모양

9 感(감): 撼(감: 뒤흔들다, 요동하다)와 같다. 움직인다는 뜻이다.

　帨(세): 여자가 앞에 묶어 차는 수건. 요즈음의 앞치마와 비슷하다.

10 尨(방): 털 많고 사나운 개.

## 감상과 해설

　〈야유사균野有死麕〉은 한 젊은 사냥꾼이 야외에서 한 아가씨를 만났을 때, 사냥꾼 자신이 잡은 노루와 들 사슴을 띠풀로 같이 묶어, 아가씨에게 주면서 애정을 표시했다. 아가씨는 그의 선물을 받았을 뿐 아니라 그의 애정도 받았다. 이  렇게 그들은 서로 사랑했다. 이 짧은 시는 간결한 필체를 사용하여 한 쌍의 젊은 남녀의 연애 과정을 묘사했다.

　시 전체는 모두 3장이다.

　제 1장은 한 젊은 사냥꾼이 한 마리 노루를 잡아 흰 띠풀을 꼬아 만든 줄로 노루를 묶는 것을 묘사했다. 이 때 바로 그는 숲에서 그

에게 사랑을 품고 있는 아름다운 아가씨를 본다. 이에 그는 흰 띠풀로 잘 묶은 노루를 그녀에게 보내어 구애의 좋은 기회를 잡는다.

제 2장에서는 젊은 사냥꾼이 흰 띠풀을 꼬아서 만든 새끼를 사용하여 팬 장작과 잡은 사슴을 함께 묶은 다음, 그것을 숲속에 우연히 만난 이 아가씨에게 보내서 또 한 번 아가씨에게 구애한다. 그는 아가씨의 옥처럼 아름다운 얼굴에 이끌렸다.

제 3장은 매우 훌륭하게 묘사되었는데 전부 소녀의 말투다. 아가씨는 젊은 사냥꾼의 선물을 받고 그의 사랑도 받아들인다. 이때, 청년은 성질이 너무 급했다. 아가씨는 그에게 동작을 조심스럽게 하고 우악스럽게 하지 말라고 충고한다. 또 자기의 앞치마를 흔들리게 하지 말라고 한다. 제발 개가 짖어서 다른 사람들을 놀라게 하지 않도록 해달라고도 한다.

아가씨의 말은 이미 사랑을 얻고 난 이후의 기쁨을 무의식중에 드러냈고, 또 일정한 자제력이 표현되어 있다. 이것은 일종의 순박하고 건강한 사랑임에 틀림없다.

한 쌍의 젊은 남녀가 숲속에서 우연히 만나 첫눈에 반한다. "춘정을 품은 아가씨, 유녀회춘有女懷春"에서는 처녀가 총각을 만났을 때 사모의 뜻이 나타나 있다. "멋진 사내가 유혹하네, 길사유지吉士誘之"에서는 총각이 적극적으로 아가씨를 향해 사랑을 구하는 것이다. 이 한 쌍의 젊은 남녀의 연애는 처음부터 자발적인 것이다. 연애 과정은 그야말로 '전격전'이라고 할 수 있다. 서로 우연히 만나서 물건을 주고 애정을 쏟기까지 매우 빠르게 끝났다. 이것은 하나의 생동감 있는 장면으로서, 비교적 초창기의 결혼 풍속이다.

**역대 제가의 평설**

《모시서毛詩序》: "〈야유사균野有死麕〉은 예가 없음을 미워한 것이다. 천하가 크게 혼란하자 강포함이 치솟고 음풍이 조성되었다. 비록 세상이 혼란하였지만 문왕의 교화를 입었기 때문에 여전히 예가 없음을 싫어하였다."

공영달孔穎達《모시정의毛詩正義》: "〈야유사균野有死麕〉이 시는 예가 없음을 싫어한다고 말한 것이다. 주왕紂王의 시대에 천하가 크게 어지럽고, 난폭함이 치솟아 마침내 음란한 풍속이 되었다. 비록 혼란한 시대였지만, 문왕文王의 교화를 입어서 정숙한 여자는 여전히 예가 없음을 싫어하였다. 3장 까지 모두 예가 없음을 싫어하는 말이다."

주희朱熹《시서변설詩序辨說》: "《서》에서 뜻을 체득했다. 단지 이른바 '예가 없다'는 것은 음란함이 예가 아니라는 것을 말했을 뿐이고, 정혼할 때 예물의 예가 없음을 말한 것은 아니다."

위시전《僞詩傳》: "평민이 구혼하면서 그 예를 갖출 수 없게 되자, 여자가 거절해서 〈야유사균野有死麕〉을 지었다."

요제항姚際恒《시경통론詩經通論》: "이 시가 만약 음란함을 풍자한 시라면, 어찌 "멋진 사내吉士"라고 할 수 있으며, 여자를 "옥 같다如玉"고 할 수 있겠는가? 만약 정녀가 강포함에 더럽혀지지 않는다고 여겼다면, 어찌 여자를 "춘정을 품는다懷春"고 말할 수 있고, 남자를 "멋진 사내吉士"로 말할 수 있겠는가?

또, 끝 장의 가사에서는 정조의 뜻을 볼 수 없다. …… 이 시편에 대한 나의 소견은 민간인이 서로 때가 되어 혼인하는 시다."

진자전陳子展《시경직해詩經直解》: "〈야유사균野有死麕〉은 남녀의 연애시임에 틀림없다. 그 가사가 여가수에게 나왔고, 멋쟁이자 사냥꾼인 그 남자는 당시 사회에서 소위 사士의 한 계층에 속한다. ……
금문, 고문가들은 모두 시대를 풍자한 시로 여긴다. 바꾸어 말하면,
그 시기에 젊은 남녀의 양성 관계가 비정상적인 것임을 풍자했다는
것이다."

　여관영余冠英《시경선역詩經選譯》: "숲에서 한 사냥꾼이 노루와 사
슴을 얻고, 사랑도 얻었다."

　고형高亨《시경금주詩經今注》: "이 시는 한 사냥꾼이 예쁜 아가씨를
유혹하는 것을 썼다. 그녀도 역시 그를 사랑하고 있다. 그녀가 그를
집안까지 이끌어들여 서로 만나는 것이다."

　원매袁梅《시경역주詩經譯注》: "젊고 재능있는 사냥꾼이 깊은 산 빽
빽한 숲에서 사냥을 한다. 사슴과 노루를 잡고 땔나무를 벤다. 또 우
연한 기회에 마음과 마음이 서로 일치하고 정이 매우 깊어지게 된,
아름답고 순결한 아가씨를 만난다. 끝 장은 그 아가씨가 사랑하는 사
람에게 하는 말인데, 그에게 경솔하지 말 것과 사람들에게 발각되지
말 것을 신신당부한다.

　그녀는 이미 마음속으로 허락하였으나 단지 또 소녀의 부끄러움과
정중하고 자중하는 것이 있어서 다가서는 듯, 떨어지는 듯, 화내는
듯, 기뻐하는 듯하다."

　정준영程俊英《시경역주詩經譯注》: "이것은 한 쌍의 젊은 남녀가 연
애하는 것을 묘사한 시다. 남자는 사냥꾼인데, 그는 교외 숲에서 꽃을
닮고 옥과 같은 처녀를 우연히 만나서 바로 어린 사슴을 주며 마침내
사랑을 얻는다."

　남국손藍菊蓀《시경국풍금역詩經國風今譯》: "이것은 완전한 한 편의
사랑의 시다. 남자는 사슴가죽 등의 선물을 사용하여 그가 사랑하는
아가씨를 유혹한다. 하루는 그들이 마침내 그녀의 집 근처에서 어울릴

수가 있었다. 이 시는 그들 연애의 성공적인 과정을 묘사한 것이다."

번수운樊樹雲《시경전역주詩經全譯注》: "젊은 남녀의 애정시다. 그들은 모두 춘정을 품고 있어서, 서로 사모하면서, 대담하고 진지하며 세심하고 신중하게 한다. 한 쌍의 연인의 원초적이고 소박하며 진실한 연애의 정경을 표현하였다."

원유안袁愈荌, 당막요唐莫堯《시경전역詩經全譯》: "젊은 남녀가 교외에서 사랑을 할 수 있게 된다."

김계화金啓華《시경전역詩經全譯》: "남녀의 밀회가 지극히 놀랍고 기쁜 것이다. 남자는 여자의 아름다움이 자랑스럽고, 여자는 남자가 소란을 피워 개가 짖을까봐 걱정하는 것이다."

강음향江陰香《시경역주詩經譯注》: "이 시는, 정결함을 스스로 지키는 여자가 비록 춘정을 품는 마음이 있고, 남자에게 시집가고 싶지만, 강포한 남자는 거절한다는 것을 말한 것이다. 그래서 이 시를 지었다."

# 정정

定情: 약혼 선물

　남녀 간의 연애는 일단 무르익으면, 종종 서로 편지나 선물을 주면서 애정 관계를 확실하게 한다. 어떤 사람은 과일을 선물하고, 어떤 사람은 작약을 선물하고, 어떤 사람은 향기로운 나무를 선물하며, 어떤 사람은 옥패를 선물한다. 남녀는 연애 중에 선물을 주며 결혼을 약속하는데, 이는 선물을 귀하게 여기는 것이 아니라 정을 중시하는 것이다.

　〈목과木瓜〉(위풍衛風) 시에서 아가씨는 그녀가 사랑하는 남자에게 모과 하나를 주어 사랑을 표현한다. 그 남자는 기꺼이 받아들이고, 몸에 지니고 있던 패옥을 아가씨에게 주어, "영원히 사랑하자永以爲好也"고 표현한다. 청춘남녀 한 쌍의 사랑 관계가 한번 "주고[投]" 한번 "보답하는[報]" 가운데 확실하게 정해진 것이다.

　〈구중유마丘中有麻〉(왕풍王風) 시에서 욕정에 눈 먼 아가씨가 야외의 언덕 위에서 그녀의 연인을 기다리고 있다. 이것은 중요한 약속이기 때문에 아가씨는 매우 조급하다. 축하할 만한 일은, 그녀가 끝까지 연인을 기다렸고, 아울러 그가 주는 약혼의 선물을 받았다는 것이다.

# 1. 〈목과木瓜〉 [위풍衛風]¹

| 投我以木瓜² | 투아이목과 | 나에게 모과를 던져주기에 |
|---|---|---|
| 報之以瓊琚³ | 보지이경거 | 아름다운 패옥으로 보답했지 |
| 匪報也⁴ | 비보야 | 보답이 아니라 |
| 永以爲好也⁵ | 영이위호야 | 영원히 잘 지내고자 |

| 投我以木桃⁶ | 투아이목도 | 나에게 복숭아를 던져주기에 |
|---|---|---|
| 報之以瓊瑤⁷ | 보지이경요 | 아름다운 구슬로 보답했지 |
| 匪報也 | 비보야 | 보답이 아니라 |
| 永以爲好也 | 영이위호야 | 영원히 좋아하고자 |

| 投我以木李⁸ | 투아이목리 | 나에게 오얏을 던져주기에 |
|---|---|---|
| 報之以瓊玖⁹ | 보지이경구 | 아름다운 옥돌로 보답했지 |
| 匪報也 | 비보야 | 보답이 아니라 |
| 永以爲好也 | 영이위호야 | 영원히 사랑하고자 |

..................

1 〈木瓜(목과)〉: 연인이 선물을 주고받은 것을 쓴 시다.

　衛(위): 국명. 주周 무왕武王이 그의 동생 강숙康叔을 여기에 봉했다.
　지금의 하남河南 북부 및 하북河北 남부에 있다.

2 投(투): 던지다. 여기서는 '보낸다'라고 해석한다.

　木瓜(목과): 모과. 과일류. 타원형 모양.

3 瓊(경): 아름다운 옥.

　琚(거): 허리띠를 장식하는 구슬의 일종.

　瓊琚(경거): 허리에 차는 아름다운 구슬.

4 匪(비): 아니다.

5 好(호): 사랑하다.

6 木桃(목도): 복숭아.

7 瑤(요): 아름다운 구슬.

8 木李(목리): 오얏.

9 玖(구): 흑색의 구슬.

 감상과 해설

〈목과木瓜〉는 민간의 사랑 노래다. 작자는 남성인 것 같다. 시에서 그와 사랑하는 아가씨가 서로 증표를 줌으로써 사랑하는 정을 맺는 것을 묘사했다.

전체 시는 3장으로 나뉜다.

제 1장은 '투投' 자로 시작하는데, 이는 다른 사람에게 물건을 건네주는 것을 가리키거나, 혹은 무리를 지은 청춘남녀가 노는 장소에서 어떤 아가씨가 "나我"를 선택하고 모과를 던지는 것이다. 이것은 일종의 구애의 행동이고, 아가씨가 자신을 허락한다는 표시다. 만일 상대방이 아가씨가 준 물건을 받아들이고, 아울러 선물을 주어 회답했으

면 이것은 쌍방이 같은 마음의 약속을 맺는 것과 같다.

이러한 모습의 구애와 결혼방식은 고대의 민속으로서, 《시경詩經》이 생성될 당시에 보편적으로 유행한 것이다. 이 시의 작자는 아가씨가 던진 모과를 받고 틀림없이 크게 흥분했을 것이다. 그가 매우 절박하

게 "아름다운 패옥으로 보답했지, 보지이경거報之以瓊琚", 라고 하여 즉시 자신의 허리띠를 장식한 구슬을 벗어 아가씨에게 주고, 아가씨의 애정을 받아들임을 표시하였다. 비록 아가씨가 던져 준 것이 겨우 모과라는 평범한 물건이지만, 시인이 답례한 것은 오히려 세상에서 드문 특별한 진주였다.

이것은 왜 그러한가? 시인은 말했다. "보답이 아니라 영원히 잘 지내고자, 비보야 영이위호야匪報也, 永以爲好也" 이 뜻은 자기가 아가씨에게 패옥으로 보답해 준 뜻은 물건에 있는 것이 아니라 마음에 있다는 것을 말한다. 아가씨는 나에게 하나의 정을 주었고, 나는 아가씨에게 천개의 사랑을 준다. 영원히 그녀를 사랑하고 싶다. 보아하니 이 아가씨는 안목이 있어, 그녀의 이상적인 반려자를 찾았다.

제 2, 3 두 장은 제 1장의 내용과 기본적으로 서로 같다. 사실, 남녀 쌍방이 반드시 세 차례나 서로 증표를 주고받은 것은 아니다.

시에서 연속적으로 "목과木瓜 목도木桃 목리木李"와 "경거瓊琚 경요瓊瑤 경구瓊玖"라고 열거되어 있는 것은 일종의 예술적 과장법이다. 아가씨는 재삼, 재사 상대방에게 증표를 던져 주는데, 이것은 그녀의 외곬적인 마음을 조금도 속이지 않고 드러내는 것이다.

"나我"는 비록 재삼, 재사 미옥을 답례하지만, 이것은 결코 어떤 평등한 교역이 아니며 어떤 은덕을 베풂도 아니다. 시인이 선물을 주고받을 때, 보잘 것 없이 왔지만 넉넉하게 가는 것은 감정상으로도 보잘 것 없이 왔다가 넉넉하게 가는 것, 즉 아가씨는 나를 약간 사랑하지만 나는 아가씨를 매우 사랑한다는 것을 표시한다.

"영이위호야, 영원히 사랑하고자永以爲好也" 이것은 바로 시인이 아가씨에게 영원한 사랑을 굳게 맹세하는 것이다.

남녀는 서로 증표를 주고받음으로서 애정을 표시한다. 한족漢族에

게만 이런 습속이 있는 것이 아니라, 소수 민족도 이런 종류와 유사한
풍습이 있다.

마치 후세에 유행했던 향주머니를 던지는 것, 나쁜 것을 좋은 것으
로 살짝 바꾸는 것, 발수절潑水節(운남성에 거주하는 소수 민족인 태
족傣族의 명절), 가절歌節 등은 모두 고대부터 전해져 널리 퍼진 유풍
이다.

 **역대 제가의 평설**

《모시서毛詩序》: 〈목과木瓜〉는 제齊나라 환공桓公을 기린 것이다.
위衛 나라가 적인狄人의 침략을 받아 패배하고, 조漕땅으로 나가서
머무르고 있을 때, 제나라 환공이 그들을 구원하고 봉封해 주며 수레,
말, 집기, 의복을 보냈다. 위나라 사람들이 이를 생각하고 그의 두터
운 은혜에 보답하고자 이 시를 지었다."

주희朱熹《시집전詩集傳》: "말하자면, 남이 나에게 하찮은 물건을
주었을 때, 내가 당연히 귀중한 옥으로 보답하고서도 충분한 보답이
되지 못했다고 걱정한다. 다만 오래도록 좋게 여겨서 잊지 않기를 바
랄 뿐이다. 아마도 남녀가 주고받은 가사일 것이다."

방옥윤方玉潤《시경원시詩經原始》: "이 시는 본래 친구 사이에 일상
적으로 주고 받은 가사다."

오개생吳闓生《시의회통詩義會通》: "고광예顧廣譽가 말했다. '제나
라 환공이 위 나라에 대해서 지극히 도탑게 베풀었다. 지극히 도타운
은덕은 말로 할 수 없다. 가령 박하게 베푸는 것으로 말하자면, 남이
나에게 박하게 베풀 때 비록 보답을 후하게 하고도 오히려 보답이

부족했다고 여기면서 영원히 좋게 지내기를 바란다. 하물며 덕이 지극히 도타운 경우는 말할 것이 있겠는가! 비록 은혜에 감사한다는 한마디의 언급도 없지만, 은혜에 끝없이 감사하는 뜻은 모두 말 속에서 드러난다. 이 시는 심정을 잘 표현하였다.' 고씨顧氏의 이 말은 시의 뜻을 잘 드러내어 밝힌 것이다."

진자전陳子展 《시경직해詩經直解》: "〈목과木瓜〉에서 한번 던져주고 한번 보답하면서 박하게 베풀었지만 후하게 보답함을 말한 시다. 한낱 개념만 있을 뿐 역사적 사실은 없다.

시의 뜻은 자명하므로 확실한 근거 없이 주장하는 의론은 용납되지 않는다. 이것은 당연히 노래에서 수집한 것으로 오늘날에도 남의 호의를 받으면 더 많이 보답을 하거나 또는 적더라도 호의로써 보답해야 한다는 속담이 있다. ……

《주전朱傳》에서는 '아마도 남녀가 서로 주고받은 노래로서 〈정녀靜女〉와 같은 유형이다.'고 했다.

모기령毛奇齡의 〈백로주주객설시白鷺洲主客說詩〉에서는 심하게 이것을 반박했다.

요제항姚際恒, 최술崔述은 오히려 이 시는 친구가 서로 주고받은 시라고 여겼다.

무릇 여러 억설臆說은 공연히 논쟁만 초래하고, 모두가 시의 뜻과는 맞지 않는다.

최초로 《모서毛序》에서 언급한 것만 같지 못하다. 즉 〈목과木瓜〉는 제 나라 환공이 위 나라를 구원하고, 그 나라를 회복시켜 주자 위 나라 사람들이 후하게 보답하고자 한 것이다. 아마도 민간에서 시를 수집한 뜻과 조정의 사관의 언급에서 출발하는 것이 오히려 더 근거가 있을 것이다."

여관영余冠英《시경선역詩經選譯》: "이는 애인과 서로 주고 받은 시
로 작자는 남성인 것 같다. 그가 말하길 '그녀는 나에게 모과, 복숭아,
오얏을 보냈고 나는 패옥으로 보답하였다.'고 하였다. 사실 이러한 물
건을 어떻게 보답이라고 하겠는가? 영구히 서로 사랑하는 뜻을 표시
한 것일 뿐이다."

원매袁梅《시경역주詩經譯注》: "한 남자와 특별히 사랑하는 여자가
서로 증표를 주고받으며 같은 마음으로 약속을 맺는 것이다."

번수운樊樹雲《시경금역주 詩經今譯注》: "이것은 청춘 남녀간에 서
로 증표를 주고 받음으로써 영원히 서로 사랑함을 표시하는 것을 쓴
애정시다."

정준영程俊英《시경역주詩經譯注》: "이것은 남녀가 서로 주고 받으
며 결혼을 약속하는 시다. 옛 설에서 이르길, 제 나라 환공이 위 나라
를 구원하자, 위나라 사람들이 보답을 생각하며 이 시를 지었다고 했
다. 모두 억지로 끌어다 붙인 것으로 전혀 근거가 없다."

고형高亨《시경금주詩經今注》: "이 시를 말하자면, 어떤 사람이 나
에게 작은 물건을 주고, 나는 그(그녀)에게 진귀한 물건을 보낸다. 이
는 결코 보답으로서가 아니라 영원히 애정을 맺기 위한 표시다. 아마
도 남녀의 연가인 듯 하다."

원유안袁愈荽, 당막요唐莫堯《시경전역詩經全譯》: "남녀가 서로 사
랑하여, 상호간에 주고 받은 것이다."

김계화金啓華《시경전역詩經全譯》: "남녀가 서로 주고받은 것으로,
애정이 깊고 뜻이 영원하다.

강음향江陰香《시경역주詩經譯注》: "위국衛國에서 제국齊國의 은덕
을 받아 마땅히 보답해야 한다는 것을 말했다. 일설에는 남녀 상호간
에 주고받은 시라고 하는 것 같다."

## 2. 〈구중유마丘中有麻〉 [왕풍王風]¹

| 丘中有麻² | 구중유마 | 구릉에 있는 삼밭으로 |
| 彼留子嗟³ | 피류자차 | 저 사람 우물쭈물 오지 않네 |
| 彼留子嗟 | 피류자차 | 저 사람 우물쭈물 오지 않지만 |
| 將其來施施⁴ | 장기래시시 | 조용히 와주길 바랄 뿐 |
| | | |
| 丘中有麥⁵ | 구중유맥 | 구릉에 있는 보리밭으로 |
| 彼留子國⁶ | 피류자국 | 저 사람 늘어 터져 오지 않네 |
| 彼留子國 | 피류자국 | 저 사람 늘어 터져 오지 않아도 |
| 將其來食⁷ | 장기래식 | 함께 먹어 주길 바라네 |
| | | |
| 丘中有李⁸ | 구중유리 | 구릉에 있는 오얏밭으로 |
| 彼留之子⁹ | 피류지자 | 저 사람 질질 끌며 오지 않네 |
| 彼留之子 | 피류지자 | 저 사람 질질 끌며 오지 않더니 |
| 貽我佩玖¹⁰ | 이아패구 | 나에게 패옥을 주었네 |

..................

1 〈丘中有麻구중유마〉: 어떤 여자가 그의 애인이 다가와 만나기를 간절히 바라는 사랑의 노래다.

　　王風(왕풍): 동주東周의 동쪽 도읍지인 낙읍洛邑(왕성의 기내로서 지금의 하남성 낙양시) 일대의 시가.

2 麻(마): 삼밭.

3 留(류): 우물쭈물하다. 느리다. 질질 끌며 오지 않다. 일설에는 "留(류)"는 성씨로서 "劉(류)"와 통한다고 한다.

　　子嗟(자차): 제 2장의 자국子國과 모두 같다. 자子는 즉 제 3장의 지

자之子이고, 사랑하는 사람을 가리킨다. 차嗟, 국國은 조사이다. 일
설에는 자차子嗟, 자국子國은 모두 고대에 미남자의 총칭이고, 지자
之子와 같은 사람을 가리킨다고 한다.

4 將(장): 원하다. 부탁하다.

　施施(시시): 조용히 오다.

5 麥(맥): 보리밭.

6 子國(자국): 제 1장의 자차子嗟와 함께 한 사람을 가리킨다.

7 食(식): 음식을 먹다. 여기서는 함께 먹거나, 또는 사랑하는 남녀가
동침하여 즐김을 가리키는 은어다.

8 李(리): 오얏 밭.

9 之子(지자): 그 사람. 자차子嗟, 자국子國과 모두 같은 사람을 가리킨다.

10 貽(이): 주다.

　佩玖(패구): 몸 위에 차는 아름다운 옥을 가리킴.

 감상과 해설

〈구중유마丘中有麻〉 이 시의 주인공은 한 아가씨인데, 그녀는 초조
하게 애인이 밀회하러 오기를 기다린다.

전체 시는 모두 3장이다.

제 1장은 아가씨가 작은 언덕 위의 삼밭에서 마음에 둔 그가 다가
와 만나기를 기다린다. 작은 언덕 위의 아름다운 풍경조차 도무지 그
녀의 안중에 없고, 밭에 있는 산뜻한 삼꽃도 그녀의 흥미를 끌지 못한
다. 아가씨의 유일한 관심의 문제는 애인이 오는 것이다. 그러나 "저
사람 우물쭈물 오지 않지만, 피류자차彼留子嗟" 즉 애인은 기어코 늦
도록 오지 않는다. 아가씨는 매우 조바심이 든다.

제 1장 제 3구에서 "피류자차彼留子嗟"가 한 차례 중복되는데, 이는 그녀가 초조하게 기다리는 심정을 표현한다. "조용히 와주길 바랄 뿐, 장기래시시將其來施施"는 아가씨가 마음속으로 호소하며 알리는 것으로, "당신 빨리 좀 조심스레 오세요!"라는 뜻이다. 아가씨는 이미 한시도 지체할 수 없음을 알 수 있다.

제 2장은, 아가씨가 작은 언덕 위의 보리밭에서 마음속에 둔 그가 밀회하러 오기를 기다린다. 보리가 황색의 파도처럼 솟아오르지만, 아예 아가씨의 안중에도 없다. 그녀가 유일하게 주의를 기울이는 문제는 애인의 출현이다.

그러나 "저 사람 늘어 터져 오지 않네, 피유자국彼留子國", 애인은 오히려 늦도록 눈앞에 나타나지 않는다. 이것은 아가씨를 초조하고 불안하게 만든다.

"함께 먹어 주길 바라네, 장기래식將其來食"은 아가씨가 마음속으로 부르며 알리는 것으로, "당신이여 은밀하게 빨리 오시어 함께 먹어요."라는 뜻이다. 애인을 기다리는 이 아가씨는 아마 약간의 먹을 것을 가져왔다. 그녀의 애인과 함께 야외에서 함께 먹기 위해 음식을 준비한 것이다. 그러나 어떤 사람은 "장기래식將其來食" 중의 "식食"
을 밀회하여 동침하는 즐거움의 은어로 본다. 만일 이와 같다면 그들
사이의 관계는 보통이 아니다.

제 3장은 아가씨가 작은 언덕위의 오얏 밭에서 그를 기다리는 마음
을 묘사했다. 화원의 오얏 나무는 새하얀 꽃을 피우기 시작하나, 아가
씨는 마치 보아도 보이지 않는 것 같다. 그녀가 오직 보고 싶은 것은
아마도 밀회를 약속하여 오기로 한 애인일 것이다.

그러나 "저 사람 질질 끌며 오지 않네, 피류지자彼留之子", 그는
늦도록 만나러 오지 않는다. 아가씨가 막 조급해졌을 때 그는 과연
나타났다. 아가씨는 마침내 마음에 둔 그와 함께 즐거움을 누렸다.
헤어질 때 그는 또 "나에게 패옥을 주었네, 이아패구貽我佩玖"라고
하였다.

문일다聞一多는 이렇게 해석하였다. 이 시는 "남녀가 동침한 이후
에 남자가 여자에게 패옥을 주는 것으로서, 이 시가의 원시성을 반영
하였다." 고대의 풍속 습관은 남녀가 서로 사랑하면, 대부분 몸에 차
고 있는 장식품을 서로 주었는데, 한마음으로 영원히 결합하기 위한
증표였다. 시에서 여주인공의 애인이 몸에 찬 패옥을 그녀에게 준 것
은 구혼의 표시다. 아가씨가 두, 세 번 초조하게 기다린 끝에 마침내
원만한 결과를 가져왔다.

가슴에 치정이 가득한 이 아가씨는 열렬히 애인과 밀회하기를 고대
했다. 그녀의 감정은 몹시 뜨겁고 솔직하며 진실하다. 마침내 사랑하
는 사람을 기다려 좋은 인연을 맺게 되었다.

**역대 제가의 평설**

《모시서毛詩序》: "〈구중유마丘中有麻〉는 어진 이를 생각한 시다. 장왕莊王이 현명하지 못하여 어진 사람들이 쫓겨나자, 나라 사람들이 그들을 생각하며 이 시를 지었다."

주희朱熹《시서변설詩序辨說》: "이 역시 사통하는 자가 지은 가사로서, 이 편이 〈대거大車〉와 이어져 있으나(역자 주: 시경 원래의 편제에 입각해서 본 것임.) 말의 뜻이 단정하지 않으므로 현자를 그리는 뜻이 아니다. 《서序》 역시 잘못된 것이다."

《위시전僞詩傳》: "류자留子가 현명한데도 물러나 은거하니, 주周나라 사람들이 그를 사모하여 〈구중丘中〉을 지었다."

왕부지王夫之《시경패소詩經稗疏》: "《집전集傳》에 이르길, 여자가 사통하는 사람을 멀리 바라보고 있는데, 아마 삼밭 언덕에 또 그녀와 사통하려고 머무는 자가 있는 것 같다고 했다. 이는 하루에 두 남자를 분배하여 보는 것인데 그를 머물게 한 것은 보리밭이 아니면 오얏나무 밑이다. 이 세 마을의 음란한 계집이 당시 풍속의 정조를 문란하게 했음에도 불구하고 어찌하여 그것을 채집하여 풍風으로 만들었는가? 이는 바로 천년 뒤까지도 고민의 딸꾹질이 그치지 않게 만들어 버렸다."

방옥윤方玉潤《시경원시詩經原始》: "현자를 초빙하여 함께 숨는 것이다."

오개생吳闓生《시의회통詩義會通》: "〈관세명管世銘〉에서 말했다. 자차子嗟, 자국子國은 당연히 현자의 이름이다. '장기래시將其來施', '장기래식將其來食'과 〈체두杕杜〉의 음식, 〈백구白駒〉의 옭아 매어두는 것 [역자 주: 아雅에 있는 시로서 현인이 오래 머무르도록 하기 위해서

말고삐를 매어 두는 것과 서로 같다. 〈소서小序〉에서 현인을 기린다
고 한 학설은 버릴 수 없다."

진자전陳子展《시경직해詩經直解》: "〈구중유마丘中有麻〉는 삼, 보
리, 오얏이 있는 언덕 밭을 가리킨다. 류자차劉子嗟와 류자국劉子國,
류씨의 아들은 조부모에서 손자까지 3대가 그 사이에 땅을 갈고 파종
하였으니 그 사람이 그립고 존경할 만하다. 시의 뜻도 이와 같을 뿐이
다. 《서序》에서 어진 이를 생각한 것이라고 말한 대목은 틀리지 않았
다. 만약 장왕莊王이 현명하지 못하여 현인이 쫓겨났다고 말한다면
아마도 옛 역사 옛 의미에서 나온 것이므로 오늘날 상고할 수 없다.
시는 바로 역사다."

원매袁梅《시경역주詩經譯注》: "이 발랄한 성격의 여자는 치정이 가
슴에 가득하고 애인과 서로 만나기를 열렬히 바란다. 그녀는 사랑하
는 이와 좋은 인연을 맺기를 희망한다."

남국손藍菊蓀《시경국풍금역詩經國風今譯》: "한 아가씨가 그녀의
애인을 언덕위의 삼밭에서 기다리고 더욱이 그녀는 또 약간의 음식도
가지고 왔다. 애인과 마음을 터놓고 이야기할 때 함께 먹기 위해 준비
했다."

양합명楊合鳴, 이중화李中華《시경주제변석詩經主題辨析》: "이 시는
애인이 와서 서로 만나기를 바라는 여자의 사랑 노래다."

정준영程俊英《시경역주詩經譯注》: "이 시는, 한 여자가 그녀의 애
인과 결혼을 약속하는 과정을 서술한 것이다."

원유안袁愈荽, 당막요唐莫堯《시경전역詩經全譯》: "여자가 애인을
기다리면서 지은 여러 가지 억측이다."

번수운樊樹雲《시경전역주詩經全譯注》: "이것은 연가다. 춘정을 품
고 있는 한 여자가 한 청년을 열렬히 사랑한다. 그녀는 항상 그 산

언덕위의 삼밭, 보리밭, 오얏밭을 바라보면서 누군가 그를 붙잡게 되면 서로 만날 수 있는 좋은 기회가 어그러질까봐 두려워한다. 실제로 여자가 애인을 기다릴 때 하게 되는 여러 가지 억측이다."

김계화金啓華《시경전역詩經全譯》: "여자가 초조하게 애인을 기다리면서, 다른 여자가 야외에서 그를 잡아둘까봐 걱정한다."

고형高亨《시경금주詩經今注》: "몰락한 귀족이 빈곤한 생활 때문에 이전의 친했던 귀족 친구인 류씨에게 도움을 청하고 작은 은혜를 입었다. 이 때문에 이 시를 지어 그 일을 서술하였다."

강음향江陰香《시경역주詩經譯注》: "주周 나라 장왕莊王 시대에 어진 인재들을 모두 재야로 추방하였다. 그래서 주나라 사람들이 현자를 그리워하여 이 시를 지었다. 일설에는 여자가 남자를 그리워 한 것으로 보아 시에 나오는 자차子嗟, 자국子國을 남자의 이름으로 여기는데 꼭 옳다고 할 수는 없는 것 같다."

# 후기後記

몇 해 전 봄에, 나는 몇 권의 애정 시집을 조사하다가 문득 《시경의 애정시》를 편찬하여 저술하고 싶은 욕구가 촉발되었다.

그러나 독서가 적은 탓인지 나는 이제껏 완전한 체계를 갖춘 《시경》의 애정시를 소개하거나 분석한 전문서적을 보지 못했다.

만약 나의 노력을 통해 독자로 하여금 우리 중국의 먼 옛날 시대의 연애, 혼인, 그리고 가정의 풍모를 이해할 수 있도록 한다면 이 얼마나 좋을까!

생각이 여기에 미치자 나는 즉각 착수하여 흥미진진하게 자료를 수집하고 정리하였다.

대학 중문과의 교수로서 매 학년 마다 두 개의 기초과목을 담당하였기 때문에 오직 강의 여가에만 쓸 수 있었다.

나는 이미 나이가 반백을 넘고 처자식이 딸린 처지라서 일상적인 가사를 뛰어 넘어 마음을 가라앉히고 원고를 쓸 수가 없었다. 매일 강의와 가사처리 이후에 얼마나 시간이 있겠는가? 늙은 소가 망가진 수레를 끌고서 앞으로 나간다면 몇 년 몇 달이나 걸려야 완성할 수 있을 것인가?

지금 돌이켜보니 내가 일년 반 만에 초고를 쓸 수 있었던 것은 아내의 커다란 조력 때문이었다. 그녀는 일의 여가에 집안의 모든 중요 가사를 도맡아 나의 시간과 정력을 원고지로 기어오르도록 해주었다. 여기서 먼저 그녀에게 감사를 해야겠다.

작년 여름 나는 초고를 지니고 안절부절못하며 무한출판사武漢出版社의 편집 동지를 찾아갔다. 그들은 원고의 목록을 본 뒤에 바로 제목 선정이 괜찮다고 칭찬하며 원고를 놓고 가면 자세히 검토해서 다시 말하겠노라고 응답했다.

반년의 시간을 기다린 뒤 출판사 동지가 회신을 했다. 회신에서 제목 선정의 논증에서 통과되었다는 것이다. 당시의 심정은 마치 오래된 신생아가 탄생하는 것과 같아서 놀랄 만큼 기뻤다. 여기서 나는 무한출판사의 지도와 편집에 특히 감사하며 처음부터 끝까지 이 원고에 마음을 써준 왕원언王遠彦 동지에게 감사한다.

금년 봄 나의 졸작이 출판될 때 마음이 또 한 번 안절부절하였다. 《시경》은 우리 중국의 가장 오래된 시가 총집인데 거기서 수많은 애정시를 판별하기란 쉽지 않다. 설사 학자가 애정시라고 단정한 편, 장이라고 해도 대가의 견해로 보면 서로 일치하지 않을 수 있다.

나의 수준은 한계가 있어서 애정시에 대한 감별, 귀납, 주석, 번역, 평술 등에서 틀림없이 타당하지 못한 점이 많을 것이다. 독자들의 많은 비판과 질정을 간절히 기대한다.

두안추잉段楚英

1993년 3월 동영董永 고향에서

| 편저자소개 |

두안추잉段楚英

전前 중국 호북공정대학교湖北工程大學校 인문대학 중어중문학과 교수


| 역자소개 |

박종혁朴鍾赫

국민대학교 인문대학 중국어문전공 교수

시경詩經의 사랑 노래 연애편戀愛篇

초판 발행   2015년 7월 20일
2 판 인쇄   2020년 9월 10일
2 판 발행   2020년 9월 18일

편 저 자 | 두안추잉段楚英
역    자 | 박종혁
펴 낸 이 | 하운근
펴 낸 곳 | 學古房

주    소 | 경기도 고양시 덕양구 통일로 140 삼송테크노밸리 A동 B224
전    화 | (02)353-9908 편집부(02)356-9903
팩    스 | (02)6959-8234
홈페이지 | www.hakgobang.co.kr
전자우편 | hakgobang@naver.com, hakgobang@chol.com
등록번호 | 제311-1994-000001호

ISBN  979-11-6586-107-0  03820


값 : 15,000원